Le prix d'une vie

Du même auteur
aux Éditions J'ai lu

Le temps rattrapé, *J'ai lu* 8323
Mister Perfect, *J'ai lu* 6648

LINDA HOWARD

Le prix d'une vie

Traduit de l'américain par Sophie Dalle

J'AI LU

Titre original :
All the Queen's Men
A Pocket Star Book published by Pocket Books,
a division of Simon & Schuster Inc., New York

PREMIÈRE PARTIE

1

1994, Iran

Il faisait froid dans la petite hutte rustique. Malgré les couvertures tendues sur l'unique fenêtre et sur la porte brinquebalante afin de ne laisser passer aucun rai de lumière, l'air glacé pénétrait dans le refuge. Niema Burdock souffla sur ses doigts pour les réchauffer, son haleine brouillant légèrement l'une des lampes branchées sur batterie, unique source d'éclairage autorisée par Tucker, leur chef d'équipe.

Dallas, son mari, parfaitement à l'aise en simple tee-shirt, rangeait des blocs de Semtex dans les parties sécurisées de son paquetage. Niema l'observait, tout en s'efforçant de masquer son angoisse. Ce n'était pas tant les explosifs qui l'inquiétaient ; le plastic était si stable que les soldats au Viêt-nam l'avaient brûlé en guise de fuel. Mais Dallas et Sayyed étaient chargés de placer ces blocs de Semtex dans une fabrique – étape la plus dangereuse d'une mission à haut risque. Si cela ne déstabilisait pas son époux, qui avait l'air aussi attentif et décontracté que s'il s'apprêtait à traverser la rue, Niema était plus nerveuse. Le détonateur radio n'était pas de la dernière génération, loin de là. C'était délibéré de leur part, une précaution supplémentaire, au cas où leur matériel tomberait entre de mauvaises mains. Ils avaient pris le parti de ne rien utiliser qui puisse les lier aux États-Unis. Du coup, Dallas avait choisi le Semtex plutôt que le C-4. Toutefois, sachant qu'ils ne disposaient pas du meilleur outillage sur le marché, Niema s'était donné un mal fou pour s'assurer qu'il était fiable. Après tout, c'était le doigt de *son mari* qui devrait appuyer sur le détonateur.

Accrochant son regard, Dallas lui adressa un clin d'œil, son visage buriné s'illuminant du sourire chaleureux qu'il ne réservait qu'à elle seule.

— Hé ! murmura-t-il tout bas. Je suis un expert. Ne t'inquiète pas.

Elle qui essayait tant de cacher son anxiété pouvait se féliciter : c'était réussi ! Les trois autres hommes se tournèrent vers elle d'un air curieux. Décidée à leur prouver qu'elle était capable de supporter le stress, elle haussa les épaules.

— Me voilà sur le banc des accusés, maintenant ! Je manque d'expérience, côté mariage, c'est tout. Je croyais que mon rôle était justement de me faire du souci pour toi.

Sayyed rit en finissant son propre bagage.

— Drôle d'endroit pour une lune de miel.

D'origine iranienne, mais aujourd'hui citoyen américain, c'était un homme dur, sec et musclé, qui approchait de la cinquantaine. Il parlait l'anglais avec un léger accent du Middle West, résultat d'un travail acharné et de trente ans de vie aux États-Unis.

— Personnellement, j'aurais choisi une escapade à Hawaï. Là-bas, au moins, on est sûr d'avoir chaud.

— Ou l'Australie, renchérit Hadi avec mélancolie. En ce moment, c'est l'été.

Hadi Santana était d'ascendance arabe et mexicaine, mais américain de naissance. Il avait grandi dans les chaleurs torrides de l'Arizona et détestait tout autant que Niema l'hiver glacé des montagnes iraniennes. Chargé de faire le guet, pendant que Dallas et Sayyed disposeraient les charges d'explosifs, il s'occupait de vérifier et revérifier son fusil et ses munitions.

— Nous avons passé deux semaines à Aruba juste après notre mariage, déclara Dallas. Un endroit superbe.

De nouveau, il adressa un clin d'œil à Niema, qui eut en retour un sourire complice. À moins d'y être déjà allé auparavant, il ne pouvait guère décrire les lieux où ils avaient passé leurs deux semaines de vacances, trois mois auparavant. Ils avaient coulé quinze jours dans les bras l'un de l'autre, à faire l'amour et à dormir. Un pur bonheur.

Tucker ne participait pas à la conversation, mais Niema sentait son regard noir s'attarder sur elle comme s'il la jaugeait. Peut-être se demandait-il s'il n'avait pas commis une erreur en l'intégrant à l'équipe. Sans avoir la même expérience que les autres, elle n'en était pas pour autant une novice. Par ailleurs, elle était capable d'installer un mouchard sur une ligne téléphonique les yeux fermés. Si Tucker nourrissait des doutes à son égard, qu'il l'exprime clairement, songea-t-elle.

Cela étant, elle n'avait pas davantage confiance en lui. Bien qu'il n'eût jamais rien dit ou fait pour la dénigrer, il la mettait mal à l'aise. C'était instinctif, inexplicable. Elle aurait préféré qu'il se joigne à l'expédition, plutôt que de rester en arrière avec elle. La perspective de passer plusieurs heures seule avec lui était certes moins effrayante que de savoir Dallas en danger, mais elle se serait volontiers épargné cette tension supplémentaire.

Au départ, Tucker avait affirmé qu'il accompagnerait les autres, mais Dallas avait protesté.

— Écoute, chef, avait-il déclaré sur un ton posé, ce n'est pas une question de compétence ; tu es aussi bon que moi pour accomplir le boulot, mais ce serait bête de prendre des risques inutiles. Si tu n'avais pas le choix, ce serait différent.

Les deux hommes avaient échangé un regard énigmatique, puis Tucker avait hoché la tête.

Dallas et Tucker s'étaient connus bien avant que cette équipe ne soit montée. Ils avaient travaillé ensemble. Ce qui rassurait Niema, c'est que son mari respectait Tucker et lui faisait confiance. Et Dallas Burdock ne se laissait pas avoir facilement – loin s'en fallait. Dallas était un des hommes les plus durs et les plus téméraires qu'elle eût jamais connus. *Le plus* dur *et le plus* téméraire, avait-elle songé… avant de rencontrer Tucker.

Dallas était un être à part. Cinq mois auparavant, elle aurait refusé d'imaginer qu'un tel personnage puisse exister. La gorge nouée, elle le contempla ; tête baissée, il était entièrement accaparé par sa tâche. Il avait ce don, en un clin d'œil, de décrocher complètement de tout pour se polariser sur son travail. Son pouvoir de concentration était impressionnant. Un seul homme partageait cette qualité avec lui : Tucker.

Soudain, elle eut un petit pincement au cœur à la pensée qu'elle était *mariée*, surtout avec quelqu'un comme Dallas. Elle ne l'avait connu que cinq mois et était tombée follement amoureuse depuis le premier jour ; pourtant, à bien des égards, il lui était encore étranger. Petit à petit, ils apprenaient à s'apprivoiser, à s'installer dans la routine d'une vie de couple – une routine toute relative, vu leur métier. Ils étaient tous deux agents au service de diverses organisations, plus particulièrement la CIA.

Dallas était calme, solide, courageux. À une époque, ces caractéristiques lui auraient paru attirantes, mais un peu ennuyeuses. Plus maintenant. Dallas n'avait rien d'un homme rangé. Un chaton s'était perché au sommet d'un arbre et refusait d'en descendre ? Dallas grimpait jusqu'en haut avec la rapidité et la grâce d'un félin. Un problème de plomberie ? Dallas savait tout réparer. Un baigneur était en perdition au large ? Dallas se lançait à son secours. Une cible difficile à atteindre ? Dallas sollicitait son expertise de tireur d'élite. Une usine à faire sauter en Iran ? Dallas était l'homme de la situation.

Difficile de le battre et cependant… Tucker semblait encore plus fort, encore plus impitoyable. Niema ne savait pas ce qui lui en donnait la conviction. Ce n'était pas son apparence physique : Tucker était grand et mince, mais beaucoup moins athlétique que Dallas. Il ne possédait même pas un tempérament nerveux. Il était souvent plus calme encore que Dallas. Mais une certaine lueur dans ses yeux, son impassibilité elle-même le rendaient presque menaçant.

Niema avait gardé pour elle son sentiment profond à l'égard de leur chef. Elle voulait s'aligner sur l'attitude de Dallas, parce qu'elle se fiait totalement à son jugement. D'ailleurs, c'était elle qui avait insisté pour qu'ils acceptent ce contrat, alors que Dallas envisageait une expédition de plongée en Australie. Peut-être son malaise actuel était-il dû à la tension causée par l'opération en cours. Après tout, le risque était énorme : s'ils étaient découverts, ils seraient tous tués. Mais à leurs yeux, le succès importait plus que la peur d'être repéré.

La petite manufacture nichée dans ces montagnes glacées fabriquait un agent biologique qui devait être expédié à une base terroriste au Soudan. Pour la détruire, un raid aérien eût été certes plus rapide et plus efficace. Mais une telle initiative déclencherait inévitablement une crise internationale qui mettrait en péril le fragile équilibre du Moyen-Orient. Quant à une guerre ouverte, personne n'en voulait.

La seule solution était donc de l'anéantir par le sol, ce qui signifiait la mise en place d'explosifs puissants. Dallas ne comptait pas uniquement sur le Semtex ; la bâtisse abritait des bidons de fuel et de produits chimiques dont il allait profiter pour faire sauter la fabrique, mais aussi pour la réduire en cendres.

Arrivés en Iran cinq jours plus tôt, ils avaient ensuite voyagé sans se cacher. Niema portait la tenue traditionnelle qui ne révélait que ses yeux et, si elle ne parlait pas le farsi (elle avait étudié le français, l'espagnol et le russe), c'était sans importance puisqu'en tant que femme, elle pouvait garder le silence sans susciter d'étonnement. Sayyed, lui, s'exprimait avec aisance en tant que natif du pays, mais d'après ce qu'elle avait pu entendre, Tucker maîtrisait la langue aussi bien que lui. Dallas se débrouillait ; Hadi, un peu moins. À plusieurs reprises, elle s'était fait la réflexion, non sans amusement, qu'elle et ses partenaires étaient très bruns, et que tous avaient les yeux foncés. Elle s'était demandé si cela n'avait pas joué en sa faveur au moment de son recrutement, tout autant que ses dons en matière d'électronique.

— Prêt.

Dallas accrocha le transmetteur radio à sa veste et hissa le sac rempli de plastic sur ses épaules. Sayyed et lui étaient équipés de façon identique. Niema avait assemblé les transmetteurs à partir de pièces détachées, tous les engins qu'ils s'étaient procurés étant plus ou moins abîmés. Elle les avait complètement démontés pour en restituer deux, qu'elle avait testés encore et encore. Par ailleurs, elle avait mis les lignes téléphoniques de l'usine sur écoute, un jeu d'enfant, car le matériel local datait du début des années soixante-dix. Ils n'avaient obtenu que peu de renseignements par ce biais, sinon l'assurance que leurs informations étaient exactes et que la manufacture développait un stock d'anthrax destiné aux groupes terroristes du Soudan. Si l'anthrax n'avait rien de particulièrement exotique, ce produit n'en était pas moins d'une efficacité redoutable.

La nuit précédente, Sayyed s'était glissé dans le bâtiment pour effectuer un repérage. À son retour, il avait esquissé un croquis du rez-de-chaussée indiquant les aires d'essais et d'incubation, de même que le secteur réservé au stockage – là où Dallas et lui placeraient l'essentiel des explosifs. À la première détonation,

Tucker et Niema détruiraient leur matériel – bien qu'il n'eût aucune valeur – et se tiendraient prêts à prendre la fuite. Dès le retour des trois autres, ils se sépareraient et quitteraient le pays chacun de son côté pour se retrouver à Paris, où ils avaient prévu leur réunion de débriefing. Bien entendu, Niema ferait le voyage en compagnie de Dallas.

Tucker éteignit la lumière. Les trois hommes sortirent discrètement et se fondirent dans l'obscurité. Niema regretta aussitôt de ne pas avoir étreint Dallas pour lui souhaiter bonne chance, passant outre la présence des autres. Un frisson la parcourut.

Après avoir remis la couverture de la porte en place, Tucker ralluma la lumière, puis entreprit de rassembler les affaires qu'ils emporteraient avec eux. Il n'y avait pas grand-chose : quelques provisions, une tenue de rechange, un peu d'argent. Rien qui puisse éveiller le moindre soupçon au cas où ils seraient arrêtés. Niema se leva pour lui donner un coup de main et, en silence, ils divisèrent les réserves en cinq paquets égaux.

Il ne leur restait plus qu'à patienter. Elle se dirigea vers la radio, vérifia pour la énième fois les commandes ; aucun son ne leur parvenait par l'unique haut-parleur, pour la bonne raison que les hommes ne parlaient pas. Elle s'assit devant la machine et serra les bras sur sa poitrine.

Rien, dans cette mission, n'avait été facile, mais l'attente était pire que tout. À présent que Dallas était en danger, son angoisse s'amplifiait, lui rongeait les entrailles. Elle jeta un coup d'œil à sa montre de pacotille : un quart d'heure seulement venait de s'écouler. Ils n'avaient pas encore eu le temps d'atteindre leur but.

Une fine couverture vint se draper sur ses épaules. Surprise, elle leva les yeux vers Tucker.

— Tu frissonnais, expliqua-t-il, avant de s'éloigner.

— Merci.

Elle resserra le plaid autour d'elle, vaguement gênée par ce geste pourtant empreint de sollicitude. Elle aurait bien voulu ignorer ce sentiment de malaise qu'elle éprouvait en présence de Tucker ou, du moins, en comprendre la raison. Elle s'était efforcée de maîtriser sa méfiance pour se concentrer uniquement sur sa mission, mais Tucker n'était pas dupe. Il savait qu'elle était sur ses gardes avec lui. Parfois, elle avait l'impression qu'ils menaient un combat silencieux que personne d'autre ne pouvait soupçonner. Tout passait alors par les regards, celui de Niema, suspicieux, celui de Tucker, légèrement moqueur.

Toutefois, il n'avait jamais commis le moindre faux pas, jamais agi de manière à révéler ouvertement leur dissension. La relation qu'il entretenait avec les trois autres hommes était à la fois décontractée et professionnelle. Avec elle, il se montrait toujours courtois quoique impersonnel – preuve supplémentaire de son remarquable professionnalisme. Tucker respectait Dallas ; sous aucun prétexte il n'irait semer la zizanie au sein de son équipe ni ne mettrait en danger la mission en provoquant son épouse. Niema aurait dû en être rassurée. Ce n'était pas le cas.

Jusqu'à ce qu'il pose la couverture sur ses épaules, ils n'avaient pas échangé un seul mot. Niema aurait préféré qu'ils restent ainsi, éloignés l'un de l'autre, chacun se réfugiant dans ses pensées.

Tucker s'assit, détendu et gracieux comme un chat. En tee-shirt noir et pantalon de treillis, il paraissait insensible à la fraîcheur ambiante. Dallas possédait le même genre de chaudière interne, car lui non plus ne semblait jamais souffrir du froid. Comment expliquer une telle résistance ? Si c'était une question de forme physique, Niema elle-même n'avait rien à se reprocher ; or elle n'avait pas cessé de grelotter depuis leur arrivée en Iran. Elle ne leur souhaitait pas forcément d'être aussi frigorifiés qu'elle. Son seul regret, c'était que l'usine ne se trouve pas au cœur d'un désert torride.

— Tu as peur de moi.

Ce commentaire inattendu la surprit encore plus que le geste qu'il avait eu un peu plus tôt, mais pas suffisamment pour la déstabiliser. La voix de Tucker était tellement posée qu'on aurait cru qu'il discutait de la pluie et du beau temps. Elle lui jeta un regard noir.

— Je me méfie, rectifia-t-elle.

S'il s'imaginait qu'elle allait s'empresser de se justifier, comme la plupart des gens lorsqu'on les poussait dans leurs retranchements, il se trompait. Comme l'avait découvert Dallas, non sans déplaisir, d'ailleurs, Niema n'était pas femme à se dérober.

Tucker appuya sa tête brune contre le mur de pierre, remonta une jambe vers lui et posa négligemment son bras dessus. Il l'examina de son regard indéchiffrable.

— Tu te méfies de moi, concéda-t-il. Pourquoi ?

Elle haussa les épaules.

— Intuition féminine ?

Il se mit à rire. Niema s'en étonna, mais il semblait sincèrement amusé. Haussant un sourcil, elle le contempla, attendit qu'il s'arrête. Elle n'avait aucune envie de partager son hilarité, ni même de sourire. La situation n'avait rien de drôle. Ils étaient perdus au beau milieu de l'Iran, responsables d'une mission dont ils n'étaient pas sûrs de sortir vivants et… en plus, la confiance qu'elle lui faisait était limitée. Oh, oui, il y avait de quoi rire !

— Seigneur ! grogna-t-il en s'essuyant les yeux. Tout ça par intuition féminine ?

Son ton était empreint d'un zeste d'incrédulité.

Niema le fixa d'un air dédaigneux.

— Tout ça ! À t'entendre, on croirait que je t'attaque de toutes parts.

— Pas ouvertement, non.

Il marqua une pause, les lèvres étirées en un mince sourire.

— Dallas et moi avons déjà travaillé ensemble, tu sais. Que pense-t-il de tes soupçons à mon égard ?

Il attendit sa réponse, parfaitement décontracté, comme s'il devinait d'avance ce que Dallas aurait répondu – dans la mesure où elle lui aurait fait part de ses sentiments, évidemment. Mais elle n'avait rien dit. D'un côté, elle n'avait rien de concret à reprocher à Tucker ; il n'était pas question de créer le trouble sous le seul prétexte d'une intuition féminine. Certes, elle éprouvait une sensation de malaise, mais Dallas était un homme rompu aux dures réalités ; pour pouvoir exercer son métier correctement, il se devait d'avoir du recul par rapport à ses émotions. Par ailleurs, de toute évidence, il appréciait et respectait Tucker.

— Je n'en ai jamais parlé avec lui.

— Ah, non ? Pourquoi pas ?

Une fois de plus, elle haussa les épaules. Outre le fait qu'elle ne disposait d'aucun argument solide, si elle s'était tue, c'était aussi parce que Dallas n'avait guère été enthousiaste à l'idée qu'elle intègre l'équipe. Elle ne voulait pas lui donner une occasion de lui rétorquer : « je t'avais prévenue ». Elle connaissait parfaitement son domaine, mais avait moins d'expérience que les autres sur le terrain. Aussi préférait-elle rester le plus discrète possible. De surcroît, quand bien même elle aurait su que Tucker la mettrait aussi mal à l'aise, elle serait venue. La tension, le danger, l'importance de sa contribution la faisaient vibrer. Elle n'avait jamais rêvé d'un boulot de fonctionnaire ; elle aimait l'aventure, elle voulait être sur la ligne de front. Elle ne prendrait pas le risque de compromettre un projet auquel elle avait tenu à participer.

— Pourquoi pas ? répéta Tucker, une pointe de dureté contredisant son apparente décontraction.

Il voulait une réponse et il était habitué à obtenir ce qu'il voulait.

Curieusement, elle ne se sentait pas intimidée. Elle était même assez contente de cette confrontation, qui leur permettait enfin d'évoquer ouvertement leur animosité réciproque.

— En quoi cela t'intéresse-t-il ? rétorqua-t-elle. Peu importent mes doutes, je fais mon travail et je la boucle. Mes interrogations ne te regardent pas. Mais je suis prête à parier que ton vrai nom n'est pas Darrel Tucker.

Il ébaucha un sourire.

— Dallas m'avait dit que tu étais têtue. Que tu n'étais pas du genre à reculer, ajouta-t-il, en se calant plus confortablement contre le mur.

Niema ayant entendu Dallas marmonner des paroles similaires lors d'une de leurs rares querelles, elle ne put s'empêcher de sourire à son tour.

— Qu'est-ce qui te fait croire que je ne m'appelle pas Tucker ? reprit-il.

— Je n'en sais rien. Darrell Tucker, ça sonne bon gars du Texas et, de temps en temps, je décèle en effet chez toi une trace d'accent texan. Par conséquent, le nom et l'accent correspondent… Mais pas toi.

— J'ai pas mal voyagé, depuis que j'ai quitté la maison, répliqua-t-il d'une voix traînante.

Elle fit mine d'applaudir.

— Bravo ! Bien imité.

— Mais tu n'es pas convaincue.

— Je suis sûre que tu es très doué pour prendre toutes sortes d'accents.

— Très bien. Tu ne veux pas me croire. Pas de problème. Je n'ai aucun moyen de te prouver mon identité. Mais il ne faut pas douter de ma parole quand j'affirme ceci : ma priorité, c'est de faire sauter cette bâtisse et de nous ramener tous sains et saufs à la maison.

— Comment pourrais-tu nous ramener, puisque nous devons repartir séparément ?

— En accomplissant correctement le travail préliminaire, en anticipant un maximum d'imprévus et en prenant les initiatives nécessaires pour les contrer.

— Tu ne peux pas penser à tout.

— Je m'y efforce. C'est pourquoi je commence à grisonner. Je passe mes nuits à me ronger les sangs.

Ses cheveux étaient aussi foncés que ceux de Niema, sans le moindre fil blanc. Il avait l'humour désabusé, voire ironique, de ceux que rien n'étonne plus vraiment. Elle regrettait qu'il ne lui ait révélé cet aspect de sa personnalité, qu'il n'ait pas maintenu le silence entre eux. Pourquoi avoir changé de tactique ? Pourquoi cette soudaine brèche dans leur trêve hostile ?

— *On y est.*

Quand le haut-parleur cracha ces mots chuchotés, Niema pivota vers la radio. Incrédule, elle vérifia l'heure. Trente minutes s'étaient écoulées depuis la dernière fois qu'elle avait consulté sa montre. Elle était tellement concentrée sur sa confrontation avec Tucker qu'elle en avait oublié de trembler.

En un éclair, elle comprit la stratégie de son chef. Il s'était débrouillé pour la distraire en abordant un sujet qui captait son attention.

Tucker était déjà devant l'appareil et enfilait un casque Motorola.

— Des problèmes ?

— *Négatif.*

Ce fut tout. Trois syllabes murmurées par son mari. C'était bon signe. Pour l'instant, il allait bien. Elle se recala sur son fauteuil et s'efforça de respirer à un rythme régulier.

Tucker la laissa tranquille. Elle testa les commandes de la radio, sachant pertinemment que tout fonctionnait à la perfection. Elle s'en voulait de ne pas avoir jeté un ultime coup d'œil sur le détonateur, juste pour être sûre. Mais c'était idiot. Elle savait qu'il marcherait. Et Dallas connaissait son métier.

— Dallas t'a-t-il parlé de sa formation ?

Elle observa Tucker à la dérobée, un peu agacée.

— Je n'ai pas besoin que tu me tiennes la jambe. Merci de l'avoir fait tout à l'heure, mais désormais, c'est inutile.

Il haussa brièvement les sourcils, surpris.

— Tu m'as démasqué.

Aussitôt, elle se demanda si telle avait été vraiment son intention. Tucker était tellement *insaisissable* : même lorsqu'on croyait l'avoir cerné, on pouvait n'avoir perçu que ce qu'il voulait bien laisser voir.

— Mais cette fois, je cherche plutôt à te rassurer. Es-tu au courant de sa formation ?

— Je sais qu'il a appartenu au BUD/SEAL, oui.

Un entraînement intensif, si exigeant que seul un minuscule pourcentage d'hommes le suivaient jusqu'au bout.

— Est-ce qu'il t'a expliqué en quoi cela consistait ?

— Pas en détail.

— Alors crois-moi sur parole, ce que Dallas est capable de faire, aucun homme normal ne peut l'imaginer, même dans ses rêves les plus fous.

— Je sais. Et… merci. Mais Dallas n'en reste pas moins un être humain, et les plans peuvent tourner court…

— Il le sait. Ils le savent tous. Ils sont préparés.

— Pourquoi a-t-il refusé que tu y ailles à sa place ?

Il marqua une pause infime.

— En dépit de ce qu'il a affirmé, Dallas ne m'estime pas aussi bon que lui, ironisa Tucker.

Elle n'en croyait rien. D'une part, Dallas avait trop de respect pour lui. D'autre part, le bref silence qui avait précédé sa réplique signifiait qu'il avait pesé ses mots. Or sa réponse ne requérait aucune réflexion préalable.

Qui qu'il soit et quoi qu'il cache, Niema devait accepter une fois pour toutes qu'il ne serait jamais complètement franc avec elle. Il appartenait probablement à cette race de paranoïaques qui voient des espions et des ennemis partout : il suffit de leur demander s'il va pleuvoir le lendemain pour qu'ils vous soupçonnent d'ourdir un plan requérant du mauvais temps.

— *Un souci*, chuchota Sayyed. *Activité dans l'entrepôt. On dirait qu'ils s'apprêtent à expédier un chargement*.

Tucker poussa un juron, toute son attention concentrée sur la situation. Il était impératif de détruire dans sa totalité le stock de bactéries avant son envoi. Mais l'affaire s'annonçait mal. En général, l'entrepôt était désert la nuit, surveillé par deux vigiles postés à l'extérieur. Hélas, la voie n'était pas libre, ce soir. Sayyed se trouvait donc dans l'impossibilité de disposer ses explosifs.

— Combien ? demanda Tucker.

— *J'en compte... huit... non, neuf. Je suis caché derrière des bidons. Je ne peux pas bouger*.

Il était hors de question que la cargaison quitte les lieux.

— Dallas, murmura Tucker.

— *J'y vais, chef. Mes charges sont posées*.

Niema enfonça les ongles dans les paumes de ses mains. Dallas allait se porter au secours de Sayyed, mais il risquait d'être repéré. Et ils ne seraient que deux face à une dizaine d'hommes. Elle voulut s'emparer du deuxième casque, sans trop savoir ce qu'elle allait dire à son mari. Mais elle n'eut pas le temps d'y réfléchir. La main de Tucker avait jailli vers elle, arraché la prise et jeté le casque de côté.

Elle se leva brusquement, les poings serrés.

— C'est mon mari.

Tucker plaqua la main sur le microphone minuscule.

— Ce n'est pas le moment de le déranger. Si tu tentes quoi que ce soit, je te ligote et je te bâillonne, ajouta-t-il.

Elle ne manquait pas d'entraînement et Dallas, lorsqu'il avait compris qu'elle ne resterait pas gentiment à la maison à l'attendre, lui avait enseigné plusieurs techniques qu'elle n'avait jamais expérimentées en cours d'autodéfense. Toutefois, son niveau en ce domaine était nettement moins élevé que celui de Dallas ou de Tucker. Le seul moyen de le dominer, songea-t-elle, c'était de le prendre par surprise.

En même temps, il avait raison. Nom de Dieu, il avait raison. Elle ne devait sous aucun prétexte risquer de détourner l'attention de Dallas.

Elle souleva les bras dans un geste d'abandon et s'écarta de trois pas. La hutte était si petite qu'elle ne pouvait guère s'éloigner davantage. Elle se laissa choir sur un colis de provisions et s'efforça de ravaler son angoisse.

Les minutes se succédèrent, interminables. Elle imagina Dallas en train de ramper jusqu'à l'entrepôt, lentement, précautionneusement. Chaque seconde qui passait laissait une chance de plus aux terroristes de s'enfuir avec leur chargement. Dallas devait faire preuve à la fois de prudence et d'efficacité.

— Sayyed. Rapport, ordonna Tucker.

— *Je suis coincé. Le camion est presque plein.*

— *Deux minutes*, intervint Dallas.

Deux minutes. Niema ferma les yeux. Un filet de sueur glacée lui coulait dans le dos. S'il vous plaît, mon Dieu, s'entendit-elle prier. S'il vous plaît.

Deux minutes... une éternité. Le temps avait cette étrange faculté de devenir élastique.

— *Je suis en position.*

En entendant ces paroles, elle faillit craquer. Elle se mordit la lèvre et le goût du sang envahit sa bouche.

— Ton avis ?

— *Sayyed est dans le pétrin. Dis donc, camarade, combien de charges as-tu réussi à poser ?*

— *Une seule.*

— *Merde.*

C'était insuffisant. Niema les avait entendus discuter, elle connaissait les estimations de Dallas quant aux charges nécessaires pour détruire l'usine.

— Hadi ?

— *Il est en position. Il ne peut pas faire grand-chose.*

— *On commence à se retirer,* ordonna Dallas d'une voix posée. *Sayyed, arme les charges.*

Il y eut un silence, puis :

— *C'est fait.*

— *Prépare-toi. Jette le paquet sous le camion, puis détale comme un lapin. Je te couvrirai. Je nous donne cinq secondes pour sortir d'ici avant d'appuyer sur le bouton.*

— *Merde. On ne peut pas aller jusqu'à six ?*

— *Prêt !* répondit Dallas, parfaitement calme. *Go !*

2

Le staccato assourdissant de coups de feu jaillit du haut-parleur. Niema sursauta comme si quelques-uns des projectiles l'avaient touchée, puis elle plaqua les deux mains sur sa bouche pour ravaler un cri. Tucker se tourna vivement vers elle, craignant sans doute qu'elle ne garde pas le silence. Il avait tort de s'inquiéter : elle était littéralement paralysée.

Une sorte de grognement bestial leur parvint.

— *Bordel ! Sayyed est à terre !*

— Fichez le camp, ordonna Tucker, mais une nouvelle rafale de coups de feu noya ses paroles.

L'enceinte de piètre qualité cracha un son qui donna la chair de poule à Niema : un grondement sourd, doublé d'un claquement sec.

— *Et... merde !*

Elle reconnut à peine la voix de Dallas.

— Hadi ! aboya Tucker. Dallas est à terre. Va le cherch...

— *Non !* souffla Dallas.

— *Tiens bon, camarade. J'arrive,* le rassura Hadi.

— *Laisse tomber. J'ai reçu une balle en plein ventre.*

Le monde cessa de tourner. Niema lutta pour surmonter le choc, mais elle avait l'impression que son corps tout entier se disloquait, tandis que ses poumons refusaient de fonctionner. Une balle dans le ventre. Quand bien même ils auraient été aux États-Unis, à proximité d'un hôpital, c'était une blessure gravissime. Ici, dans ces montagnes froides et isolées, à des dizaines de kilomètres d'équipes de secours plus ou moins efficaces, c'était une condamnation à mort. Elle en était consciente. Son cerveau l'admettait. Mais son cœur le refusait.

D'autres coups de feu suivirent, plus proches. Dallas continuait de repousser l'ennemi de son mieux.

— *Chef…*

Le chuchotement flotta dans la hutte.

— Je suis là, répondit Tucker face à Niema, le regard accroché au sien.

— *Est-ce… est-ce que Niema nous entend ?*

Dallas devait être au plus mal, sans quoi il n'aurait jamais posé une question pareille : il était évident qu'elle écoutait tout. C'était elle qui manipulait la radio.

Tucker ne cilla pas.

— Non.

De nouveau retentit le bruit d'une fusillade. Puis la respiration de Dallas se fit entendre, faible, trop rapide.

— *Tant mieux, je… j'ai encore le détonateur. On ne peut pas les laisser repartir avec cette… merde.*

— Non. On ne peut pas, concéda-t-il, presque avec douceur.

— *Prends… prends soin d'elle.*

Impassible, Tucker fixa Niema.

— Je…

Il marqua une pause.

— Je te le promets.

L'explosion secoua la hutte, provoquant des cascades de poussière dans les fentes du plafond, ébranlant la porte dans son cadre. À peine l'onde était-elle passée que Tucker se mit en mouvement. Arrachant le casque, il le jeta à terre, ramassa un marteau et entreprit de détruire méthodiquement la radio. Bien que vieille et obsolète, elle était en état de marche, et ils avaient reçu l'ordre de ne rien laisser derrière eux qui puisse être réutilisé. Réduire l'appareil en miettes ne prit qu'une trentaine de secondes.

Quand cela fut fait, il écarta Niema des paquetages et se rua dessus, redistribuant les affaires qu'ils emporteraient. Elle resta figée au milieu de la pièce, incapable de bouger. Elle avait conscience de la douleur qui l'étreignait. Une douleur atroce qui lui rongeait la poitrine, comme si son cœur était sur le point d'éclater.

Tucker lui lança un épais manteau. Niema le contempla, cherchant à comprendre ce qu'il voulait. Sans un mot, il le reprit, le lui enfila comme il aurait habillé une enfant, remonta la fermeture Éclair, rangea ses cheveux sous le col en guise de protection supplémentaire autour de sa nuque. Ensuite, il lui fit mettre une paire de gants et posa un chapeau de fourrure sur sa tête.

Il s'habilla enfin : gros pull-over et pardessus. Un sifflement discret résonna à l'extérieur de la cabane. Il éteignit la lumière. Hadi se glissa dans la hutte, et Tucker ralluma.

Même à la lueur pâle de l'unique lampe, Hadi paraissait blême. Il se tourna immédiatement vers Niema.

— Ô mon Dieu…

D'un geste, Tucker l'engagea à se taire.

— Pas maintenant. Il faut y aller.

Il remit à Hadi l'un des sacs à dos et hissa les deux autres sur ses épaules. Puis, s'emparant d'un fusil, il saisit Niema par le coude et l'entraîna dans la nuit.

Leur voiture, une vieille Renault, les avait lâchés la première nuit et, malgré son expertise en matière de mécanique, Tucker n'avait pas réussi à réparer l'essieu cassé. Hadi jeta un coup d'œil inquiet vers Niema. Depuis deux jours qu'ils étaient en fuite, elle tenait bon. Elle avançait comme un robot, sans la moindre protestation. Elle s'exprimait quand on lui posait une question directe. Elle mangeait quand Tucker lui donnait de la nourriture, buvait quand il lui tendait l'eau. En revanche, elle n'avait pas fermé l'œil. Obéissant aux ordres, elle s'allongeait par terre, mais elle ne dormait pas, et ses yeux étaient gonflés par la fatigue. Les deux hommes savaient qu'elle ne pourrait pas continuer longtemps ainsi.

— Qu'est-ce qu'on fait ? demanda tout bas Hadi à Tucker. On se sépare comme prévu ou on reste ensemble ? Tu vas peut-être avoir besoin d'aide pour la sortir de là.

— On se sépare, décréta Tucker. C'est plus sûr. Une femme voyageant en compagnie de deux hommes attirera plus l'attention qu'un homme avec son épouse.

Ils se dirigeaient vers le nord-ouest, à travers la région la plus peuplée d'Iran. C'était le seul moyen d'atteindre la Turquie, et une relative sécurité. L'Irak se situait plein ouest, l'Afghanistan et le Pakistan, à l'est, les États issus de la dissolution de l'Union Soviétique au nord-est, la mer Caspienne au nord et le golfe Persique au sud, par-delà un désert fort inhospitalier. La Turquie était la seule destination raisonnable. Durant le trajet, Niema devrait désormais porter le traditionnel tchador islamique.

Au début de leur voyage, ils s'étaient déplacés de nuit, craignant d'être poursuivis – ce qui était une simple précaution, l'ennemi ayant pu considérer Dallas et Sayyed comme les deux seuls saboteurs. Peut-être même, à l'heure qu'il était, personne n'était-il au courant d'une intrusion dans la fabrique. Celle-ci se trouvait particulièrement isolée, dotée d'une unique ligne téléphonique. Dallas avait parfaitement pu appuyer sur le bouton avant que quiconque ne réussisse à appeler les secours – en supposant que l'un des ouvriers en ait eu l'idée.

Le bâtiment n'était plus qu'un tas de cendres. Tucker en personne était allé vérifier, laissant Niema sous la protection attentive de Hadi. Comme toujours, Dallas avait accompli sa mission à la perfection.

À ce moment-là, pour la première fois, Niema avait pris la parole de sa propre initiative. Au retour de Tucker, elle l'avait observé, le regard hanté, mais teinté d'une lueur d'espoir.

— Tu l'as trouvé ?

La question l'avait pris de court.

— Non.

— Mais... son corps.

Elle ne s'accrochait pas à l'idée irrationnelle que Dallas avait survécu. Elle voulait simplement récupérer son corps pour l'enterrer.

— Niema... il ne reste plus rien.

Tucker avait prononcé ces mots avec le plus de douceur possible, sachant pertinemment qu'aucune précaution ne pourrait atténuer sa douleur. Elle s'était comportée comme une véritable héroïne du début à la fin, mais à présent, elle paraissait si... *fragile*.

Il ne reste plus rien. Elle avait chancelé sous le choc. Depuis, elle n'avait plus rien demandé, pas même de l'eau. Tucker avait la capacité de supporter de très longues périodes sans se désaltérer ; il ne pouvait pas se référer à ses propres besoins pour estimer ceux d'autrui. Il avait donc établi des règles : toutes les deux heures, il l'obligeait à s'hydrater. Toutes les quatre heures, il la forçait à se nourrir. Enfin, non, il n'avait à exercer aucune autorité : elle acceptait tout, sans se rebeller.

À présent, le moment était venu de se séparer, comme ils l'avaient planifié dès le début, mais au lieu de Dallas, c'était Tucker lui-même qui accompagnerait Niema, pendant que Hadi se débrouillerait de son côté pour quitter le pays.

Dès demain, ils seraient à Téhéran, où ils se mêleraient à la population. Tucker comptait prendre contact avec ses supérieurs et, si la voie était libre, il se procurerait un moyen de transport pour lui et Niema. Une journée de voyage suffirait avant de franchir la frontière turque. Là, il abandonnerait le véhicule, et ils poursuivraient leur chemin à pied dans la nuit, jusqu'à un refuge. Hadi arriverait par une autre route.

Hadi se tritura la barbe. Ni l'un ni l'autre ne s'était rasé depuis deux semaines. Ils n'étaient pas beaux à voir.

— Une fois à Téhéran, je pourrai peut-être trouver une pharmacie et lui acheter des somnifères. Il faut absolument qu'elle dorme.

Ils s'étaient arrêtés pour se reposer, abrités derrière le mur solitaire d'une maison en ruine. Niema se tenait un peu à distance, enfermée dans sa solitude et son désespoir. Elle ne s'agitait pas. Elle se contentait de rester assise, immobile. Il aurait mieux valu qu'elle pleure, se dit Tucker. Qu'elle se lâche, qu'elle s'épuise, puis qu'elle sombre dans un profond sommeil. Mais les larmes ne coulaient pas. Elle n'en était pas encore là. Il faudrait un peu de temps.

Il réfléchit à la proposition de Hadi, mais il hésitait à recourir aux barbituriques, au cas où ils seraient contraints de bouger vite. En même temps…

— On verra, se contenta-t-il de répondre.

La pause avait assez duré. Tucker se leva, signala qu'il était l'heure de repartir. Quand Niema se mit debout à son tour, Hadi se précipita vers elle pour l'aider à franchir un tas de briques. Elle n'avait pas besoin de son aide, mais Hadi la couvait comme une maman poule.

Soudain, il posa le pied sur une planche, qui se souleva brusquement, délogeant quelques pierres à l'instant précis où Niema marchait dessus. Elle vacilla, perdit l'équilibre et chuta dans les gravats, sur son épaule droite.

Elle ne poussa pas le moindre cri. Hadi jura entre ses dents, se confondit en excuses et la hissa sur ses pieds.

— Merde ! Je suis désolé. Ça va ?

Elle opina, dépoussiéra ses vêtements, se massa l'épaule. Tucker la vit froncer légèrement les sourcils, tandis qu'elle repassait la main sur son épaule. Aussitôt, il comprit que quelque chose n'allait pas.

— Tu es blessée.

Il se rua vers elle.

— Tu t'es fait mal ? s'enquit Hadi, inquiet.

— Non.

Elle semblait perplexe, ni plus ni moins. Pourtant, elle tourna la tête, cherchant à y regarder de plus près. Tucker la fit pivoter doucement. Sa blouse était déchirée, laissant apparaître un filet de sang.

— Tu as dû tomber sur quelque chose de pointu, murmura-t-il.

Il songea que ce devait être l'angle d'une brique, mais presque aussitôt, il aperçut un clou rouillé jaillissant de la planche pourrie.

— Un clou. Heureusement que tu es vaccinée contre le tétanos.

Efficace et rapide, il avait commencé à déboutonner son chemisier. Voyant qu'elle ne portait pas de soutien-gorge, il se limita aux premiers boutons avant de tirer sur l'étoffe pour libérer son épaule.

La plaie déjà violacée, enflée, suintait. La pointe s'était fichée dans le haut de son omoplate, à la limite du bras. Il appuya dessus pour la faire saigner. Hadi avait déjà ouvert leur modeste mallette de secours pour en extraire des compresses stériles.

Niema se laissa soigner sans broncher. Tucker se dit que Hadi et lui s'affolaient pour une lésion sans doute mineure. Mais ils ne pouvaient prendre aucun risque : ils devaient quitter l'Iran au plus vite. Certes, leurs attentions se justifiaient par l'urgence de la situation ; mais au-delà, Tucker et Hadi cédaient à l'instinct de protection que ressent tout homme vis-à-vis d'une femme. Surtout que la femme en question était seule avec eux, déjà traumatisée psychologiquement, sinon physiquement. De surcroît, c'était une personne charmante, qui avait su se faire apprécier de toute l'équipe pour son courage et son intelligence. Normal qu'ils se démènent pour elle.

Tucker était conscient de ses propres motivations, aussi bien celles qui relevaient de l'instinct que les autres, plus personnelles. Mais en plus, il se rendait compte qu'il n'hésiterait pas à soulever des montagnes pour soulager son immense douleur. Il avait promis à Dallas de prendre soin d'elle et il tiendrait parole, quoi qu'il arrive.

Un rayon de soleil nimbait son épaule nue, donnant à sa peau une couleur perle. Malgré sa chevelure et ses yeux très bruns, elle avait le teint pâle. La courbe élégante de sa clavicule était exposée et, tout en appliquant une noisette de pommade antiseptique sur la lésion, Tucker se surprit à admirer la grâce de son corps. Ses vêtements rugueux, l'absence de toute trace de maquillage, ses cheveux sales et désordonnés ne diminuaient en rien sa féminité. Elle avait une telle délicatesse naturelle qu'il était constamment étonné de lui découvrir en plus une solidité sans faille.

— On aurait envie de la poser sur un piédestal pour la préserver de la moindre salissure, du moindre mal, avait dit Dallas, avant que Tucker ne la rencontre. Mais s'il te prenait l'idée de suivre cette envie, elle te défoncerait les dents d'un coup de pied.

Il avait prononcé ces paroles avec une satisfaction intense, parce qu'elle était sa femme. Tucker avait hoché la tête, stupéfait de voir son ami Dallas Burdock à ce point amoureux.

Tucker lui posa un pansement adhésif, puis remonta le bras de son chemisier. Il lui aurait boutonné son vêtement, mais elle s'était empressée de s'y atteler elle-même, tête baissée, concentrée sur sa tâche. Ses doigts paraissaient obéir avec difficulté.

Elle était devenue une sorte de zombie, à bout de forces. S'il survenait quoi que ce soit qui nécessite une action rapide, Tucker craignait qu'elle ne soit incapable de bouger. Elle devait à tout prix dormir.

Il attira Hadi à l'écart.

— Je ne vais pas la pousser davantage. D'après la carte, il y a un petit village à une trentaine de kilomètres d'ici, au nord. Tu crois que tu peux nous trouver une caisse ?

— Je peux essayer.

— Ne prends pas de risques inutiles. S'il le faut, attends la nuit.

Hadi acquiesça.

— Si tu n'es pas revenu à l'aube, nous poursuivrons notre chemin.

Une fois de plus, Hadi acquiesça.

— Ne t'inquiète pas pour moi. Si tu ne me vois pas, sors-la d'ici.

— C'est bien mon intention.

Emportant de l'eau et de la nourriture, Hadi disparut à l'horizon. Niema ne demanda pas où il allait. Elle s'assit et fixa le lointain, le regard vide. Non, pas vide, songea Tucker. Au contraire – et c'était insupportable –, empli d'une tristesse infinie.

La journée s'éternisa. Tucker passa un certain temps à leur bâtir un abri de fortune, afin de les protéger du soleil puis, plus tard, du vent. Maintenant qu'ils s'étaient éloignés des montagnes, le climat était plus chaud, mais les nuits demeuraient glaciales. Ils se restaurèrent, Niema n'avalant que quelques bouchées. Cependant, elle but plus d'eau que d'habitude.

Au crépuscule, il remarqua qu'elle avait les joues rouges. Il tâta son front et découvrit sans surprise qu'il était brûlant.

— Tu as de la fièvre.

En fait, sa température ne se révéla pas trop élevée et c'était tant mieux, car elle était trop faible pour résister à une nouvelle agression.

Il mangea à la lueur de la torche électrique. Niema n'avait aucun appétit. De nouveau, elle but beaucoup.

— Essaie de dormir, lui conseilla-t-il avec douceur.

Docilement, elle se coucha sur la couverture qu'il avait étalée pour elle. Mais après l'avoir observée un long moment, il dut constater qu'elle ne s'endormait pas. Les yeux grands ouverts, elle fixait les ombres, pleurant intérieurement le mari qui n'était pas là et qui ne reviendrait jamais.

Tucker posa le regard sur son dos. Dallas et elle s'étaient comportés avec discrétion en public, évitant toute démonstration d'affection. Mais la nuit, Dallas se coulait contre elle, un bras serré autour de sa taille.

Peut-être ne trouvait-elle plus le sommeil parce qu'elle était seule et qu'elle avait froid ? C'était tellement naturel, chez les couples mariés : le confort et la chaleur d'un autre humain dans son lit, le souffle régulier et réconfortant de l'autre. Peut-être étaient-ce la confiance, l'intimité qui comptaient tant. Pour sa part, Tucker ne se laissait guère aller à la confiance et à l'intimité, mais il était conscient de ce qui avait lié Niema et Dallas.

Il poussa un petit soupir. Tout à coup, quoi qu'il lui en coûte, il savait ce qu'il devait faire.

Ramassant une bouteille d'eau, il s'approcha de la jeune femme en silence, avant de s'allonger derrière elle.

— Chut, murmura-t-il, en la sentant se raidir. Dors.

Il se pelotonna contre elle pour lui communiquer sa chaleur, sa force. Remontant une deuxième couverture sur eux, il lui prit la taille.

Elle était brûlante, et des frissons la parcouraient. Il la serra de plus près.

— La fièvre combat l'infection. Nous avons de l'aspirine dans la mallette de secours. Si tu as trop mal, dis-le-moi. Mais je pense qu'il vaut mieux laisser la nature agir.

— Oui, chuchota-t-elle.

Il lui caressa les cheveux, d'une main douce, et chercha un moyen de lui occuper l'esprit. S'il parvenait à l'empêcher de réfléchir, peut-être s'endormirait-elle ?

— Un jour, j'ai vu une éclipse solaire. C'était en Amérique du Sud... Le temps était affreusement chaud et humide. Les averses n'arrangeaient rien. J'étais en nage du matin au soir. On s'habillait le moins possible.

Il ne savait pas si elle l'écoutait. Il s'en fichait. Il continua de parler d'un ton monocorde, rassurant. Comme pour la bercer.

— On avait annoncé à la radio qu'une éclipse solaire devait avoir lieu ce jour-là, mais la chaleur était tellement suffocante que personne ne s'en souciait. C'était un village minuscule, peu fréquenté par les chasseurs d'éclipses. Moi-même, je n'y pensais plus du tout. La journée était ensoleillée, la lumière aveuglante. Je portais des lunettes teintées. L'éclipse m'a pris par surprise. Le soleil brillait, le ciel était tout bleu puis, brusquement, on aurait dit qu'un nuage avait obscurci le soleil. Tous les oiseaux se sont tus, tous les animaux domestiques se sont cachés. Un des villageois a levé la tête et dit : « Regarde le soleil ! » C'est alors que j'ai repensé à l'éclipse. Je leur ai expliqué qu'il ne fallait surtout pas le regarder, au risque de perdre la vue. L'atmosphère était très étrange... Enfin, la lune a complètement recouvert le soleil, laissant simplement dépasser un halo lumineux. Quel spectacle ! L'épisode a duré quelques minutes, pendant lesquelles le village tout entier est resté figé. Les hommes, les femmes, les enfants, personne ne parlait, personne ne bougeait... Puis, petit à petit, la lumière est revenue, les oiseaux se sont remis à chanter. Les poules ont commencé à caqueter, les chiens à aboyer. La lune s'est éloignée, et il faisait tout aussi chaud qu'auparavant, mais plus personne ne s'en plaignait.

Deux jours plus tard, tous les habitants étaient morts – victimes d'un massacre effroyable –, mais il se garda de préciser ce détail.

Il patienta. Sa respiration semblait plus régulière. Si elle se décontractait, son corps s'abandonnerait peut-être enfin au sommeil.

Il lui raconta ensuite l'histoire d'un chien qu'il avait eu dans son enfance. Il n'avait jamais eu de chien, mais elle n'en savait rien. L'animal improvisé était un Heinz 57, long et mince comme un teckel, mais au poil bouclé comme un caniche.

— Une véritable horreur.

— Comment s'appelait-il ?

Sa voix le surprit, son cœur se serra.

— Fifi, répondit-il. C'était une femelle.

Il lui décrivit les mille et un exploits de Fifi. Un chien fascinant, capable de grimper aux arbres, d'ouvrir les portes. Quant à son repas préféré, c'était… mon Dieu, quel était donc le nom de ces céréales dont les enfants étaient si friands ? Ah, oui… des *Fruit Loops*. Fifi dormait comme un chat, cachait les chaussures sous le canapé. Et même, un jour – sans mentir –, elle avait dévoré sa rédaction !

Tucker broda ainsi pendant plus d'une demi-heure, marquant une pause de temps en temps pour écouter la respiration de Niema. Enfin, elle s'endormit.

Il s'autorisa à s'assoupir aussi, mais une partie de lui guettait le retour de Hadi et tout bruit suspect alentour. À plusieurs reprises, il se réveilla complètement pour tâter le front de Niema. Il était encore chaud, mais son état ne semblait pas empirer. Toutefois, par précaution, il n'hésita pas à la secouer légèrement pour la faire boire. Chaque fois, elle se rendormit presque aussitôt.

Les heures s'écoulèrent. Hadi ne revenait toujours pas. Sans doute avait-il dû attendre les premières lueurs de l'aube pour voler une voiture en toute sécurité. Tucker consulta sa montre, pesa le pour et le contre. Plus Niema se reposerait, plus elle serait en forme à son réveil. Mais tôt ou tard, il faudrait prendre une décision.

À 5 heures, il alluma la lampe électrique, avala un peu d'eau, puis réveilla Niema en douceur. Elle but longuement, se blottit contre lui, soupira.

— Debout, murmura-t-il.

— Pas encore, répondit-elle, paupières closes, en se tournant vers lui et en s'accrochant à ses épaules. Mm…

Elle le prenait pour son mari. Elle était toujours ensommeillée. Peut-être avait-elle rêvé de Dallas. Elle était habituée à se réveiller dans ses bras, à se lover contre lui…

La logique voulait qu'il la secoue un bon coup, la nourrisse, vérifie sa blessure et la prépare au départ, que Hadi les rejoigne ou non. Mais pour une fois dans sa vie, Tucker décida de tourner le dos à la logique. Il l'étreignit quelques secondes… Puis, au prix d'un effort surhumain, il aspira une grande bouffée d'air et la repoussa.

— Niema, réveille-toi… Tu étais en train de rêver.

Elle ouvrit les yeux et une lueur de panique vacilla dans ses prunelles. Horrifiée, elle s'écarta.

— Je… je…

Le gémissement lui échappa comme s'il lui déchiquetait la poitrine. Elle se laissa retomber sur la couverture, le corps secoué de spasmes. Poussant une longue plainte, elle se remit à pleurer de plus belle. Cette fois, le barrage avait cédé. Elle sanglota jusqu'à en avoir la nausée. Il crut qu'elle allait enfin s'arrêter, mais elle continua. Elle pleurait encore, quand il perçut un bruit de moteur se rapprochant, et se leva aussitôt pour aller à la rencontre de Hadi.

DEUXIÈME PARTIE

3

1999, Atlanta

Le vol Delta 183 d'Atlanta à Londres était complet. Les passagers de première classe avaient déjà embarqué. Confortablement installés, ils lisaient leurs journaux préférés en sirotant une coupe de champagne. Les hôtesses leur avaient pris leur manteau pour le suspendre dans l'armoire, avaient bavardé avec les plus affables, vérifié le cockpit pour s'assurer que les pilotes n'avaient besoin de rien.

Le député Donald Brookes et son épouse, Elaine, partaient en vacances, les premières depuis si longtemps qu'Elaine avait du mal à y croire. Depuis son élection, quinze ans auparavant, Donald avait régulièrement consacré entre dix-huit et vingt heures par jour à son travail. Toutes ces années passées au service de l'État n'avaient en rien atténué son désir de satisfaire ses contribuables. Elaine s'était habituée à se coucher seule, se réveillant toutefois quand son mari rentrait à la maison ; ils se tenaient alors la main et discutaient. Au début, avant que le couple ne figure sur les listes des personnalités, Elaine passait même la plupart de ses soirées sans son époux, à s'occuper de leurs enfants.

Depuis, les choses avaient changé. Donald était devenu président du comité parlementaire des relations étrangères, et ils menaient désormais une vie nettement plus mondaine ; ils croulaient sous les invitations et les obligations, mais du moins, les honorer leur permettait-il d'être ensemble.

Certes, ils avaient pu retourner de temps en temps dans leur maison de l'Illinois, durant les relâches du Parlement, mais tout en ralentissant son rythme, Donald en avait surtout profité pour s'occuper de sa circonscription. Il s'agissait donc de leur première véritable escapade depuis sa première élection.

Elaine était enchantée : ils allaient pouvoir dormir le matin, prendre tranquillement le petit déjeuner dans leur chambre, puis explorer Londres en toute sérénité. Cinq jours dans la capitale anglaise, les cinq suivants à Paris, puis un saut à Rome et à Florence. Le voyage de ses rêves.

À deux rangées derrière eux, Gavin Whittaker était déjà absorbé dans la lecture d'un dossier extirpé de sa mallette. Président-directeur général d'une entreprise informatique, il menait tambour battant une affaire qui avait littéralement explosé au cours des sept dernières années. Certes, il n'arrivait pas encore à la cheville de Microsoft, mais quelle importance ? Selon ses calculs, quand ses projets en cours débouleraient sur le marché, sa société verrait sa valeur doubler en moins de cinq années. En tout cas, il l'espérait. Patient, il attendait son heure, consolidait ses atouts en prenant soin de ne pas empiéter sur les territoires des géants. Le moment venu, il dévoilerait le système qu'il avait développé, un système si rationnel, si simplifié – et surtout, totalement imperméable aux virus – que tous les autres en resteraient pantois.

Au premier rang, un délégué allemand des Nations Unies tenait son verre glacé contre son front, dans l'espoir que sa migraine s'estomperait suffisamment pour qu'il réussisse à dormir…

Le siège 2F était occupé par une jeune femme, cadre de la Banque mondiale. Sourcils froncés, elle étudiait le *Wall Street Journal*. Dans son adolescence, elle avait envisagé diverses carrières : être neurologue la tentait, par exemple, ou encore actrice de cinéma. Mais elle avait découvert que l'argent la motivait plus que tout. Elle voyageait dans le monde entier. Elle avait dîné à Paris, renouvelé sa garde-robe à Hong Kong, skié en Suisse. Sa vie lui plaisait, et elle comptait bien en profiter.

Le fauteuil 4D avait été attribué à un diplomate de carrière. Ambassadeur des États-Unis en France durant le mandat de Bush père, il s'était vu mettre au placard depuis. Il venait de se remarier avec une mondaine de Chicago, dont la fortune familiale allait lui permettre de réintégrer le circuit. Il s'attendait à être nommé dans une nouvelle ambassade très bientôt, et pas n'importe laquelle.

En deuxième classe, Charles Lansky essuya son visage ruisselant de sueur en s'efforçant de ne pas penser au décollage imminent. Voler ne le gênait pas trop, une fois que l'avion était dans les airs, mais les phases de décollage et d'atterrissage le paniquaient totalement. Après une brève escale à Londres, il devait repartir pour Francfort, ce qui impliquait deux décollages et deux atterrissages. Pour accepter de subir ce supplice, il fallait que la réunion à laquelle il se rendait soit d'une importance capitale.

Un groupe d'étudiants anglais, écossais et irlandais monta à bord, chacun muni de l'inévitable sac à dos contenant l'essentiel : une bouteille d'Évian, un baladeur, une collection de CD, une trousse de maquillage pour les jeunes filles, une Game Boy pour les garçons, peut-être un vêtement ou deux. Ils étaient bronzés, en pleine santé ; ils se ressemblaient tous, mais étaient encore assez jeunes pour se croire uniques.

Hommes d'affaires et touristes envahissaient encore les allées. Ils rangèrent leurs bagages à main et finirent tous par prendre place. Une jeune femme posa fermement le sien sur ses genoux, jusqu'à ce que l'hôtesse vienne lui annoncer que c'était interdit et lui propose de trouver une place dans un compartiment un peu plus loin. La jeune femme refusa d'un signe de tête et réussit à fourrer son sac sous le siège devant elle. Elle n'avait plus de place où poser les pieds, mais tant pis. Son teint était cireux, et elle transpirait abondamment malgré l'air frais qui s'échappait des ventilateurs.

Enfin, le gigantesque L-1011 fut prêt à démarrer. Il quitta la porte et alla rejoindre les dix-sept appareils qui attendaient l'autorisation pour décoller. L'attente se prolongea. De temps à autre, l'un des pilotes prenait son micro afin d'informer les passagers de l'heure prévue pour le décollage. La plupart des voyageurs de première classe avaient enlevé leurs chaussures et enfilé les chaussettes spéciales fournies dans la trousse gracieusement offerte par la compagnie Delta. On feuilletait des magazines, on sortait ses livres, certains ronflaient déjà.

Arriva enfin le tour du vol 183. Les énormes moteurs rugirent, l'avion accéléra, de plus en plus vite jusqu'à ce qu'il se soulève du sol. Des bruits métalliques résonnèrent, tandis que les roues se repliaient. L'avion fila comme une flèche dans le ciel bleu azur, prenant de l'altitude pour suivre la côte Est jusqu'à la hauteur de New York, puis bifurquer au-dessus de l'Atlantique.

Trente-trois minutes plus tard, au-dessus des montagnes de l'ouest de la Caroline du Nord, le L-1011 se désintégrait en une boule de feu. Les sections de fuselage enflammées décrivirent de longs et lents arcs de cercle avant de retomber sur la terre.

4

Washington, DC

Les deux hommes étaient installés de part et d'autre d'un somptueux bureau en chêne, incrusté de marbre rose d'Italie. Entre eux trônait un superbe jeu d'échecs aux pièces sculptées à la main. La bibliothèque où ils se trouvaient était sobre, confortable, un peu miteuse, non pas parce que Franklin Vinay manquait de moyens pour la restaurer, mais parce qu'il l'aimait telle quelle. Mme Vinay l'avait entièrement refaite l'année précédant son décès, et il se sentait à l'aise parmi tous ces objets qu'elle avait choisis exprès pour lui.

C'était elle qui avait déniché cet échiquier lors d'une vente aux enchères dans le New Hampshire. Un de ses passe-temps préférés, se rappela Frank avec tendresse. Dodie avait eu ce don merveilleux d'aimer la vie, de se contenter de petits plaisirs. Elle était partie depuis dix ans déjà, et pas un jour ne passait sans qu'il pense à elle, parfois avec nostalgie, mais le plus souvent avec le sourire – car ils avaient partagé tant de bons souvenirs.

Comme à l'accoutumée, John et lui avaient joué à pile ou face pour désigner celui qui prendrait les blancs. Frank avait donc lancé la partie d'un geste agressif, bien que conventionnel, en avançant un pion, deux cases devant son roi. Parfois, il optait pour les stratégies banales ; c'était une manière de surprendre l'adversaire.

Frank était un bon joueur et en avait conscience. Cela étant, il avait du mal à battre John. Ingénieur informatique, d'une patience inouïe, celui-ci savait attendre le bon moment pour agir. Aux échecs comme dans le métier qu'il avait choisi, John Medina était un adversaire dangereux.

Kaiser, un énorme berger allemand, ronflait paisiblement à leurs pieds. De temps en temps, il laissait échapper de petits cris de chiot incongrus par rapport à sa taille, tandis qu'il rêvait de chasse aux lapins. Le calme de Kaiser était rassurant.

On avait inspecté la demeure de fond en comble en quête de mouchards le matin même, puis de nouveau dans la soirée, quand Frank était rentré. Si un éventuel indiscret avait installé un micro parabolique, un bruit électronique l'empêcherait de détecter toute conversation qui se déroulerait entre les murs. Le système de sécurité était hautement sophistiqué, les portes archi-blindées, toutes les fenêtres protégées par des barreaux.

La maison qui, de l'extérieur, ressemblait à la propriété de n'importe quel homme modérément prospère, était en fait une forteresse. Malgré cela, tous deux savaient qu'aucune forteresse n'était imprenable. Le 9 mm de Frank était soigneusement rangé dans le tiroir de son bureau. L'arme de John se trouvait dans un étui accroché à sa ceinture. Directeur adjoint des opérations de la CIA, Frank était une cible de valeur au sein de la communauté des espions ; pour cette raison, peu de gens savaient où il habitait. Son nom n'apparaissait nulle part. Tous les appels envoyés ou reçus sur son numéro privé étaient réorientés à travers plusieurs relais de transmission afin de couper court à toute tentative de localisation de la source.

En dépit de ce que ces précautions laissaient croire, songea Frank avec une pointe d'humour désabusé, si un gouvernement hostile avait eu le choix entre l'enlever lui ou enlever John Medina, c'était lui qu'on épargnerait.

John examina l'échiquier, réfléchit à sa riposte tout en caressant distraitement sa tour. Prenant enfin une décision, il lâcha sa tour et déplaça son fou.

— Comment se portent mes amis de La Nouvelle-Orléans ?

La question ne surprit pas Frank. Des mois, voire un an ou plus, pouvaient passer sans qu'ils se voient, mais chaque fois, John l'interrogeait sur le sujet.

— Bien. Ils ont un bébé. Un petit garçon, né le mois dernier. Quant à l'inspecteur Chastain, il n'appartient plus au Département de police de La Nouvelle-Orléans ; il n'est d'ailleurs même plus inspecteur. Il travaille directement avec l'État. En qualité de lieutenant, je crois.

— Et Karen ?

— Fidèle au poste, dans un service d'urgences. Du moins y est-elle restée jusqu'à la naissance du bébé. Elle a pris un congé parental d'une année, si ma mémoire est bonne.

— Je suppose qu'elle n'aura aucun mal à retrouver sa place le jour où elle décidera de s'y remettre.

John s'était exprimé d'un ton posé, mais Frank le connaissait suffisamment bien pour déchiffrer l'implicite – voire l'ordre sous-jacent. S'il était officiellement le supérieur de John, la vérité, c'était que ce dernier était un électron libre.

— Aucun, assura-t-il, en toute sincérité.

Deux années plus tôt, le père de Karen et celui de John avaient été assassinés lors d'un complot ourdi pour couvrir le sénateur Stephen Lake, soupçonné d'avoir commandité le meurtre de son propre frère. Au fil de l'enquête, John n'avait pu s'empêcher d'admirer le courage de Karen et de son dur à cuire de mari. Alors même que ces deux-là n'avaient jamais entendu parler de lui, John s'était toujours efforcé, depuis, d'aplanir discrètement certains obstacles auxquels ils étaient confrontés.

— Et Mme Burdock ?

Frank s'attendait aussi à cette question.

— Niema est en pleine forme. Elle vient de concevoir un nouveau dispositif de détection quasiment impossible à déceler. La NSA lui a confié quelques projets.

John parut intéressé.

— Un dispositif indétectable ? Quand sera-t-il disponible ?

— Bientôt. Il fonctionne sur des lignes déjà branchées, mais sans provoquer la moindre baisse de tension. Sa présence échappe à tous les détecteurs électroniques.

— Comment y est-elle parvenue ?

John poussa un pion.

Frank grogna, l'œil rivé sur l'échiquier. Un petit mouvement de rien du tout, mais qui venait de révolutionner la partie.

— Une histoire de modulation de fréquence. Si j'y comprenais quelque chose, je pourrais décrocher un vrai boulot.

John s'esclaffa. Dans les rares moments où il se trouvait en compagnie de personnes en qui il avait confiance et qui le connaissaient bien, c'était un homme étonnamment ouvert d'esprit. Ceux qu'il appréciait ne devaient jamais douter de la profondeur de son amitié : peut-être parce qu'il passait l'essentiel de sa vie dans l'ombre, bravant d'innombrables dangers, adoptant différents noms et une multitude de visages, il chérissait ce qui était palpable, fiable.

— Elle s'est remariée ?

— Niema ? Non.

La position du pion l'inquiétait, et Frank fixait le jeu le front plissé, ne prêtant qu'à moitié attention à ce qu'il disait.

— Elle ne fréquente personne en particulier. Elle a des rendez-vous galants de temps en temps, mais ça ne va jamais au-delà.

— Cinq ans ont passé.

Le ton de John alerta Frank. Il leva les yeux vers lui et découvrit avec stupéfaction qu'il grimaçait, comme s'il était malheureux d'apprendre que Niema Burdock était toujours célibataire.

— Elle te paraît heureuse ? s'enquit John.

— Heureuse ?

Frank se pencha en avant, oubliant la partie.

— Elle est occupée. Elle est passionnée par son travail et, du reste, gagne très bien sa vie. Elle possède une jolie maison, une voiture toute neuve. Je peux m'occuper de tout l'aspect matériel, mais je ne peux pas deviner ou gérer ses émotions.

Parmi les nombreuses personnes dont John était l'ange gardien anonyme, Niema Burdock était celle qu'il suivait de plus près. Depuis qu'il l'avait sortie d'Iran, après la mort de son mari, il veillait sur elle avec un intérêt presque personnel.

En un éclair, Frank Vinay comprit :

— Tu la voudrais pour toi.

Il n'avait pas l'habitude d'exprimer ses pensées d'une manière aussi directe. Sa déclaration brutale le mit dans l'embarras.

John haussa les sourcils, interloqué.

— Bien sûr ! rétorqua-t-il, comme si c'était une évidence. Mais je peux toujours rêver.

— Que veux-tu dire ?

— Je ne suis guère en mesure de me lancer dans une relation avec quiconque. Non seulement je m'absente des mois et des mois, mais en plus, chaque fois, je risque de ne pas revenir, déclara-t-il froidement.

Il était parfaitement au courant des dangers de son métier ; il les acceptait. Peut-être même les recherchait-il.

— C'est vrai pour toutes sortes de professionnels : les équipes de l'élite militaire comme les ouvriers du bâtiment. Ils se marient, ils fondent des familles. Je l'ai fait, moi.

— Les circonstances n'étaient pas les mêmes.

Forcément, Frank n'avait jamais œuvré dans l'ombre. John était un spécialiste de ces missions qui ne voyaient jamais la lumière du jour, financées par des fonds impossibles à tracer. Il faisait ce qu'il avait à faire sans que le gouvernement ne s'implique, pour préserver le secret.

Frank avait envisagé d'aborder un certain sujet avec John, et le moment lui parut tout à coup opportun.

— Les tiennes peuvent changer.

— Pas possible !

— Je n'ai pas l'intention de mourir au boulot. L'idée de prendre ma retraite m'attire de plus en plus. Tu pourrais occuper ma place.

— Adjoint à la direction des opérations ?

John secoua la tête.

— J'opère sur le terrain. Tu le sais bien. Et tu sais pertinemment que tu peux participer aux opérations à ta guise. Tu corresponds parfaitement aux critères. Tu es même mieux armé que moi à l'époque où j'ai été nommé à ce poste. Réfléchis-y, au moins…

La sonnerie du téléphone l'interrompit. L'appel n'était pas inattendu. Il décrocha, prononça quelques mots, puis raccrocha.

— Un agent vient nous communiquer le rapport.

La partie d'échecs fut oubliée, la véritable raison de leur rencontre reprenant le dessus. Depuis le crash du vol 183 la semaine précédente, le FBI et le NTSB passaient les montagnes de la Caroline du Nord au peigne fin, en quête de fragments susceptibles d'éclairer les circonstances du drame. Deux cent soixante-trois personnes avaient péri dans l'accident, et on voulait savoir pour quelle raison. Aucun SOS n'avait été lancé. On avait retrouvé la boîte noire et, d'après les analyses préliminaires, les pilotes n'avaient signalé aucune anomalie. Le vol s'était déroulé normalement jusqu'à l'instant où l'avion s'était disloqué dans le ciel.

L'appareil s'était littéralement pulvérisé. Tous les soupçons étaient permis.

Par une de ses sources anonymes, John avait entendu parler d'un nouvel engin explosif qui passait sans encombre aux détecteurs de métaux des aéroports, même les très sophistiqués CTX 5000 dont était équipé celui d'Atlanta. Il en avait informé Frank, qui avait discrètement entrepris de collecter tous les renseignements disponibles concernant le vol 183 au fur et à mesure que le NTSB et le FBI les rassemblaient.

Le site paraissait difficile d'accès. Le terrain était montagneux, la forêt épaisse. Les débris étaient disséminés sur une zone immense. On avait retrouvé des morceaux de carlingue et d'humains sur la crête des arbres. Les équipes de recherche se relayaient sans cesse depuis une semaine. Elles avaient commencé par récupérer les restes des cadavres pour les confier aux experts de la médecine scientifique, auxquels revenait la tâche presque impossible d'identifier les corps. Ensuite, les équipes avaient procédé au ramassage des fragments de l'avion. Plus on prélèverait de pièces, plus le puzzle serait complet, et plus on aurait des chances de comprendre ce qui s'était passé.

Un quart d'heure plus tard, un agent frappait à la porte de Vinay, réveillant Kaiser. John resta dans la bibliothèque, hors de vue, pendant que Frank, flanqué de son chien, réceptionnait le rapport.

Frank en avait demandé deux exemplaires. À son retour, il en tendit un à John. S'enfonçant dans son fauteuil, il se plongea dans sa lecture, sourcils froncés. Le document n'avait rien de rassurant.

— Il s'agit bel et bien d'une explosion. On s'en doutait.

Les habitants de la région avaient déclaré avoir entendu un bruit fracassant et vu une sorte d'éclair. On pouvait s'interroger sur la présence effective de témoins oculaires, dans la mesure où l'appareil était tombé en plein milieu des montagnes. Les gens n'avaient pas l'habitude de se promener le nez en l'air en fixant le ciel, même si un éventuel reflet du soleil de l'après-midi sur la carlingue au moment opportun avait pu attirer l'attention d'un promeneur, qui aurait alors vu l'explosion. Toutefois, l'hypothèse la plus logique était qu'en entendant la détonation, quelqu'un se soit retourné, ait aperçu la fumée et les débris qui retombaient. Dès lors, il n'était pas difficile d'avoir *imaginé* la boule de feu.

Les premières rumeurs n'avaient pas tardé à circuler : le vol 183 avait sûrement été abattu par un missile. Le député Donald Brookes, président du comité des relations étrangères, était à bord. Il représentait une cible idéale, encore que toutes les explications fournies sur Internet aient paru plus loufoques les unes que les autres. La preuve, affirmaient les adeptes de la théorie du missile : le député Brookes, qui vivait dans l'Illinois et partait en vacances, avait décidé de prendre un vol à partir d'Atlanta plutôt que de Chicago. De toute évidence, c'était louche. On eut beau révéler que le frère aîné de Brookes vivait à Atlanta et que le député lui avait rendu visite avant de quitter le pays pour l'Europe, la thèse de l'attentat visant un seul homme persistait.

Cependant, on n'avait pas relevé la moindre trace de missile. Le schéma de rupture du métal, ajouté à celui des brûlures et des résidus sur le fuselage, laissait entendre que le vol 183 s'était crashé à la suite d'une explosion interne.

L'analyse chimique préliminaire indiquait la présence de plastic. Pourtant, on n'avait pas trouvé de débris d'un détonateur. Or, malgré la puissance de l'impact, des échantillons microscopiques seraient retombés.

— Pour causer de tels dégâts, la bombe devait être de bonne taille. Les machines d'Atlanta auraient dû la détecter.

Frank était terriblement inquiet. Tous les bagages avaient été inspectés, soit par des appareils, soit par des humains. Si, comme John le pensait, l'engin était indétectable par la technologie actuelle, ils avaient un sacré problème sur les bras.

Il faudrait désormais vérifier à la main tous les bagages, en soute et à bord. Mais les compagnies d'aviation n'étaient pas les seules vulnérables. Les applications possibles d'un tel dispositif étaient terrifiantes. On pouvait s'en servir par courrier, pour détruire des bâtiments fédéraux – ou n'importe quel immeuble public –, perturber les transports, la communication. Personne en Amérique ne prêtait attention à la sécurité des ponts, mais il suffisait qu'un ou deux d'entre eux s'écroulent pour que la circulation soit totalement paralysée.

L'explosif avait pu être maquillé pour franchir le cap des détecteurs d'Atlanta. Le système avait ses ratés. Rien n'était infaillible. N'empêche qu'il resterait alors des traces d'un détonateur quelconque : une radio, un transmetteur, voire un simple minuteur. En général, c'était grâce au détonateur que l'on repérait les bombes, car il était plus facilement détectable au scanner.

John se frotta la lèvre inférieure et jeta le rapport sur le bureau de Frank. Ce qui l'avait le plus intéressé, c'était l'analyse chimique. L'explosif contenait plusieurs composants communs au plastic, mais il avait relevé des anomalies.

— Je pense au RDX.

Le RDX était également connu sous le nom de cyclonite, ou composition C-1. Utilisé seul, c'était un produit excessivement sensible, de sorte qu'on le mélangeait le plus souvent avec des huiles ou des cires, d'où la présence de composants similaires à ceux du plastic. Le RDX pouvait être moulé sous toutes les formes imaginables – des lacets de chaussures, par exemple.

Frank redressa la tête.

— Comment ? Tu sais bien qu'on manipule les bagages n'importe comment. Un produit instable aurait sauté sur le tarmac.

— Et s'il n'était pas instable à l'origine ? Imagine que le mélange se détériore et qu'il déclenche une réaction chimique qui provoque l'explosion ? Il suffit de connaître le taux de détérioration pour programmer la détonation.

— Quelque chose d'aussi stable, à l'origine, que le plastic, mais qui se détériore au point de devenir détonateur ? Merde !

Frank ferma les yeux.

— Il se peut qu'un sociopathe solitaire l'ait concocté dans son officine, mais ce produit peut également provenir d'un labo top secret en Europe.

— L'IRA ?

— Je suis sûr qu'ils feraient la queue pour l'acheter, mais que je sache, ce ne sont pas eux qui ont financé le projet.

— Qui, alors ?

— Les candidats ne manquent pas.

Les groupes terroristes proliféraient à travers le monde. Deux mille cinq cents organisations au moins étaient connues des autorités ; certaines naissaient puis disparaissaient, d'autres, qui comptaient des milliers de membres, existaient depuis des décennies.

— Et ils vont tous se procurer ce machin.

— À condition d'en avoir les moyens.

S'il arrivait que certains clans coopèrent avec d'autres, ils ne formaient pas d'ordinaire une vaste fraternité. L'arrivée sur le marché d'un nouvel explosif était susceptible de rapporter des fortunes ; sa diffusion serait évidemment contrôlée le plus longtemps possible afin de limiter le nombre de fabricants. Mais, petit à petit, comme pour toute invention technologique, tout le monde parviendrait à se fournir le produit. Sauf que les méthodes de détection auraient elles aussi évolué. C'était comme une partie d'échecs, une suite de coups et de contrecoups.

— Si c'est en Europe qu'il a été conçu et qu'il y a de l'argent derrière, Louis Ronsard est notre homme, annonça John.

Ce qui, en soi, posait problème. Ronsard était un Français ombrageux. Il n'avait jamais fait serment d'allégeance à un groupe spécifique. En revanche, il représentait pour nombre d'organisations l'unique intermédiaire et avait amassé des sommes considérables en leur fournissant ce dont elles avaient besoin. Il n'était probablement pas engagé dans la conception de l'explosif, mais il était celui à qui s'adresser, pour gérer par exemple les paiements et les livraisons – moyennant un certain prix, bien sûr.

Ronsard pouvait être enlevé ou éliminé. Il ne se cachait pas. Mais il jouissait d'un système de sécurité très resserré : il serait plus compliqué de l'enlever que de l'éliminer. Quand bien même on réussirait à le kidnapper, il ne leur serait d'aucune utilité. Un entraînement intensif et une capacité à se maîtriser permettaient d'éluder les techniques d'interrogatoire les plus sophistiquées. Par ailleurs, Ronsard entretenait d'excellentes relations avec plusieurs membres du gouvernement français. Jusqu'ici, on l'avait laissé tranquille pour toutes ces raisons, mais aussi parce qu'il n'était ni l'artisan ni l'utilisateur des saloperies qu'il vendait. Il était l'entremetteur, le contrôleur, le passeur. Sitôt supprimé, il serait remplacé par quelqu'un d'autre.

La solution consistait donc à remonter à la source, mais John devait en même temps découvrir quels autres groupes avaient récemment bénéficié de livraisons. Et pour cela, il devait entrer en contact avec Ronsard.

5

Lorsqu'il se rendait à Washington, John Medina ne descendait jamais deux fois au même endroit. Il était sans domicile fixe. Littéralement. Avoir une adresse revenait à offrir à quelqu'un qui le pistait un point de départ. Car le propre d'un chez-soi, c'est de servir d'abri de temps en temps. John avait donc opté pour la diversité : hôtels, motels, appartements ou pavillons en location – ou encore cabanes, tentes, grottes et autres trous dans le sol, bref, ce qu'il trouvait.

Il avait une préférence pour les appartements. On s'y sentait plus libre qu'à l'hôtel et, contrairement aux chambres de motel, ils étaient dotés de plus d'une porte de sortie. Il détestait dormir là où il risquait d'être coincé.

L'hôtel qu'il avait choisi cette fois-ci vantait un balcon privé par suite, argument qui l'avait séduit. Il y avait déposé ses bagages un peu plus tôt, scruté les pièces de fond en comble à la recherche d'éventuels mouchards, analysé le système de sécurité, avant de se rendre à son rendez-vous avec Frank Vinay. À présent, alors qu'il traversait le hall en direction des ascenseurs, personne n'aurait pu reconnaître celui qui s'était présenté à la réception.

Se déguiser n'était pas compliqué. Il était arrivé en boitant exagérément, une paire de lunettes sur le nez, les cheveux aspergés de laque grise et des boules de coton dans les joues pour bouffir son visage. Il s'était exprimé avec l'accent nasal de Rochester, New York.

Sa tenue était de celles que l'on acquiert dans les magasins discount. Il ne restait plus grand-chose de cet homme-là. Après s'être débarrassé des lunettes, il avait lavé ses cheveux, échangé le pantalon en tissu synthétique noir contre un jean, la chemise à carreaux contre une chemise blanche et le coupe-vent vert contre une superbe veste noire dont la coupe impeccable dissimulait à la perfection la bosse de son arme.

Il avait accroché à sa porte le panneau « Ne pas déranger » pour éviter toute intrusion des employés. La plupart des gens seraient surpris de découvrir le nombre d'allées et venues dans leur chambre en leur absence. Femmes de ménage, hommes de maintenance, cadres – tous avaient un passe-partout grâce auquel ils pouvaient pénétrer où ils voulaient. Et c'était sans compter les escrocs professionnels qui traînaient dans les parages pour repérer les habitudes des hommes d'affaires – heures de départ et de retour, etc. Un voleur doué parvenait toujours à se glisser dans une chambre fermée à clé : il suffisait donc de sélectionner sa cible et de s'attarder près de la réception pendant que le client procédait à son enregistrement, puis de suivre ce dernier jusqu'à sa porte. Le lendemain matin, un petit coup de fil. Si personne ne décrochait, il ne restait plus qu'à gagner la chambre en question, frapper par précaution… et entrer.

La suite était telle qu'il l'avait laissée. Par habitude, il l'inspecta une fois de plus, en pensant au dispositif indétectable de Niema. La technologie était comparable au jeu du saute-mouton ; un nouveau produit apparaissait sur le marché et, pendant un temps, tenait l'avantage. Ensuite, la partie adverse concevait un dispositif capable de contrer le premier et reprenait le dessus. L'engin de Niema présenterait un atout pendant un moment, mais le secret finirait par se répandre et les méchants – les terroristes, les espions, les gouvernements hostiles – se doteraient eux aussi de l'outil. Ils pourraient même s'en servir contre lui, pour l'enlever ou le tuer. Niema serait sans doute ravie d'apprendre que son invention l'avait conduit à la mort. Cependant, elle ne le saurait jamais. Très peu de personnes seraient au courant. Il n'avait ni famille ni amis ni collègues. Ceux qui travaillaient pour lui ignoraient qui il était.

Il n'était pas obligé de masquer son identité devant Frank Vinay bien sûr, ni devant Jess McPherson, un vieil ami de son père. Quel soulagement de pouvoir baisser la garde en ces rares instants et être enfin soi-même !

S'asseyant au bureau, il débrancha le téléphone, puis alluma son ordinateur portable et le connecta à la ligne. En quelques clics, il put afficher l'une des banques de données de la CIA. Medina était l'un des rares individus au monde à continuer d'utiliser le système MS-DOS, mais il le préférait de loin à tous les autres. Une souris, c'était idéal pour surfer sur le Net ou pour jouer, mais il trouvait que l'instrument le ralentissait. Il tapait ses commandes DOS beaucoup plus vite en pianotant sur le clavier. Dans son univers, chaque seconde comptait. C'était souvent une question de vie ou de mort.

Le fichier de Louis Ronsard était une mine d'informations. On y parlait de ses parents, de l'endroit où il avait grandi, de ses succès scolaires, de ses amis, de ses loisirs. Louis avait bénéficié d'une enfance dorée. Son père était un industriel fortuné, sa mère, une ravissante créature folle de ses enfants : Louis, l'aîné et Mariette, sa cadette de trois ans.

Louis effectuait ses études à la Sorbonne quand sa maman était décédée d'un cancer des ovaires. Son père s'était tué cinq ans plus tard dans un accident de la route, lors d'un voyage d'affaires en Allemagne. Louis avait repris les rênes de l'entreprise familiale et, pour des raisons inconnues, était devenu un hors-la-loi. Depuis ce temps, on ne savait pratiquement rien de lui, bien qu'il fréquentât les milieux les plus mondains.

Ronsard possédait une propriété très surveillée dans le sud de la France. Il employait une petite armée privée pour assurer sa sécurité. En faire partie supposait qu'on avait réussi un examen de passage impitoyable. John savait que sa compagnie avait tenté d'y infiltrer un de ses agents, sans succès : il n'avait rien pu découvrir d'intéressant, ses activités étant complètement canalisées. Toutefois, il était toujours en place. John nota son nom et sa couverture.

Il y avait une photo récente de Ronsard. C'était un fort bel homme, aux traits légèrement exotiques et au teint mat. Il portait ses longs cheveux noirs en catogan. Sur le cliché, il sortait d'un banquet, en smoking, une superbe blonde à son bras. Elle lui souriait avec adoration. Elle s'appelait Sophie Gerrard ; ils avaient eu une brève liaison, mais elle n'avait plus aucun contact avec lui.

La liste des maîtresses de Ronsard était longue. Les femmes se jetaient à ses pieds. Ses histoires d'amour ne duraient jamais longtemps, mais la compagne du moment bénéficiait d'un traitement galant et attentionné – jusqu'au jour où le regard du séducteur en accrochait une autre.

Il y avait aussi un plan de la propriété, mais pas de la demeure elle-même. Ronsard recevait quelquefois chez lui, en triant ses invités sur le volet. La CIA n'avait encore jamais réussi à y envoyer quelqu'un pour jouer le rôle de convive ou de domestique. Il fallait dire que Ronsard n'avait jamais été une priorité, de sorte que l'organisation avait économisé ses efforts.

Ce n'était plus le cas. Ronsard venait de remonter en tête de liste.

John effectua quelques manipulations pour explorer d'autres fichiers, à la recherche de relevés bancaires de Ronsard, des coordonnées de la société qui avait conçu et installé le système de sécurité de son manoir, de plans disponibles des conduits électriques. Il fut vaguement déçu. Ronsard semblait avoir éliminé un certain nombre d'archives – à moins qu'elles n'aient jamais existé.

Quand il eut terminé, il était 2 heures du matin. Il s'étira, la nuque endolorie. Il avait de nouveau rendez-vous avec Frank ce soir. Peut-être auraient-ils alors d'autres éléments concernant le crash. D'ici là, Medina pouvait se détendre.

Il prit une douche et s'écroula sur son lit. Il avait ce don, propre au guerrier, de s'endormir vite et facilement. Pourtant, cette nuit, il se surprit à fixer la minuscule lumière clignotante de l'alarme incendie, au plafond. Inutile de s'interroger sur cette insomnie : il en connaissait la cause.

Niema.

Dallas était mort depuis cinq ans. Pourquoi ne s'était-elle jamais remariée ? Pourquoi n'avait-elle pas un ami stable ? Elle était jeune – vingt-cinq ans au moment du drame – et ravissante. Pendant tout ce temps, il s'était interdit de poser la plus infime question, encore moins de tenter de la joindre. Aujourd'hui, il s'était enfin décidé à en savoir davantage sur son compte.

Certes, elle était toujours seule.

Mais avait-elle changé ? Pris du poids, quelques cheveux gris ? Nombre de personnes commençaient à grisonner dès l'approche de la trentaine. Ses yeux noirs étaient-ils toujours aussi limpides, au point qu'on avait envie de s'y noyer ?

Rien ne l'empêchait d'aller la voir. Elle ne le saurait jamais. Il pourrait ainsi satisfaire sa curiosité, esquisser un sourire et tourner les talons. Non, il n'en ferait rien. Parfois, il valait mieux rompre à tout jamais. Lui n'avait pas changé, il évoluait dans le même milieu. À quoi bon rêvasser ?

Malheureusement, en avoir conscience était une chose. Refouler ses désirs profonds en était une autre.

Il mourait d'envie de la serrer dans ses bras, juste une fois, de lui faire comprendre que c'était lui qui l'embrassait, lui qui l'enlaçait. Juste une fois, la déshabiller et la posséder… Juste une fois, car il n'oserait exiger davantage.

Autant se cogner la tête contre un mur. Chassant ces fantasmes de son esprit, il se tourna sur le côté et s'endormit.

John arriva chez Frank comme la veille, à bord d'une voiture aux vitres fumées. Il s'engouffra à reculons dans le garage, dont la porte s'était ouverte automatiquement à son approche. Il avait passé sa journée à peaufiner ses recherches sur Ronsard, dans le but de concocter un plan pour pénétrer dans son manoir et obtenir les informations dont il avait besoin ; pour l'heure, il n'avait aucune idée précise, mais la solution ne tarderait pas à se présenter.

Frank lui ouvrit, l'expression lointaine, une pile de papiers serrés dans une main. Il semblait ne jamais cesser de travailler, même chez lui ; il se contentait de changer quelquefois de pièce. À l'époque de Dodie, il avait fait de gros efforts pour séparer sa vie professionnelle de sa vie familiale. Mais le plus souvent, le voyant perdu dans ses pensées, elle l'avait expédié en riant dans son bureau. Depuis son décès, il travaillait souvent seize heures par jour.

— J'allais justement chercher du café, dit-il à John. Va dans la bibliothèque, je te rejoins tout de suite.

John s'immobilisa et dévisagea son ami d'un air inquisiteur. Frank n'était pas un homme de maison ; il y mettait tous ses efforts, mais son café était imbuvable. Après la mort de Dodie, John avait très vite compris que, s'il voulait un bon café, il avait intérêt à s'en charger lui-même.

Devinant ses pensées, Frank s'agaça.

— Ce n'est pas moi qui l'ai préparé, c'est Bridget.

Bridget était la gouvernante, une employée de l'agence qui veillait sur le couple depuis que Frank avait été nommé directeur adjoint des opérations. Elle était rentrée chez elle après avoir servi le dîner et nettoyé la cuisine. Elle avait dû verser le café dans une Thermos pour qu'il reste chaud.

— Dans ce cas, oui, j'en boirai avec plaisir, rétorqua John avec un sourire.

— Salaud, grommela Frank.

La porte de la bibliothèque était ouverte. John franchit le seuil et se figea, stupéfait, en ravalant un juron de rage. Ah ! Frank et ses coups bas !

Niema Burdock se leva lentement de son fauteuil, son visage très pâle à la lueur tamisée de la lampe. Elle avait les yeux aussi grands et foncés que dans ses souvenirs. Elle le fixa longuement.

— Tucker.

John s'obligea à avancer d'une démarche nonchalante, comme s'il s'était attendu à la voir là. Il ferma la porte. Frank pourrait interpréter ce geste à sa guise.

— En fait, lança-t-il comme s'ils s'étaient rencontrés la veille, tu avais raison. Je ne m'appelle pas Tucker. Je suis John Medina.

Il ne se laissait jamais prendre de court. Il avait été formé pour ne pas paniquer, pour rester concentré. Mais il était en état de choc et l'impact de la présence de Niema était aussi puissant qu'un coup de poing en plein ventre. Il n'avait jamais imaginé à quel point il avait eu envie de la revoir. Sans quoi, pourquoi lui aurait-il avoué tout de go ce qu'il lui avait caché cinq ans auparavant ?

Rares étaient les personnes qui connaissaient son véritable nom. C'était plus prudent ainsi, pour les deux parties. Alors, pourquoi l'avoir révélé à cette femme qui avait toutes les raisons, sinon de le haïr, du moins de l'éviter ? Elle l'avait entendu donner l'ordre à son mari de se sacrifier. Les yeux luisants de frayeur, la figure aussi blanche qu'une feuille de papier, elle était à son côté à l'instant où il avait commandé à Dallas d'appuyer sur le bouton qui mettrait un terme à sa vie tout en assurant le succès de leur mission. On ne pouvait pas oublier cela. On ne pouvait pas pardonner.

Elle était tout aussi blême maintenant. L'espace d'un éclair, il pria pour qu'elle n'ait jamais entendu parler de lui. C'était possible. Certes, son vrai nom était évoqué tout bas au cours des opérations, mais Niema travaillait dans le domaine technique et n'entrait que très rarement en contact avec les agents sur le terrain.

Elle déglutit.

— John Medina n'est qu'une… légende, bredouilla-t-elle.

— Merci, répliqua-t-il sur un ton décontracté. Remarque, je ne sais pas si j'apprécie la forme exclusive. J'existe bel et bien. Tu veux me mordre pour te le prouver ?

Il se percha sur le bord du bureau de Frank et balança une jambe, en apparence parfaitement détendu. En apparence, seulement.

— Je croyais que la méthode éprouvée était le pincement.

— Je préfère la morsure.

Ses joues se teintèrent de rose, mais elle ne détourna pas la tête.

— Tu avais les yeux marron. Maintenant, ils sont bleus, accusa-t-elle.

— Je portais des lentilles. Mes yeux sont bleus, au naturel.

— À moins que tu ne portes des lentilles aujourd'hui.

— Approche-toi, si tu veux vérifier.

Comme il s'y attendait, elle demeura clouée sur place.

Se ressaisissant, elle retourna s'asseoir dans le fauteuil où elle était installée à son arrivée. Lentement, elle croisa les jambes, adoptant une posture aussi dégagée que la sienne. Le mouvement attira l'attention de Medina sur les quelques centimètres de cuisse qu'elle venait de révéler. Il n'avait encore jamais vu ses jambes, qu'elle dissimulait en Iran sous un pantalon, souvent doublé d'un tchador. Elles étaient jolies : minces, galbées, légèrement bronzées. Niema semblait en grande forme physique, comme si elle s'entraînait très régulièrement.

Soudain conscient de la réaction de son corps, John rassembla ses forces. Il se redressa, la surprit en train de le contempler. Machinalement, il se demanda si elle avait croisé les jambes pour le déstabiliser. Dans ce cas, la ruse avait marché. Il s'en voulait d'être tombé dans un piège aussi banal.

Frank poussa la porte, brisant le silence qui les enveloppait. Il portait un plateau sur lequel étaient disposées une Thermos et trois tasses, sans sucre ni lait.

— Vous avez procédé aux présentations ? s'enquit-il d'une voix posée, en jetant un coup d'œil vers John.

— Il prétend s'appeler John Medina, dit Niema, très calme.

Une fois de plus, John admira son flegme.

— Il y a cinq ans, quand je l'ai connu, il était Darrell Tucker.

Frank regarda de nouveau John, surpris que son ami ait si rapidement dévoilé sa véritable identité.

— Il a plein de noms. Cela fait partie de son métier.

— Ce qui implique que John Medina pourrait parfaitement être un alias.

— Sur ce point, je ne peux pas vous rassurer, rétorqua Frank avec une pointe d'humour. Je le connais depuis toujours, et vous avez devant vous le véritable McCoy – ou Medina, pour l'heure.

John la vit digérer cette déclaration, comme si elle se demandait si Frank mentait, lui aussi. Elle n'était pas naïve, mais elle n'était pas non plus habituée à cacher complètement ses pensées et ses émotions.

— Pourquoi suis-je ici ? demanda-t-elle brusquement, s'adressant à John.

Frank prit la parole.

— Nous avons un… problème.

Il remplit une tasse de café et la lui tendit.

— En quoi cela me concerne-t-il ? Puis-je avoir un peu de sucre et de lait, s'il vous plaît ?

Cette requête prit Frank de court. Il examina le plateau d'un air paniqué, comme s'il espérait une apparition miraculeuse des ingrédients en question.

— Euh… je…

— Laissez tomber, répliqua-t-elle, avant d'avaler une gorgée du liquide brûlant. Je peux très bien le boire ainsi. Quel est votre problème ?

John retint un rire. D'après ses souvenirs, elle buvait *toujours* son café sans sucre ni lait. Elle cherchait simplement à titiller Frank, à se venger d'avoir été mise dans une telle situation. Avec l'équipe, elle n'avait jamais concédé quoi que ce soit, et John en était aussi étonné qu'autrefois, car elle était par ailleurs d'une incroyable élégance.

Frank se tourna vers lui comme pour solliciter son aide. John haussa les épaules. C'était Frank qui avait monté le coup, qu'il assume ! John n'avait aucune idée de la raison pour laquelle il avait convoqué Niema, sinon dans le but – assez maladroit – de les réunir. Sans doute était-il convaincu que John avait besoin d'une petite distraction. Comme il avait avoué être attiré par Niema, après tout, pourquoi pas ? Sauf que Frank n'avait pas été avec eux en Iran ; il n'avait pas vu l'expression de Niema quand John avait donné l'ordre à Dallas de se tuer…

— Hm… Nous sommes très intéressés par le projet sur lequel vous travaillez. Un dispositif de surveillance indétectable nous serait d'un secours précieux. Nous en avons justement un besoin urgent. Dans la mesure où c'est vous qui l'avez conçu, vous le connaissez mieux que quiconque. Par ailleurs, vous avez de l'expérience sur le terrain…

— Non, interrompit-elle.

Blanche comme un linge, mâchoires serrées, elle se leva.

— Si c'est pour cela que vous m'avez fait venir, je regrette, mais c'est une perte de temps pour vous comme pour moi. Un coup de téléphone aurait suffi. Vous vous seriez épargné le souci de m'envoyer chercher.

Elle marqua une pause, puis murmura avec ironie :

— Qui sait où nous sommes ?

— Vous n'avez pas entendu tous les détails, protesta Frank, en quêtant désespérément le regard de John. Je me permets d'ajouter que vous êtes salariée de l'agence, et non une collaboratrice free-lance.

— Tu as l'intention de la virer si elle refuse ? demanda John, dans le seul but de mettre Frank encore plus mal à l'aise.

— Non, bien sûr que non…

— Dans ce cas, nous n'avons plus rien à nous dire, coupa-t-elle. Je vous prie de me ramener chez moi.

Frank poussa un soupir résigné.

— Entendu. Je suis désolé de vous avoir ennuyée, madame Burdock, déclara-t-il, bien que peu habitué à présenter des excuses.

Et, comme il décrochait son téléphone, John interrompit son geste.

— Laisse tomber, dit-il en se levant gracieusement. Je vais la déposer.

6

Niema s'installa dans la voiture et attacha sa ceinture.

— Tu devrais peut-être me bander les yeux ? railla-t-elle.

La porte du garage se leva devant eux et il démarra, bifurqua à gauche en débouchant dans la rue.

Tucker ébaucha un sourire – non, pas Tucker, se rappela-t-elle. Medina.

— Uniquement si tu y tiens, répliqua-t-il. Ne me dis pas qu'ils t'ont bandé les yeux pour t'amener jusqu'ici.

— Non, mais j'ai gardé les yeux fermés.

Elle ne plaisantait pas. Elle n'avait pas voulu savoir où habitait le directeur adjoint des opérations de la CIA. Elle avait perdu le goût de l'aventure cinq ans plus tôt, et considérait l'adresse privée de Frank Vinay comme une information sensible.

Le sourire de Medina s'élargit. Décidément, il était bel homme, songea-t-elle, en observant son profil à la lueur diffuse du tableau de bord. Lorsqu'il lui était arrivé de penser à lui, ces cinq dernières années, c'était l'issue de leur mission qui revenait à sa mémoire plutôt que son physique, et le souvenir de ses traits avait fini par s'estomper dans son esprit. Néanmoins, elle l'avait reconnu immédiatement, même sans sa barbe.

Elle avait reçu un choc terrible en le revoyant, bien plus puissant qu'elle ne l'aurait imaginé. Un choc auquel elle n'était guère préparée, n'ayant jamais envisagé que les circonstances les réuniraient à nouveau.

Tucker – *non, Medina* – était inextricablement lié au pire cauchemar de sa vie et le simple fait d'entendre sa voix avait suffi à la renvoyer au passé.

— J'aurais dû savoir que tu étais un agent de la CIA, et non une recrue occasionnelle.

Avec le recul, elle avait l'impression d'avoir été naïve, mais les choses apparaissaient toujours plus clairement dans le rétroviseur de la mémoire.

— Pourquoi ? répliqua-t-il, intéressé. Officiellement, j'étais sous contrat provisoire. C'était ma couverture.

En y réfléchissant, elle comprit que Dallas, lui, savait la vérité et que c'était la raison pour laquelle il avait insisté pour que Medina reste avec elle, plutôt que de risquer sa vie. Ex-membre des SEAL, accoutumé aux précautions infinies, il avait gardé cette information pour lui, se retenant même d'en parler à sa femme. Mais aujourd'hui, elle était employée par l'agence, et elle savait comment on y fonctionnait. On se taisait, on cachait à ses amis et à ses voisins la véritable nature de son métier : la discrétion devenait une seconde nature.

— Dallas était au courant, n'est-ce pas ?

— Il savait que j'étais de la CIA. Il n'avait aucune idée de ma véritable identité, cependant. Quand nous avions travaillé ensemble auparavant, il m'avait connu sous le nom de Tucker.

— Pourquoi me l'as-tu avoué ? Ce n'était pas nécessaire.

Elle regrettait qu'il ne l'ait fait. Si les rumeurs qu'elle avait entendues au sujet du mystérieux John Medina étaient vraies, même en partie, elle préférait ne pas savoir qui il était vraiment. L'ignorance, dans ce cas, valait mieux que la discrétion.

— Peut-être que si.

Il paraissait songeur.

— À l'époque, remarqua-t-elle, nous formions une équipe. Aucun d'entre nous ne t'aurait dénoncé.

— Dans l'hypothèse où vous auriez été faits prisonniers, vous ne risquiez pas de dévoiler un nom que vous ignoriez.

— Et si c'est toi qui avais été capturé ?

— Je ne l'aurais pas été.

— Ah non ? Et comment te serais-tu débrouillé ?

— Poison.

Niema se recroquevilla sur elle-même. Elle savait que certains agents, à l'époque de la guerre froide, ne se déplaçaient jamais sans un cachet suicide, en général du cyanure, qu'ils avaient ordre d'avaler en cas d'enlèvement. Découvrir que John Medina en avait fait autant lui retournait l'estomac.

— Mais…

— C'est mieux que d'être torturé à mort.

Il haussa les épaules.

— Au fil des ans, j'ai énervé pas mal de monde. Tous ces gens seraient trop heureux de me dépecer.

D'après ce qu'elle avait entendu de ses exploits, il était modeste. On racontait même qu'il avait tué sa propre épouse en apprenant qu'elle était un agent double, sur le point de dénoncer une taupe haut placée. Niema n'était pas persuadée de la véracité de cette rumeur, mais à ses yeux, John Medina n'avait jamais été qu'une sorte de fantôme. Aucune des personnes qui l'évoquaient ne l'avait rencontré ou vu ; aucune n'avait même connu quelqu'un de son entourage. John Medina était un mythe dans le milieu de l'espionnage.

Résultat : non seulement il existait, mais en plus, elle le connaissait. Elle avait du mal à accepter cette nouvelle donne. Quant à lui, il semblait parfaitement à l'aise, comme si sa notoriété n'était que le prix à payer pour assouvir sa passion.

— Vu les circonstances, tu aurais mieux fait de te taire tout à l'heure, murmura-t-elle.

En effet, l'aveu de Tucker, alias Medina, avait ravivé sa méfiance.

— À vrai dire, j'étais tellement surpris de te voir là que c'est sorti tout seul.

Lui ? Déstabilisé ? C'était si saugrenu qu'elle poussa un grognement.

— Tu te fiches de moi.

— Pas du tout. Je ne savais pas que Frank t'avait convoquée.

— Tu ne te doutais pas que M. Vinay voulait… ce qu'il voulait ? Tu passais là par hasard ? Et tu veux que je te croie ?

— Je sais, ça peut sembler bizarre, mais des bizarreries, il s'en produit tous les jours.

— Il compte sur toi pour me convaincre d'accepter sa proposition ?

— C'est possible. J'ignore ce qu'il avait en tête.

Sa voix se teinta d'une pointe d'agacement.

— Je suppose qu'il envisage deux angles d'attaque, ajouta-t-il. À toi de lui demander lesquels.

— Puisque je refuse le boulot, quelle qu'en soit la nature, cela n'a guère d'importance, n'est-ce pas ?

Il sourit.

— Je ne crois pas qu'il s'attendait à ta réaction, surtout aussi vite. Peu de gens osent lui dire non.

— Ç'aura été une bonne leçon.

— Je comprends pourquoi Dallas t'aimait tant ! s'exclama-t-il, admiratif. Lui non plus n'avait pas l'habitude qu'on lui tienne tête. Il était aussi dur qu'il le paraissait.

Oui. Un mètre quatre-vingt-cinq, quatre-vingt-cinq kilos de muscles. Mais sa plus grande force n'était pas son physique – si entraîné fût-il. Son intelligence, sa volonté, son incroyable capacité de concentration étaient les qualités qui faisaient de lui un être… exceptionnel.

Elle n'avait jamais pu évoquer Dallas avec quiconque, ce qui l'avait forcée à refouler tous ses souvenirs pendant cinq longues années. N'ayant pas été mariés longtemps, ne s'étant pas *connus* longtemps, ils n'avaient pas eu l'opportunité de se forger un cercle d'amis. Leur métier les obligeait à voyager souvent. Ils s'étaient unis précipitamment à Reno, avaient passé une lune de miel merveilleuse à Aruba, puis Dallas avait dû s'absenter pendant six semaines, alors qu'elle travaillait à Seattle pour les douanes. Avec tout cela, ils n'avaient même pas eu l'occasion de se présenter mutuellement leur famille.

Après le décès de Dallas, Niema s'était rendue dans l'Indiana pour faire la connaissance de ses beaux-parents. Elle avait pleuré avec eux, mais ils étaient alors sous le choc, trop préoccupés par les pourquoi et les comment pour tisser des liens avec elle et partager des souvenirs de Dallas. Elle leur avait écrit pendant quelque temps, mais petit à petit, la correspondance s'était raréfiée dans les deux sens.

Quant à sa propre famille, une gentille et banale famille de Council Bluffs, dans l'Iowa, elle avait compati à sa douleur, sans plus : tous avaient désapprouvé dès le début le projet de voyage en Iran. Pour ses parents, ses frères Mason et Sam, sa sœur Kiara, l'idéal consistait en un métier sûr et routinier de 9 à 5. La vie, c'était le mariage, les enfants, rester dans la même ville du berceau au tombeau, connaître tous ses voisins, faire ses courses au même supermarché toutes les semaines. Ils n'avaient jamais compris leur petit cygne noir, le besoin que Niema avait d'aller toujours plus loin et qui l'avait poussée à quitter le foyer en quête d'aventure.

Elle en avait payé le prix en passant ces cinq dernières années seule avec ses souvenirs. Il lui arrivait de chuchoter le nom de Dallas en pensée. Parfois même, son chagrin remontait à la surface et elle l'appelait tout haut, douloureusement. Mais jamais elle n'avait parlé de lui à qui que ce soit.

Avec Medina, c'était différent. Il l'avait connu. Il était là le jour de sa mort. Il pouvait comprendre. Il était le seul à pouvoir comprendre.

Quand il avait proposé de la ramener chez elle, elle n'avait pas protesté. Ce n'était pas la faute de Medina si elle se sentait coupable. Elle éprouvait peut-être aussi le besoin de se confier à lui, histoire de clore enfin un chapitre de son existence. Sans doute en aurait-elle pris l'initiative plus tôt, si elle avait su par quel biais le contacter. Mais dès qu'ils avaient atteint Paris, il s'était volatilisé.

Croisant les mains sur ses genoux, elle fixa les rues obscures. Elle se demanda si Dallas l'aimerait encore aujourd'hui, s'il reconnaîtrait la femme qu'elle était devenue. Il était tombé follement amoureux d'une fille téméraire avec un goût prononcé pour le risque. Tout cela était fini. Pour toujours.

— Je ne t'ai jamais remercié, murmura-t-elle soudain. Pour tout ce que tu as fait.

Il haussa les sourcils et lui glissa un bref coup d'œil.

— Me remercier ?

Il ne paraissait pas surpris, mais carrément stupéfait.

— Pour m'avoir sortie d'Iran, expliqua-t-elle, sans trop comprendre pourquoi il était nécessaire de revenir là-dessus. Je sais que j'ai été un poids pour toi.

Un boulet, oui ! De longues périodes de ces journées lui échappaient complètement. Elle ne se souvenait même pas d'avoir quitté la hutte. En revanche, elle se rappelait avoir marché à travers les montagnes glaciales, dans un état de tristesse tel qu'elle n'éprouvait aucune souffrance physique.

— J'avais donné ma parole à Dallas.

Les mots étaient simples, inflexibles.

Entendre prononcer tout haut le nom de Dallas lui fit mal. En cinq ans, pas un jour n'était passé sans qu'elle pense à son mari. L'essentiel de la douleur s'était atténué, remplacé parfois par une sourde mélancolie, une sensation de solitude, mais d'une manière générale, elle se remémorait les bons souvenirs. Elle déplorait qu'ils n'aient pas pu profiter plus longtemps de leur bonheur, qu'ils n'aient pas pu apprendre à se connaître vraiment. Elle fut touchée de percevoir une note de regret dans le ton de Medina. Ce que le temps n'avait pas effacé chez elle, pas même atténué, c'était son sentiment de culpabilité, l'idée que Dallas n'aurait jamais accepté cette mission si elle n'en avait pas fait partie.

Peut-être n'était-elle pas toute seule à se flageller. Medina, qui qu'il soit en réalité, lui avait d'abord semblé du genre à agir puis à oublier. Mais la suite des événements avait révélé un tout autre aspect de lui. Il avait pris soin d'elle, comme il l'avait promis à Dallas, alors qu'il aurait très bien pu l'abandonner dans les montagnes. Elle avait de la peine à imaginer ce qui avait pu le motiver, mais elle lui était profondément reconnaissante.

— Tu crois que je t'en ai voulu ? s'enquit-elle tout bas. Non. Jamais.

Une fois de plus, elle le prenait de court. Elle le vit serrer les mâchoires.

— Tu aurais peut-être dû.

— Pourquoi ? Tu n'avais pas le choix.

Elle avait si souvent revécu cette nuit fatale.

— Nous n'aurions jamais pu le sortir vivant de la fabrique, encore moins du pays. Tu en étais conscient. Lui aussi. Il a décidé de lui-même d'aller jusqu'au bout et a préféré une mort rapide à une agonie interminable.

Elle parvint à esquisser un sourire.

— Comme toi, avec ta pilule de cyanure.

— C'est moi qui lui ai donné l'ordre d'appuyer sur le bouton.

— Il l'aurait fait de toute façon. Il était mon mari, et quand je l'ai épousé, je savais que c'était un héros.

Elle s'était mariée avec lui en toute connaissance de cause, parfaitement consciente qu'il accomplirait sa mission à tout prix, quitte à mourir.

Medina se réfugia dans le silence et regarda droit devant lui. Au carrefour suivant, elle lui donna quelques indications. Son domicile se situait à McLean, sur la même rive que son bureau, ce qui lui facilitait les allées et venues.

Il leur était déjà arrivé de rouler ainsi sans un mot dans la nuit. Quand Hadi leur avait « libéré » une Ford Fairlane 1968 repérée dans un village iranien, ils s'étaient rendus ensemble jusqu'à Téhéran. Là, Hadi les avait quittés, tandis qu'ils continuaient tous deux leur chemin. Fiévreuse, percluse de douleurs, anéantie par la tristesse et la culpabilité, Niema avait du mal à suivre.

Medina avait pris soin d'elle. Lorsque sa blessure au bras s'était infectée, il s'était débrouillé pour lui trouver un flacon de sérum antibiotique et lui en avait fait une injection. Il avait veillé à ce qu'elle mange et à ce qu'elle dorme. Il l'avait conduite de l'autre côté de la frontière turque. Il avait assisté à son premier accès de chagrin sans chercher à la réconforter, conscient qu'il valait mieux pleurer abondamment que refouler son désespoir.

En somme, cet homme lui avait sauvé la vie.

Rejeter toute la responsabilité du drame sur Medina eût été commode, bien plus que de s'en imputer la faute. Mais sa force intérieure qui avait attiré Dallas de son vivant l'empêchait, après son décès, de tourner le dos à la vérité. Quand Medina leur avait proposé la mission, Dallas avait commencé par décliner. C'était elle qui avait insisté pour qu'ils acceptent. Et même s'il était vrai que la mission avait son importance, il n'en demeurait pas moins qu'ils auraient pu se défiler sans problème de conscience. Medina n'aurait eu aucun mal à recruter d'autres personnes qu'eux.

Oui, Dallas était un expert en matière d'explosifs. De son côté, elle excellait dans l'électronique, qu'il s'agisse d'assembler un détonateur ou de placer un mouchard sur une ligne téléphonique. Mais d'autres étaient aussi doués qu'eux et auraient eu la capacité de mener à bien le projet. Niema avait tenu à y aller, non parce qu'elle se sentait indispensable, mais parce qu'elle rêvait d'aventure.

Enfant, elle avait toujours été la première à grimper au sommet des arbres, à nouer ses draps pour s'échapper de sa chambre du premier étage. Elle adorait les montagnes russes et le rafting. Au lycée, elle avait même envisagé de rejoindre une brigade de déminage. Au grand soulagement de ses parents, elle avait changé d'avis et opté pour l'électronique et les langues étrangères. Contre toute attente, ces spécialisations l'avaient menée encore plus loin de chez elle et plongée dans des situations infiniment plus périlleuses que toutes celles qu'elle aurait pu vivre au sein de la brigade de déminage.

Niema connaissait sa nature. Elle adorait ce sentiment d'excitation, cette poussée d'adrénaline qui l'envahissait face au danger. C'était ce qu'elle avait recherché, à travers un but légitime. Et à cause de cela, son mari était mort. Si elle avait écouté Dallas, ils seraient allés visiter des maisons sur la côte, en Caroline du Nord, comme il le souhaitait.

Dallas était mort par sa faute.

Elle avait donc abandonné cette existence à haut voltage qu'elle aimait tant. Le prix à payer était trop élevé. La dernière pensée de Dallas avait été pour elle ; le moins qu'elle puisse faire en retour était de ne plus jamais prendre de risques inutiles.

Medina ralentit le long du trottoir, puis remonta l'allée à reculons. Sa clé à la main, Niema descendit de la voiture. Dallas s'était toujours garé en marche arrière, une précaution toute simple qui permettait de s'enfuir plus rapidement.

Curieusement, elle n'avait pas repensé à ce détail depuis des années. Pour sa part, elle se contentait d'entrer dans son garage comme des millions d'autres personnes. Mais la manière de Medina raviva soudain un flot de réactions : la mise en alerte des sens, l'accélération du pouls... Elle se surprit à scruter les alentours, examinant les coins sombres, guettant le moindre mouvement du coin de l'œil.

Medina en avait fait autant, par habitude.

— Merde, marmonna-t-elle, irritée, en remontant au pas de charge vers sa porte d'entrée.

— Quoi, merde ?

Il l'avait rejointe en souplesse, se positionnant de façon à atteindre le porche le premier. Niema ne craignait pas les rôdeurs. Pourtant, elle aurait préféré ne pas avoir conscience de la prudence extrême dont faisait preuve Medina.

— Merde, je passe une demi-heure avec toi, et me voilà en train de chercher des assassins dans les buissons.

— Il n'y a rien de mal à être sur ses gardes.

— Ce serait vrai si j'appartenais aux services secrets ou si j'étais flic, mais ce n'est pas le cas. Je traficote des gadgets. S'il y a un rôdeur dans mon jardin, c'est probablement un chat.

Il voulut lui prendre sa clé, mais elle l'arrêta d'un regard noir.

— Tu me rends paranoïaque. Y a-t-il une raison pour tout ceci ?

Elle ouvrit. Aucune catastrophe ne se produisit, ni coup de feu ni explosion.

— Désolé. C'est une manie.

Elle avait laissé quelques lampes allumées. Il regarda à l'intérieur, l'air intéressé.

— Tu veux entrer ? Nous n'avons pas eu le temps de boire notre café chez M. Vinay.

Avant de s'entendre prononcer ces mots, elle n'avait pas imaginé un seul instant l'inviter. Ils n'étaient pas franchement amis, bien qu'à la vérité, elle fût surprise de la facilité avec laquelle elle s'était confiée à lui. Il n'en restait pas moins John Medina, tout le contraire d'un fonctionnaire stable et fiable qui l'aurait emmenée dîner.

Il franchit le seuil, tête haute, l'esprit en alerte, intégrant les détails tandis qu'elle ouvrait la penderie du vestibule pour débrancher le système d'alarme. Elle eut soudain l'impression qu'il aurait pu lui décrire avec précision tout ce qu'il venait d'enregistrer en un coup d'œil, même le code.

Elle s'apprêtait à refermer l'armoire, quand il intervint :

— Sois gentille, remets l'alarme.

Comme il avait toutes les raisons de vouloir se protéger, elle s'exécuta.

Niema s'était offert ce pavillon trois ans plus tôt, quand une augmentation substantielle de salaire lui avait permis de passer du statut de locataire à celui de propriétaire, malgré les prix exorbitants pratiqués dans la région. Avec ses trois chambres et ses deux salles de bains, la maison était trop grande pour une seule personne, mais Niema avait justifié son choix en se disant qu'elle aurait ainsi assez d'espace pour recevoir les membres de sa famille quand ils lui rendraient visite. Personne n'était venu.

De style vaguement hispanique, la demeure était dotée de portes et de fenêtres en forme d'arche. Niema avait peint les murs elle-même d'une jolie couleur abricot qui mettait en valeur ses meubles vert foncé et turquoise. La moquette était d'un beige insignifiant, mais en bon état : aussi, plutôt que de l'enlever, s'était-elle contentée de la recouvrir d'un vaste tapis à dessins géométriques assortis aux couleurs ambiantes. L'ensemble était frais et accueillant, féminin, sans chichis.

— Joli, murmura-t-il.

Elle se demanda quelles conclusions il en tirait sur elle.

— La cuisine est par ici.

Elle l'y précéda, alluma le plafonnier. Elle adorait sa cuisine. La pièce était tout en longueur. Plusieurs fenêtres s'alignaient le long d'un mur. Un îlot étroit, décoré d'une mosaïque bleu et ocre, permettait de mettre en œuvre les projets culinaires les plus ambitieux. Les petits pots de plantes aromatiques devant les fenêtres imprégnaient l'air de parfums délicieux. Tout au bout se trouvait un coin petit déjeuner composé d'une table et de deux chaises entourées de fougères luxuriantes.

Niema prépara le café, pendant que Medina baissait tous les stores.

— Tu n'en as pas assez d'être toujours sur tes gardes ?

— Je n'y pense même plus, depuis le temps. De toute façon, il est préférable de baisser les stores, la nuit.

Fourrant les mains dans ses poches, il se promena à travers la pièce. Il s'attarda devant le bloc de chêne contenant la collection de couteaux, en sortit un, en testa la lame du bout de son pouce, le rangea. Ensuite, il s'arrêta devant la porte donnant sur la cour, dont la moitié supérieure était en verre. Là encore, il baissa le store et vérifia le verrou.

— En général, je le fais, assura-t-elle. Inutile de risquer des ennuis.

À peine avait-elle parlé qu'elle se rendit compte qu'elle se mentait à elle-même. Inviter John Medina chez elle revenait en soi à s'attirer des soucis.

— Ce verrou n'est pas assez solide, constata-t-il d'une voix lointaine. En fait, il te faudrait une porte neuve. Il suffit de briser une de ces vitres, de plonger la main dans le trou et d'ouvrir.

— Je m'en occuperai dès demain matin.

La froideur de son ton dut l'atteindre, car il se tourna vers elle et sourit.

— Désolé. Tu sais déjà tout cela, n'est-ce pas ?

— Parfaitement.

Elle sortit deux tasses d'un placard.

— Le taux de criminalité dans ce quartier est très bas, et j'ai un système de sécurité. Quiconque tient absolument à entrer peut passer par n'importe quelle fenêtre.

Il se percha sur l'un des tabourets disposés autour de l'îlot. Il paraissait détendu, songea-t-elle, mais l'était-il jamais complètement, vu son activité ? Elle versa le café, lui tendit une tasse et s'installa en face de lui.

— Bon, maintenant tu vas m'expliquer pourquoi tu m'as raccompagnée chez moi. Et ne me dis pas que c'est pour évoquer le bon vieux temps.

— Alors, je ne le dirai pas.

Il but, parut plongé dans ses pensées pendant quelques instants, puis se ressaisit :

— Ce nouveau dispositif que tu as développé : il est vraiment indétectable ? Tu peux m'en parler ?

Elle grimaça.

— Rien n'est jamais totalement imperméable. Mais cet outil ne provoque aucune fluctuation dans le voltage ; un oscilloscope ne peut donc pas le repérer. Si quelqu'un le scannait avec un détecteur de métaux, ce serait une autre affaire.

— Frank paraissait très excité.

Niema se braqua.

— Il n'a rien d'exceptionnel dans la mesure où il n'est utilisable que dans certaines situations bien précises. Si l'on est au courant du procédé de détection de mouchards employé, on peut le concevoir sur mesure. Pourquoi t'en a-t-il parlé ?

La puce avait ses applications, mais elle n'avait pas de quoi bouleverser l'univers de l'espionnage. Comment le directeur adjoint des opérations était-il au courant de ses recherches, et qu'est-ce qui avait pu le pousser à la convoquer à une réunion privée à son domicile ?

— Je lui ai demandé de tes nouvelles. Il a aussitôt abordé le projet sur lequel tu travaillais.

La méfiance de Niema s'accrut. D'accord, il était possible que Medina ait pris de ses nouvelles, mais comment expliquer que Vinay lui en ait donné ?

— Je ne vois pas comment il peut savoir ce que je deviens. Nous appartenons à deux services différents.

L'immense majorité des employés de la CIA n'avaient rien à voir avec les agents rendus célèbres par Hollywood. Ils n'étaient que de pauvres fonctionnaires, analystes informatiques et illuminés de l'électronique. Avant son expédition en Iran, Niema avait rêvé d'être sur le terrain. Plus maintenant. Aujourd'hui, elle était heureuse de se trouver derrière un bureau et de rentrer chez elle tous les soirs.

— Je lui ai demandé de te suivre.

Cet aveu la stupéfia.

— En quel honneur ?

— Je voulais m'assurer que tu allais bien. Par ailleurs, je ne perds jamais la trace de quelqu'un dont l'expertise pourrait m'être utile un jour.

Un frisson lui parcourut l'échine. À présent, elle comprenait mieux pourquoi il l'avait ramenée. Il voulait l'attirer dans le monde auquel elle avait tourné le dos après la mort de Dallas. En termes imagés, il agitait un verre de whisky sous le nez d'un alcoolique. Il n'y parviendrait pas – à moins que… Un sentiment de panique la submergea. Non, il n'y avait pas de quoi s'inquiéter. Si, comme elle en était convaincue, elle avait vraiment changé, rien de ce qu'il dirait ne l'attirerait hors de la bulle tranquille dans laquelle elle s'était enfermée.

Elle n'était plus la même. Elle n'avait plus cette soif de risque et de danger. Mais alors, pourquoi paniquait-elle, comme si la simple évocation d'une vie d'aventure allait la mener droit à la rechute ?

— Je t'interdis de me deman…

— J'ai besoin de toi, Niema.

7

Nom de nom, pourquoi ne s'était-elle jamais remariée ? se demanda John, furieux. Ou au moins, pourquoi n'avait-elle pas rencontré un gentil fonctionnaire sans envergure ?

Il avait maintenu ses distances avec elle pour un tas de bonnes raisons. Son métier lui interdisait toute relation sérieuse. Il se contentait de liaisons brèves. Il s'absentait des mois entiers, au cours desquels il lui était impossible de communiquer avec les siens. Son espérance de vie frisait le niveau zéro.

De surcroît, il avait toujours été persuadé qu'il était la dernière personne qu'elle aurait envie de voir. Il était abasourdi de constater qu'elle ne lui reprochait en rien la mort de Dallas, qu'elle ne lui en voulait pas. Bien qu'elle se soit toujours méfiée de lui, jamais elle ne l'avait accablé. Il fallait être quelqu'un de bien pour lui pardonner comme elle l'avait fait.

Il avait appris à ne pas remettre en cause ses choix. Parfois, les décisions étaient difficiles à prendre. Chacune d'entre elles laissait son empreinte. Les autres voyaient rarement les choses comme lui et cela aussi, il avait fini par l'ignorer. Comme l'avait dit Jess McPherson, le vieil ami de son père, il était une plaie pour autrui. Il se servait des gens, les exploitait, après quoi, soit il les trahissait, soit il disparaissait de leur vie. La nature même de son métier l'empêchait de s'impliquer sur le plan émotionnel. Un jour, il était tombé amoureux d'une femme. Il l'avait même épousée ! Un désastre personnel et professionnel. Depuis Venetia, il avait passé quatorze années en solo.

À plusieurs reprises après le drame en Iran, il s'était cru soulagé que Niema Burdock le haïsse. Cela la mettait hors de sa portée et anéantissait toute tentation éventuelle de l'approcher. C'était mieux ainsi. Il se contentait de prendre de ses nouvelles de temps en temps – après tout, il avait promis à Dallas de veiller sur elle –, mais rien de plus.

Il s'était attendu qu'elle refasse sa vie. Veuve à vingt-cinq ans, elle était jeune, jolie et douée. Il avait *prié* pour qu'elle trouve quelqu'un d'autre, ce qui l'aurait éloignée à tout jamais de son esprit. Mais elle était encore célibataire, et il en avait par-dessus la tête de jouer le rôle du noble chevalier.

Le moment était venu d'agir.

Cependant, s'il lui proposait tout simplement une sortie, elle prendrait ses jambes à son cou. Il devait y aller en douceur, comme un pêcheur taquinant une truite : l'appâter et rembobiner la ligne sans qu'elle s'en aperçoive. Plusieurs points jouaient en sa faveur : la personnalité de Niema, son goût pour l'aventure qu'elle semblait décidée à enterrer, et un problème réel qui avait besoin d'être résolu. Le point négatif : malgré le lien qui s'était forgé entre eux en Iran, elle n'avait aucune confiance en lui. Il avait toujours su qu'elle était intelligente.

Frank l'avait conviée chez lui sous un prétexte fallacieux, avec l'intention bonne mais maladroite de les réunir. Son plan avait peut-être marché. Peut-être même que le prétexte n'était pas aussi fallacieux que cela. L'esprit en ébullition, John mesura les risques et les bénéfices. Il décida de plonger.

— Le vol Delta 183 a été saboté. Les laboratoires du FBI ont relevé des traces d'explosifs, mais pas de détonateur. Il semble que les terroristes aient utilisé un tout nouveau produit, probablement à base de RDX, fabriqué en Europe.

Elle plaqua les mains sur ses oreilles.
— Je ne veux rien savoir.
John contourna l'îlot et lui prit les mains.
— En Europe, tout passe par un certain Louis Ronsard, trafiquant d'armes. Il vit dans le sud de la France.
— Non.
— J'ai besoin de toi pour m'aider à accéder à ses fichiers afin de découvrir où ce produit est manufacturé et qui en a déjà pris livraison.
— Non, répéta-t-elle, avec un zeste de désespoir.
Pourtant, elle ne chercha pas à le repousser.
— Ronsard est sensible aux jolies femmes…
— Quoi ? Tu veux que je me mette dans la peau d'une pute pour te rendre service ? s'exclama-t-elle, une lueur de rage dans les prunelles.
— Bien sûr que non ! trancha-t-il.
Pour rien au monde il ne laisserait à Ronsard – ni à quiconque – le privilège de la conquérir.
— J'aimerais que tu obtiennes une invitation dans sa villa et que tu poses ton mouchard dans son bureau.
— Des milliers de personnes dans cette ville pourraient le faire à ma place. Tu n'as pas besoin de moi.
— Si. Sur ces milliers de personnes dont tu parles, combien sont des femmes ? Parce que, je peux te l'assurer, aucun nouveau venu de sexe masculin ne saura susciter l'intérêt de Ronsard au point d'être reçu chez lui. Alors ? Combien ? Une vingtaine ? Disons une centaine. Ronsard a trente-cinq ans. Combien de femmes parmi ladite centaine ont à peu près son âge ? Et sur ce nombre, combien d'entre elles sont aussi séduisantes que toi ?
Elle voulut s'arracher à son étreinte. John resserra les doigts autour de ses poignets, tout en prenant soin de ne pas lui faire mal. Elle était si proche qu'il voyait le velouté de sa peau.
— Tu parles le français…

— Mon français est rouillé.

— Tu retrouveras tes automatismes en un rien de temps. Il me faut une femme jeune, jolie, qui parle la langue et connaisse l'électronique. Tu corresponds parfaitement à ces critères.

— Trouve quelqu'un d'autre ! lança-t-elle, furieuse. N'essaie pas de me convaincre que c'est impossible. À t'entendre, je suis une sorte de Mata Hari, alors que je n'ai jamais accompli la moindre mission d'infiltration. Je ne réussirai probablement qu'à nous faire descendre tous les deux…

— Pas du tout. Tu as déjà participé à des opérations sur le terrain.

— Il y a cinq ans. Et c'était un boulot technique, pas un jeu de rôles… ça, c'est ton domaine, ajouta-t-elle avec une pointe d'amertume.

Il ne releva pas cette remarque. Elle n'avait pas tort.

— J'ai besoin de toi, insista-t-il. Juste pour cette fois.

— Juste pour cette fois, jusqu'à la prochaine…

— Niema…

Il lui caressa délicatement l'intérieur des poignets, puis la relâcha et s'éloigna pour ramasser sa tasse de café. Il l'avait suffisamment ébranlée. Il devait maintenant lui donner une chance de se ressaisir, afin qu'elle ne se sente pas menacée.

— Je t'ai vue travailler. Tu es rapide, efficace, tu es capable de construire un transmetteur à partir de trois fois rien. Tu es parfaite pour cette mission.

— J'ai craqué la dernière fois.

— Tu venais d'entendre ton mari mourir.

Elle tressaillit, mais il enchaîna :

— Tu avais le droit d'être en état de choc. D'ailleurs, tu as tenu bon. Nous n'avons pas eu à te porter.

Elle se détourna, en se frottant les avant-bras.

— Je t'en prie.

Elle s'attendait à tout, sauf à une supplication. Elle se raidit.

— N'essaie pas de m'amadouer.

— Cela ne m'effleurerait pas l'esprit.

— Tu es rusé comme un renard. Je l'ai su dès notre première rencontre. Tu manœuvres, tu manipules et…

Elle se tut, pivota vers lui, ravala sa salive en le dévisageant.

— Va-t'en au diable, souffla-t-elle.

Il resta silencieux. La patience était son meilleur atout. Le goût du danger, c'était comme une drogue. Les pompiers, les flics, les membres des forces spéciales, les agents secrets, même les équipes d'urgence dans les hôpitaux – tous connaissaient cet assaut incroyable d'énergie qui vous donnait la chair de poule. Tous étaient des junkies de l'adrénaline. Comme lui. Comme Niema.

Il se passionnait pour son métier en partie parce qu'il aimait son pays et voulait le servir, mais aussi parce qu'il adorait marcher sur le fil du rasoir, en équilibre précaire au bord du ravin, entièrement dépendant de son habileté et de sa lucidité. Niema était pareille. Elle s'en cachait, mais elle était pareille.

— Sais-tu combien le terrorisme se développe ces temps-ci ? s'enquit-il avec nonchalance. Ça n'arrive pas qu'aux autres. Les Américains en sont victimes tous les jours. Le vol Delta 183 n'était que le dernier épisode d'une longue série. En 1970, la ville d'Orlando en Floride a été menacée d'une bombe nucléaire si elle ne mettait pas un million de dollars sur la table. En 1977, les hanafistes ont effectué des prises d'otages dans les bureaux de l'Hôtel de Ville de Washington et quelques autres endroits. En 1985, le FBI a arrêté trois sikhs envoyés dans ce pays avec une liste de cibles à abattre. Il y a eu aussi l'attentat du World Trade Center. Et Lockerbie, en Écosse. L'inventaire est interminable.

Elle pencha la tête, mais il avait toute son attention.

— La plupart du temps, nous repérons les explosifs grâce aux détonateurs, pas au produit. Si ces salauds en ont inventé un qui peut être stabilisé au départ, mais se détériore au point de sauter, nous avons un énorme problème sur les bras. Un pont saboté peut suffire à bouleverser l'approvisionnement de toute la côte Est. Un barrage détruit menacerait tout notre réseau électrique. Les avions sont particulièrement vulnérables. Il faut à tout prix que je sache où cette saloperie est fabriquée, et Ronsard est ma clé. Si je ne peux pas passer par lui, je trouverai un autre moyen, tôt ou tard, mais combien de morts aurons-nous sur la conscience d'ici là ?

Elle ne réagissait toujours pas. Il reprit d'un ton brusque, comme si elle avait déjà accepté de travailler avec lui.

— J'y serai sous une autre identité, que je peaufine depuis un moment. Idéalement, je pourrais t'introduire comme mon assistante ou ma petite amie, mais en l'occurrence ce n'est pas jouable. Ronsard ne lance pas d'invitation ouverte du genre « à M. Untel, accompagné de… » Il faudrait que tu obtiennes une invitation nominative de ton côté.

— Non. Je ne veux pas.

— Une fois que nous y serons, je m'arrangerai pour que Ronsard nous présente. Je ferai semblant d'être ébloui. Ce sera une excuse pour être ensemble.

Elle secoua la tête vigoureusement.

— Non. Je ne veux pas.

— Il le faut. Je t'en ai déjà trop dit.

— Donc, il ne te reste plus qu'à m'éliminer, c'est cela ?

Il mit les mains dans ses poches, et ses yeux bleus brillèrent d'amusement.

— Je pencherais pour une solution moins James Bondiste.

— Justement, tout ce que tu me racontes ressemble à un scénario d'Ian Fleming. Tu as besoin de quelqu'un qui soit habitué à ces jeux de cape et d'épée.

— Tu auras tout le temps de remettre à niveau tes connaissances en matière de tir. De simples bases suffiront – et si tout se déroule comme prévu, tu n'auras même pas besoin de brandir ton arme. On s'infiltre, tu poses le mouchard, j'accède aux fichiers, je les recopie, on détale. Et voilà le travail.

— À t'entendre, on croirait que c'est aussi facile que de se brosser les dents. Si c'était le cas, tu aurais déjà mené la mission à bien. Il... comment s'appelle-t-il, déjà ? Ronsard ? Ronsard a sûrement équipé son domaine d'un système de sécurité sophistiqué.

— Et d'une armée de gardes privés, avoua John.

— C'est donc beaucoup plus complexe que tu ne le prétends.

— Pas si tout se passe bien.

— Et si ça se passe mal ?

Il haussa les épaules, sourit.

— Feux d'artifice.

Elle hésitait. Il le lut dans son regard. Elle était tentée. Mais peu après, elle exhala un soupir.

— Adresse-toi à quelqu'un d'autre.

— Il n'y a personne d'autre. Le fait que tu n'aies pas été sur le terrain depuis cinq ans est un plus, parce que tu auras moins de chances d'être reconnue. La communauté de l'espionnage est assez réduite. Je peux te concocter une identité qui tiendra parfaitement la route, au cas où Ronsard mènerait une investigation à ton sujet.

— Et toi ? Tu n'es pas resté inactif.

— Non, mais je fournis beaucoup d'efforts pour qu'on ne puisse jamais deviner qui je suis. Fais-moi confiance. Parfois, je ne le sais même plus moi-même.

Elle eut un petit rire, et John comprit que la partie était gagnée.

— D'accord. Je sais que je vais le regretter, mais... d'accord.

— John, attaqua prudemment Frank Vinay. Tu es sûr de savoir ce que tu fais ?

— Probablement pas. Mais je le ferai tout de même.

— Ronsard n'est pas un imbécile.

John était assis dans un des énormes fauteuils en cuir de la bibliothèque de Frank. Il plaça les doigts en pointe sous son menton et examina l'échiquier. Ils avaient repris la partie interrompue deux jours plus tôt, quand l'agent leur avait apporté le rapport préliminaire sur le crash du vol Delta 183.

— C'est toi qui l'as contactée.

Frank s'empourpra.

— Comme un idiot qui se mêle de ce qui ne le concerne pas, grommela-t-il.

— Pas si idiot que ça. Ne me dis pas que dans un petit coin de ta tête, tu n'as pas pensé que je prendrais beaucoup plus volontiers ta place de rond-de-cuir si j'avais une motivation pour quitter le terrain ?

Il déplaça un cavalier.

— Échec.

— Salaud ! s'exclama Frank, en fixant les pions d'un air enragé.

Puis il leva les yeux vers son ami.

— Un jour ou l'autre, il faudra que tu te retires. Je ne connais pas de meilleur endroit que mon bureau pour mettre à profit ton expertise.

— Un jour ou l'autre, ce n'est pas aujourd'hui. Tant qu'on ne m'a pas repéré, je serai nettement plus utile sur le terrain.

— Le fait d'emmener Niema Burdock avec toi risque d'accélérer les choses de ce côté-là. D'une part, elle sait qui tu es. D'autre part… serais-tu capable de l'abandonner sur place si nécessaire ?

John le dévisagea, impassible.

— Je ne dérogerai pas à mon devoir.

Comment Frank pouvait-il lui poser une telle question après ce qui s'était passé avec Venetia ?

— Niema est le meilleur choix possible. Je ne la recruterais pas si j'en doutais. Je ne peux pas y aller seul, et je suis convaincu qu'elle n'aura aucun mal à obtenir une invitation de Ronsard.

— Imagine qu'elle ne l'intéresse pas ? Qu'il ne l'invite pas ?

— J'aviserai, sachant que les risques augmenteront beaucoup dans ce cas. Avec elle, je suis à peu près certain de pouvoir entrer et sortir, ni vu ni connu.

— Très bien. Je vais m'arranger pour qu'on lui accorde un congé.

Frank poussa son fou.

— J'étais sûr que tu allais faire ça, décréta John.

Il bougea un pion.

— Échec et mat.

— Bordel de merde, grommela Frank.

— Je suis complètement folle, marmonna Niema, tombée de son lit aux aurores.

En bâillant, elle enfila un pantalon de jogging, un tee-shirt et une paire de baskets.

— Bonne pour l'hôpital psychiatrique.

Comment s'était-elle laissé convaincre d'aider Medina dans cette mission, alors qu'elle s'était juré de ne plus jamais se lancer dans ce genre d'aventure ? N'avait-elle donc rien appris en perdant Dallas ?

En même temps, Medina avait raison au sujet du terrorisme ; raison au sujet des applications possibles d'un tel explosif, raison sur le fait que de nombreux innocents risquaient de mourir inutilement. Par conséquent, si elle pouvait lui donner un coup de main, elle le ferait.

Elle se rendit dans la salle de bains pour se laver la figure, se brosser les dents et les cheveux. L'image que lui renvoyait le miroir était celle d'un visage encore bouffi par le sommeil, mais ses joues avaient pris des couleurs, et une lueur inquiétante brillait dans ses yeux. Pour l'amour du ciel ! Elle était impatiente de plonger dans l'inconnu. Dallas était mort, et elle n'en avait tiré aucune leçon.

— Niema ! On se bouge !

Elle se figea. Incrédule, elle ouvrit la porte de sa salle de bains et jeta un coup d'œil dans la chambre. Personne. Elle alla regarder dans celle qui donnait sur le couloir. Un rayon de lumière et des effluves de café lui parvinrent depuis la cuisine.

— Qu'est-ce que tu fiches dans ma maison ? grogna-t-elle en se ruant dans cette direction. Et comment es-tu entré ?

Medina était assis devant l'îlot, une tasse à la main. À le voir, on aurait cru qu'il était 9 heures du matin, et non 4 h 30 : le regard alerte, le corps détendu, il portait une tenue de sport noire.

— Je t'avais bien dit que tu aurais intérêt à remplacer ton verrou.

— Mais… et l'alarme ? Je suis sûre de l'avoir enclenchée.

— Je l'ai débranchée. Avec un canif et dix centimètres de fil de fer. Un jeu d'enfant. Café ?

— Non, merci !

Folle de rage, elle envisagea un instant de lui verser la cafetière sur la tête. Elle s'était toujours sentie en sécurité dans son pavillon. Aujourd'hui, grâce à lui, ce n'était plus le cas.

— Sais-tu combien je l'ai payé, ce système ?

— Trop cher. Achète-toi plutôt un chien.

Il quitta son tabouret.

— Si tu ne veux pas de café, allons courir.

Trente minutes plus tard, elle était toujours à sa hauteur. Parler tout en faisant du jogging n'était pas facile, mais ils n'avaient même pas essayé jusque-là. Ils avaient longé la rue jusqu'au parc situé à deux kilomètres de chez elle, avant de suivre un sentier éclairé de quelques lampadaires très espacés. D'une humeur de chien, elle regrettait presque que personne n'ait tenté de les agresser – bien que le phénomène fût particulièrement rare dans le quartier.

Leurs semelles crissaient sur les gravillons. L'air du petit matin était frais et parfumé. Elle respirait sans peine et se sentait légère. Savourant la sensation de ses muscles en action, elle finit par se calmer pour profiter pleinement de la séance.

À son côté, Medina courait comme s'il venait juste de démarrer. Ses foulées étaient longues et souples, son souffle lent, régulier. Dallas avait la même endurance, maintenant le rythme pendant des heures.

— Tu cours comme un membre du SEAL, remarqua-t-elle, irritée de constater qu'elle commençait à souffrir.

— Normal. Sans quoi j'aurais gaspillé les six mois les plus durs de mon existence.

Sa surprise fut telle qu'elle faillit s'arrêter net.

— Tu as suivi la formation BUD/SEAL ?

— Je l'ai vécue, rectifia-t-il.

— C'est là que tu as rencontré Dallas ?

— Non, j'avais un peu d'avance sur lui. Mais il... hmm... a repéré quelques automatismes chez moi la première fois que nous avons travaillé ensemble.

— Tu as suivi ce cursus sous ton véritable nom ?

— Non. Et la Navy ne m'a fait aucune faveur. J'ai dû passer tous les tests de condition physique, et même après, j'étais autorisé à poursuivre l'entraînement tant que je tenais le coup.

— En quoi consistaient les tests ?

— Cinq cents mètres brasse en moins de douze minutes et demie, une pause de dix minutes, quarante-deux pompes en deux minutes. Re-pause de deux minutes. Cinquante abdos en deux minutes. Encore deux minutes de pause, puis huit tractions, sans limite de temps. Nouvelle pause de dix minutes, course de trois kilomètres en bottes et tenue militaire – temps accordé : moins de onze minutes et demie. C'était le *minimum* requis. Si on était incapable de franchir le cap sans effort, ce n'était pas la peine de se confronter au cursus lui-même.

Il avait développé le sujet sans reprendre son souffle. Impressionnée malgré elle, Niema lui demanda :

— Pourquoi tenais-tu à suivre cette formation ?

Il demeura silencieux sur une cinquantaine de mètres.

— Plus j'étais entraîné, plus j'avais de chances de rester en vie. J'avais une mission importante en vue.

— Quel âge avais-tu ?

— Vingt et un ans.

Vingt et un ans. À peine sorti de l'adolescence, et déjà tellement dévoué à son métier qu'il était prêt à suivre un programme impitoyable : cinq pour cent seulement des hommes qui s'y engageaient arrivaient au bout. Elle comprenait maintenant pourquoi Dallas et lui partageaient tant de points communs.

— On va courir encore longtemps ?

— On s'arrête quand tu veux. Tu es en pleine forme.

Elle ralentit.

— Tu crois qu'on aura à détaler comme des lapins ?

Il sautilla sur place pour l'attendre.

— On ne sait jamais.

En son for intérieur, Niema décréta alors sans aucune hésitation qu'elle était cinglée. La preuve : elle n'avait pas peur du tout.

8

— Comment as-tu su que je faisais mon jogging tous les matins aux aurores ? lui demanda-t-elle, tandis qu'ils regagnaient la maison.

La séance l'avait apaisée. C'était son heure préférée de la journée. Le ciel commençait à se zébrer de rose et de gris perle, les oiseaux s'étaient mis à gazouiller. Elle se sentait à la fois fatiguée et requinquée, comme toujours après son exercice quotidien.

— Je te l'ai dit : Frank garde un œil sur toi depuis cinq ans.

— Quelle connerie !

Il rit aux éclats. Elle lui coula un regard noir, tout en sortant de sa poche son trousseau de clés.

— Je ne vois pas ce qu'il y a de drôle.

— Ce genre de vulgarité de ta part. Avec tes airs de madone…

— Quoi ?

Elle le dévisagea, ahurie.

— Je rectifie : avec ton expression angélique. Et ton ravissant visage.

Affichant un large sourire, il effleura sa joue d'une caresse, puis la contourna prestement pour entrer le premier. Elle ne l'avait pas vu dégainer, mais il tenait à présent un pistolet à la main.

— À te voir, on n'imagine pas que tu puisses prononcer le moindre juron, ajouta-t-il, en scrutant l'intérieur.

Elle leva les yeux au ciel et lui emboîta le pas.

— Je tâcherai de m'en tenir à « zut ! » et « mince », pour être sûre de ne pas te choquer. Et n'essaie pas de dévier la conversation. M. Vinay ne s'est pas contenté de « garder l'œil sur moi », n'est-ce pas ? Il me surveille de près. Je veux savoir pourquoi.

— Pas de manière constante, sauf au début, pour vérifier tes habitudes. Maintenant, c'est une fois de temps en temps, histoire de s'assurer que tu vas bien et de repérer tout changement éventuel.

— J'aimerais comprendre en quel honneur vous avez gaspillé le temps et le personnel de l'agence pour cela, lança-t-elle plus fort, car il était déjà au bout du couloir.

— Frank est passé par une organisation privée.

Son irritation et son incrédulité firent place à la stupéfaction. Elle claqua violemment la porte.

— Vous avez payé un détective privé pour me filer ? Pour l'amour du ciel, Tucker, si tu voulais de mes nouvelles, pourquoi ne pas avoir tout simplement décroché ton téléphone ?

Il revenait vers elle. Tout habillé de noir, il était difficile à distinguer. Seuls son visage, ses bras et ses mains nues permettaient de suivre ses mouvements. Elle ne put s'empêcher d'admirer la façon dont il se déplaçait ; ses gestes étaient fluides, silencieux.

— John.

— Hein ?

— Tu as dit Tucker. Je m'appelle John.

Il se tenait juste devant elle, si près qu'elle sentait la chaleur animale émanant de son corps, l'odeur infime de sa sueur. Elle recula d'un pas et inclina la tête.

— Je ne m'y suis pas encore habituée. Dans mon esprit, tu es resté Tucker pendant cinq ans, que je t'aie vu ou non. Tu n'es Medina que depuis douze heures.

— Pas Medina. John. Appelle-moi par mon prénom.

Parfaitement immobile, il la fixa. Il semblait tenir tout particulièrement à cette histoire de noms.

— Très bien. John, alors. Mais je risque d'oublier de temps à autre, surtout quand tu me fais criser – ce qui, jusqu'ici, arrive en moyenne une fois l'heure.

Il sourit et elle se demanda pourquoi cela l'amusait de l'irriter aussi facilement. À moins qu'il n'ait été surpris d'entendre dans sa bouche une expression familière. Pour qui la prenait-il ? Une bonne sœur ou un membre de l'académie des Lettres ? S'il continuait à se moquer d'elle chaque fois qu'elle prononçait un mot d'argot, il allait finir par la mettre mal à l'aise.

Elle pointa le doigt sur son torse.

— Dans la mesure où tu vas emprunter un autre nom en France, je devrais peut-être m'y accoutumer dès maintenant, non ? Imagine que je me trompe là-bas…

— Je veillerai à ne pas te faire criser.

— Tu ne comptes pas me le dire ? s'exclama-t-elle, sidérée.

— Pas encore.

Elle le bouscula légèrement pour passer.

— Je vais prendre une douche. Ferme à clé derrière toi.

Sous le jet brûlant, elle fulminait. Il n'avait aucune raison de lui cacher son nom d'emprunt. On aurait dit qu'il éprouvait du plaisir à la contrarier et à lui faire des cachotteries. Sans doute ne s'en rendait-il même pas compte, tant c'était devenu une seconde nature chez lui. Faux. Bien sûr qu'il s'en rendait compte. Il n'agissait jamais au hasard. Elle avait eu maintes occasions de s'en apercevoir en Iran.

Elle en déduisit donc qu'il lui avait révélé sa véritable identité exprès, contrairement à ce qu'il affirmait. John Medina ne se laissait jamais prendre de court. Sans quoi, il serait mort depuis longtemps. La question était de savoir pourquoi. Il aurait pu continuer à se faire passer pour Tucker… Elle finit par chasser ces pensées stériles de son esprit. Medina était un mystère ambulant.

Savourant ses rituels matinaux, elle prit tout son temps : ayant appliqué une crème sur son visage, elle se massa le corps avec une huile sèche dont le parfum persisterait la journée entière. Elle n'était pas pressée : elle ne commençait à travailler qu'à 9 heures. Une des raisons qui la poussaient à se lever si tôt était qu'elle détestait se précipiter et débouler au bureau déjà énervée. Certes, en général elle dormait un peu plus longtemps, mais la veille, Medina l'avait quittée très tard.

Dans sa chambre, elle mit ses sous-vêtements et s'enveloppa dans un peignoir en éponge. Extirpant ses cheveux mouillés du col, elle se dirigea pieds nus vers la cuisine pour vérifier si le café préparé par Medina était encore buvable.

Il était assis devant l'îlot, une tasse à la main, comme elle l'avait trouvé un peu plus tôt. Elle eut un bref geste d'agacement, avant d'aller se verser du café.

— Je te croyais parti.

— Pourquoi ?

Elle pivota vers lui. Il avait la chevelure humide.

— Je me suis douché dans l'autre salle de bains, expliqua-t-il. J'espère que ça ne t'ennuie pas. Malheureusement, j'ai dû enfiler la même tenue.

— Non, ça ne m'ennuie pas. Mais je te croyais parti. Il faut que j'aille travailler.

— Non. Tu es en congé pour une durée indéterminée.

Elle but une gorgée de café dans l'espoir de masquer sa surprise – et sa fureur.

— Première nouvelle.

— Frank s'en est occupé hier soir. Tu es à moi jusqu'à ce qu'on ait mené cette mission à son terme.

Niema se raidit, sur ses gardes. Son estomac se noua. Elle baissa le nez vers sa tasse.

Toujours moulé de noir, nonchalamment perché sur un tabouret de cuisine, il avait tout d'une panthère. Son tee-shirt mettait en valeur sa carrure imposante et ses abdominaux. Il était grand et élancé, mais plus musclé que ne le laissaient paraître ses tenues de ville. Sa présence physique était si forte qu'une question traversa brièvement l'esprit de Niema : était-il un bon amant ?

Aussitôt, elle s'obligea à détourner ses pensées, mais elle était déjà troublée.

— Et comment suis-je supposée passer le temps jusqu'à notre départ ? À propos, quand partons-nous ?

— Dans une semaine environ. D'ici là, on s'entraîne. Où en es-tu, question tir et autodéfense ?

— Rouillée.

— Pas grave. On ne pourra pas approfondir, mais en huit jours, je pourrai t'amener à un niveau qui te permettra de résister à la plupart des hommes. Tu es en bonne forme, c'est déjà ça.

Génial. Apparemment, elle allait devoir supporter sa compagnie non-stop pendant une semaine. Poussant un soupir, elle sortit une poêle d'un placard.

— Je ne ferai rien tant que je n'aurai pas mangé. Que veux-tu pour ton petit déjeuner ?

— À toi de choisir, annonça Medina, en indiquant le petit arsenal qu'il avait déployé sur un banc.

Ils se trouvaient dans un centre de tir privé, utilisé par le personnel de la CIA. L'immense hangar était désert.

La bâtisse, assez rustique, semblait conçue à des fins plus pratiques qu'esthétiques. Le mur du fond disparaissait derrière des dizaines de sacs de sable et de bottes de foin, afin qu'aucune balle ne risque d'endommager quelque chose ou de blesser quelqu'un. Les autres murs étaient recouverts d'un isolant sonore en liège. D'énormes lampes industrielles pendaient du plafond, mais on pouvait les contrôler individuellement si l'on voulait adapter les conditions d'éclairage.

Il lui montra la première arme.

— Voici un Colt.45 assez lourd, mais très apprécié pour sa puissance d'arrêt. Ensuite, on a un revolver

Smith & Wesson.357. Là encore, il pèse son poids. Tous deux sont aussi fiables que le soleil : je te conseille donc de t'entraîner à les utiliser. En revanche, à cause de leur poids, dans le cas d'un usage régulier, je t'encouragerais à opter pour un modèle plus léger.

Il indiqua les autres.

— Voici un Sig Sauer P226, 9 mm. Personnellement, c'est celui que je préfère. L'autre automatique est un H & K P9S. Trois cents grammes de moins que le Colt, et tout aussi efficace. Quoi que tu choisisses, tu ne peux pas te tromper.

Niema les examina, puis les soupesa l'un après l'autre. Les deux revolvers étaient si lourds qu'elle avait du mal à viser. Un peu moins maniable que le H & K, le Sig lui parut cependant le plus adapté des deux.

— On dirait que je vais adopter le Sig.

Elle n'était pas experte en matière de tir, mais elle n'était pas non plus une débutante. Dallas n'aurait jamais supporté que son épouse soit incapable de manier une arme ; aussi, lui avait-il enseigné les rudiments de l'art, insistant pour qu'elle s'exerce. Elle n'avait pas mis les pieds sur un champ de tir depuis cinq ans.

— Le Sig ne possède pas de levier de sûreté ; celui-ci est remplacé par un levier de désarmement du chien, là, sur le côté gauche. Certains modèles fonctionnant en double action n'en sont pas équipés, mais il vaut mieux t'y habituer.

— Ce n'est pas pratique, constata-t-elle après avoir passé une ou deux minutes à se familiariser avec le levier. Je ne peux pas le manipuler sans modifier ma prise.

— Essaie de te servir de ton pouce gauche. J'ai eu le même problème. Pour le résoudre, j'ai appris à tirer de la main gauche.

Elle l'observa à la dérobée.

— Avec précision ?

— Bien sûr ! rétorqua-t-il froidement. Sans quoi, je ne le ferais pas.

— Pardonne-moi d'insulter ta virilité.

— Ma virilité n'a rien à voir avec mon arme de poing, trésor.

Elle se mordit la langue pour ne pas répliquer du tac au tac. Le sujet était délicat.

Au grand étonnement de Niema, ses compétences acquises ressurgirent dès qu'elle entreprit de manipuler le revolver. Elle chargea le Sig. Medina plaça la première silhouette humaine à dix mètres.

— C'est tout ? s'enquit-elle, vaguement offensée.

— Dans la plupart des cas, on est amené à tirer sur une cible proche et tout se passe très vite, en cinq secondes, voire moins. Travaille sur la précision avant de t'inquiéter des distances. De toute façon, à plus de trente mètres, il te faudrait un fusil ou une carabine.

— Comment allons-nous monter à bord de l'avion avec ça ?

— Il n'en sera pas question. Je pourrais me débrouiller pour en emporter, mais ce serait compliqué et je veux éviter d'attirer l'attention. Je me les procurerai une fois en France. Au fait, nous ne voyagerons pas ensemble.

Elle opina, mit son casque, visa. Dallas lui avait enseigné la méthode pointer/tirer ; selon certaines études, la plupart des gens parvenaient à montrer précisément un objet du doigt, mais dès qu'on leur demandait de braquer une arme dessus, la mécanique s'enrayait. Il fallait donc penser « pointer » et non « viser ».

Se plaçant derrière elle, Medina l'entoura des deux bras pour ajuster sa position.

— Appuie tout doucement sur la détente, murmura-t-il.

Elle aspira une grande bouffée d'air et expira très lentement, comme le lui avait appris Dallas. Puis elle s'arrêta et tira. L'engin rebondit dans ses mains comme un être vivant, le canon remontant brutalement sous l'impact. Grâce au casque de protection, elle ne perçut qu'un claquement étouffé, comme une planche qui se casse en deux. La fumée et la poudre lui brûlèrent les narines. Sans un mot, elle se remit en position, reprit son souffle et tira de nouveau.

Cette fois, Medina lui immobilisa les poignets, mais elle était davantage préparée. Elle ne lui résista pas et laissa à ses avant-bras le soin d'absorber le choc.

— Très bien.

Medina la lâcha.

Prenant tout son temps, elle vida le magasin sur la cible. Une fois qu'elle l'eut vidé, suivant les instructions préalables de Medina, elle remplaça les balles pendant qu'il disposait une nouvelle cible à vingt mètres. Là encore, elle vida le magasin.

Le moment était venu d'examiner les résultats. Sur la première cible, elle avait deux fois la tête, une fois la nuque et cinq fois la poitrine.

— Ça ne fait que huit sur quinze, marmonna-t-elle, déçue. À peine cinquante pour cent.

— Il ne s'agit pas d'une compétition, ne te prends pas pour Annie Oakley. Et essaie de voir le côté positif : avec les sept autres balles, tu as probablement fichu une trouille bleue à celui qui se tenait près de la cible.

Malgré elle, un rire lui échappa.

— Merci.

— De rien. Jetons un coup d'œil sur la deuxième.

Niema fut rassurée. Dans les deux cas, elle s'était efforcée de partager les coups à nombre égal entre la tête et le torse. Elle le lui expliqua.

— Oublie la tête, conseilla-t-il. Quand la situation est tendue, le torse représente une cible beaucoup plus vaste. Le but n'est pas de tuer l'adversaire, mais de le neutraliser. À présent, nous allons poursuivre avec une autre arme.

— Pourquoi ?

— Parce qu'on ne peut pas savoir d'avance ce qu'on trouvera. Tu dois pouvoir utiliser ce qui sera disponible.

À l'entendre, on aurait dit qu'elle allait faire carrière dans le métier, songea-t-elle, agacée. Toutefois, elle réitéra docilement l'exercice avec le H & K. Le Colt et le Smith & Wesson lui posèrent problème : ils étaient trop lourds pour elle.

Medina s'approcha derrière elle pour l'aider.

— Ces deux-là ne me serviront pas à grand-chose si tu n'es pas avec moi, grommela-t-elle entre ses dents.

— Tu t'en sors très bien. Prends ton temps entre un coup et l'autre.

Elle s'exécuta plus ou moins adroitement. Quand elle eut terminé, elle dut se masser les bras, tant ses muscles étaient endoloris.

— C'est assez pour aujourd'hui, déclara-t-il en remarquant son geste. Sinon, tu auras des courbatures.

— Tant mieux, rétorqua-t-elle. Je ne suis pas Rambo.

— Qui l'est ?

Elle s'esclaffa.

— Et maintenant ?

— Une séance de préparation physique, si tu te sens d'attaque.

Elle le contempla avec méfiance.

— Quel genre de préparation physique ?

— Je vais t'apprendre à prendre soin de toi.

— Sache que j'avale des vitamines tous les jours et que j'hydrate ma peau.

— Petite maligne ! riposta-t-il, avant de la saisir amicalement par l'épaule. Nous allons former une équipe du tonnerre.

— Une équipe du tonnerre *temporaire*, corrigea-t-elle, en ignorant l'accélération de son cœur.

Pour rien au monde elle ne réintégrerait ce milieu à temps plein, ni même à mi-temps. C'était la première et la dernière fois.

Il ne répondit pas à sa remarque, mais elle vit le coin de ses lèvres se relever en un sourire aussi satisfait que fugace, signe qu'il était persuadé du contraire. Ce qui était presque aussi angoissant que la mission en elle-même.

À son immense soulagement, il se montra plutôt indulgent au cours de la séance de préparation physique. La salle où il l'avait amenée n'avait rien d'un gymnase classique : c'était un vieux hangar abandonné, à une cinquantaine de kilomètres au sud de Washington. Malgré tout, il était équipé d'appareils de musculation et de gymnastique, de séries de poids, de punching-balls et d'un grand tapis bleu de sept centimètres d'épaisseur.

— Il est trop mince, constata-t-elle sur un ton critique.

— Il conviendra parfaitement. Je ne vais pas te jeter sur la tête.

— C'est à mon derrière que je pense.

John ôta ses chaussures. Elle suivit son exemple.

— Je te promets de le ménager.

Il tint parole. Le but du jeu n'était pas de se laisser bousculer ni enrouler comme un bretzel.

— Règle numéro un : n'essaie jamais de faire tomber quelqu'un. Tu n'es pas assez entraînée. Le mieux que tu puisses espérer, c'est la fuite ; c'est donc là-dessus que nous allons nous concentrer. Tu as pour toi l'avantage de la surprise, parce que tu es petite...

— Pas du tout !

Il leva les yeux au ciel.

— Tu es plus petite que la moyenne des hommes, convint-il.

— Mais je suis musclée.

Il rit aux éclats.

— D'accord, tu es musclée. Où, je n'en sais rien, mais je veux bien te croire. Tu as l'air...

Cette fois, ce fut elle qui leva les yeux au ciel.

— D'accord, j'ai l'air d'un ange.

— Ça ne te plaît pas, n'est-ce pas ? Admettons plutôt que tu as tout d'une dame. On a du mal à imaginer que tu puisses te salir, transpirer ou jurer.

— Hors jeu, marmotta-t-elle.

— Et tu sembles beaucoup moins contrariante que tu ne l'es.

— Je ne suis pas contrariante, je suis pointilleuse.

Il lui sourit.

— Je disais donc que tu as l'air d'un chou à la crème. Le type qui va se ruer sur toi s'attendra que tu te mettes à pleurnicher, pas à te défendre.

Décidant qu'elle l'avait suffisamment contredit pour l'heure, elle délia ses épaules.

— Parfait. Montre-moi alors comment l'amener, lui, à pleurnicher.

— Je me contenterai de t'apprendre comment t'enfuir.

Grâce à quelques cours d'autodéfense, elle connaissait les principes de base. John lui rafraîchit la mémoire : pour se dégager quand on vous saisissait par l'avant, il suffisait de remonter rapidement les bras entre ceux de l'assaillant. Pour faire mal à son adversaire, voire lui briser le nez si on y mettait assez de force, un coup leste avec le bras très tendu et la paume relevée était une solution. Autre solution : plaquer vivement les mains sur ses oreilles, un mouvement destiné à rompre les tympans. On pouvait aussi enfoncer les doigts raidis dans les yeux ou dans la gorge.

Il lui montra l'endroit le plus vulnérable où écraser la trachée. Sans secours immédiat, c'était la mort assurée. Quand bien même il n'entraînerait pas l'issue fatale, le coup déstabiliserait forcément son opposant.

Ils adoptèrent une multitude de positions, envisagèrent toutes sortes de scénarios. Par nécessité, ils étaient en contact constant. Niema s'efforçait d'ignorer les sensations que le corps de John éveillait en elle, tandis qu'il la tenait contre lui et lui expliquait patiemment les gestes à accomplir pour se libérer de son étreinte.

— Est-ce que je peux déclarer forfait ? s'enquit-elle enfin, à bout de souffle.

— On s'arrête quand tu veux.

— Et c'est maintenant que tu me le dis !

— Je ne tiens pas à ce que tu te surmènes. Il faut absolument que tu t'entraînes tous les jours. Ce sera impossible si tu es percluse de courbatures.

Comme il paraissait inquiet, elle le rassura.

— Je pense que ça va aller, mais j'ai besoin d'une pause.

— Il y a de l'eau dans le frigo, là-bas. Pendant que tu te reposes, je vais soulever quelques poids.

Elle sortit une bouteille du vieux réfrigérateur rouillé trônant dans un coin et s'installa sur le tapis pour l'observer. Quand il enleva son tee-shirt et le jeta de côté, elle détourna la tête pour boire, soudain gênée. Un homme torse nu, c'était pourtant banal… mais John Medina n'avait rien de banal.

Elle s'allongea sur le matelas et ferma les yeux pour résister à la tentation de le regarder. Leur relation devait rester strictement professionnelle. Il était un agent secret, elle était fonctionnaire, ils menaient des existences totalement opposées. Pourtant, l'espace d'un éclair, elle se surprit à rêver d'une brève liaison avec lui.

Elle avait éprouvé un plaisir intense à passer cette journée avec lui. Il avait le don de la pousser dans ses retranchements. Elle était fatiguée, mais elle avait l'impression d'avoir repris goût à la vie. Grâce à lui, ou à la perspective de retourner sur le terrain ? Un peu des deux, sans doute, dans la mesure où il était irrévocablement lié à la mission.

Tout son corps était en émoi. Il avait frôlé ses seins à plusieurs reprises, posé les mains sur ses cuisses, sur ses hanches.

Elle se mit à plat ventre, la tête sur ses bras croisés. John Medina avait un panneau « zone dangereuse » marqué sur son front. Pour son propre bien, elle ferait mieux de s'en méfier. Elle encourait déjà assez de risques comme ça.

— La pause est finie, mon chou, lança-t-il.

— Mon chou, oui, et puis quoi encore ? riposta-t-elle en se relevant.

9

Villa Ronsard, sud de la France

Louis Ronsard se méfiait de tout ce qu'il ne pouvait voir, et pratiquement de tout le reste. L'expérience lui avait appris que la confiance était un confort au coût trop élevé.

Quand, parfois, il accordait sa confiance, c'était d'une manière très étudiée. Ainsi, par exemple, il était convaincu que sa sœur Mariette ne ferait jamais rien pour le blesser délibérément, mais sachant qu'elle était aussi écervelée qu'adorable, il ne lui parlait jamais de ses affaires. Par nécessité, il se confiait à quelques-uns de ses employés triés sur le volet, tout en prenant soin de procéder à des vérifications régulières de leurs situations financière et personnelle afin de déceler la moindre faiblesse susceptible de le mettre en danger. Il était formellement interdit aux membres de son personnel de se droguer, ce que Ronsard, sans illusion sur le sujet, surveillait de près, soumettant chacun à des tests réguliers.

Il était conscient de marcher sur le fil du rasoir. Les gens avec qui il traitait au quotidien n'avaient rien de citoyens modèles. À ses yeux, ils étaient soit fanatiques, soit psychotiques, voire les deux. Il n'avait jamais réussi à déterminer quelle était la catégorie la plus instable.

De toute façon, la seule attitude à adopter avec des énergumènes de ce genre était la plus grande prudence.

Cependant, il avait ses exigences. Le maniaque décidé à faire sauter une bombe dans une école sous prétexte de militer pour la paix dans le monde n'avait aucune chance de lui acheter du matériel. On pouvait fréquenter le monde des terroristes et respecter certains critères, non ? Ronsard ne passait donc que par des organisations dûment établies, qui auraient de nouveau besoin de ses services et ne chercheraient pas à le doubler.

De son côté, il veillait scrupuleusement à livrer tout ce qu'il avait promis. Il ne demandait rien pour lui, sinon le montant figurant dans le contrat. Sa valeur sur le marché dépendait de sa fiabilité. À cette fin, il prenait des précautions infinies pour s'assurer que la marchandise soit acheminée, quelle qu'en soit la quantité. Grâce à cela, son entreprise avait prospéré, et ses comptes bancaires en Suisse et dans les îles Caïman se portaient à merveille.

Il était tellement circonspect que la moindre anomalie éveillait ses soupçons. Ainsi, le coup de fil qu'il avait reçu le matin même, sur sa ligne privée, dont très peu de personnes connaissaient le numéro, l'avait-il alerté.

— Alors, murmura-t-il.

Il se cala dans son fauteuil et, l'air songeur, roula entre ses doigts le cigare parfumé qu'il venait d'extirper de la boîte en bois de santal posée sur son bureau.

— Alors ? répondit Cara Smith, en levant les yeux de l'écran d'ordinateur sur lequel elle suivait l'évolution de ses divers investissements.

Cara était sa secrétaire et assistante – son bras droit, comme elle aimait à se décrire. Quand il avait enquêté sur elle, il avait été surpris de découvrir qu'elle s'appelait vraiment Smith, et qu'elle était originaire de Waterloo, dans le Kansas – ce qui lui avait permis, au fil des ans, de lui lancer quelques blagues de mauvais goût à ce sujet.

— Nous avons une requête… inattendue.

Cara était bien placée pour savoir combien il détestait l'imprévu. Mais elle le connaissait mieux que personne et vit tout de suite qu'il était intéressé. Quelque chose l'intriguait, sans quoi il aurait immédiatement refusé la commande.

Elle fit pivoter son siège vers Ronsard et croisa ses jambes de mannequin. Comme elle mesurait un mètre quatre-vingts, celles-ci étaient particulièrement longues.

— Son nom ?

— Temple.

Elle arrondit ses grands yeux bleus.

— Waouh !

Décidément, pensa-t-il, elle était américaine jusqu'au bout des ongles, avec cette propension aux expressions inélégantes.

— Waouh, en effet.

Temple était une ombre dans l'univers déjà glauque des terroristes. On avait chuchoté son nom à propos de plusieurs assassinats et attentats. Il ne choisissait jamais ses cibles au hasard, dans le seul but de provoquer la terreur. Quand il descendait un avion, par exemple, c'était pour éliminer un individu spécifique qui se trouvait à bord. Travaillait-il pour une agence ou en indépendant ? Nul ne le savait. Quoi qu'il en soit, personne ne pouvait deviner ses projets ni son agenda. Temple était une énigme.

Ronsard n'appréciait guère les énigmes. Il aimait savoir précisément avec qui et de quoi il traitait.

— Qu'est-ce qu'il veut ?

— Le RDX-A.

À son immense soulagement, elle ne répéta pas « waouh ! ». Elle ne posa pas non plus la question qui s'imposait : comment Temple était-il au courant de l'existence de ce produit ? Le RDX-A n'avait été testé qu'une semaine auparavant et, bien que les résultats se fussent révélés satisfaisants, seuls quelques privilégiés en avaient entendu parler. Certains problèmes de production étaient en cours d'élimination, comme la tendance de quelques lots à se décomposer à un rythme accéléré, d'où des conséquences désagréables pour le manipulateur. La tâche était délicate : il fallait stabiliser un composant capricieux, de manière à prévoir son taux de dégradation, sans toutefois en diminuer la performance potentielle.

— Trouvez-moi tout ce que vous pourrez sur Temple, ordonna-t-il. Je veux une description physique, son lieu de naissance, tout.

— Vous allez accepter l'affaire ?

— Je n'ai rien décidé.

Ronsard alluma son cigare, se consacrant pendant quelques secondes à ce rituel, avant de savourer le goût subtil de la vanille sur sa langue. Il allait devoir se changer avant d'aller voir Laure. Elle adorait l'odeur du cigare, mais celle-ci lui était nuisible.

Cara s'était retournée vers son écran et pianotait avec dextérité sur le clavier. Ronsard se méfiait des ordinateurs ; aussi, celui de Cara – connecté à ce monde virtuel que les Américains avaient baptisé le Web – ne contenait-il aucune de ses archives. Certes, les programmes de protection étaient nombreux sur le marché, mais ils étaient constamment bafoués. Des adolescents parvenaient à accéder aux fichiers les plus sécurisés du Pentagone ; les sociétés dépensaient des milliards de dollars pour se munir de systèmes ultrasophistiqués, lesquels devenaient caducs en un rien de temps. Selon Ronsard, le seul appareil fiable était un ordinateur qui n'était relié à rien, comme celui qu'il gardait sur son bureau, et où il conservait ses documents importants. Précaution supplémentaire : il modifiait constamment son code d'accès, en choisissant au hasard un mot dans son exemplaire aux pages cornées du *Conte des deux cités* de Dickens, toujours à portée de main. Il en lisait même des extraits de temps en temps, plus pour apaiser les éventuels soupçons de Cara que par intérêt. Il cornait la page sur laquelle il avait sélectionné son mot de passe et reposait l'ouvrage à plat, comme si de rien n'était.

Le procédé n'était pas parfait. Ronsard changeait si souvent le code qu'il lui arrivait d'oublier le dernier en date. D'où la page cornée : il lui suffisait de voir le mot pour le reconnaître, à condition d'être à la bonne page.

— D'où est-il ? demanda Cara. Je ne trouve rien sur lui en mode de recherche élargie. J'ai besoin d'un minimum de données.

— Il est américain, je crois. Cependant, il paraît qu'il vit en Europe depuis dix ans. Essayez Scotland Yard.

Elle poussa un soupir et s'exécuta.

— Un de ces jours, je vais me faire arrêter, grommela-t-elle.

Ronsard sourit. Il appréciait beaucoup Cara. Tout en sachant pertinemment quelles activités il menait, elle s'arrangeait pour maintenir l'attitude de l'assistante neutre et compétente. Elle ne se laissait pas intimider par lui, ce qui le changeait agréablement, car l'intimidation avait beau être indispensable dans son métier, il trouvait cela parfois lassant.

Elle n'était pas non plus tombée amoureuse de lui, ce qui était une bénédiction. Ronsard était un séducteur, et les femmes avaient tendance à se jeter à ses pieds. Cara, elle, lui avait déclaré froidement qu'elle n'avait aucune envie de coucher avec lui. Ce qui l'avait soulagé.

Elle avait des amants. Le plus récent était un garde du corps égyptien, Hossam. Un homme au sang chaud, pour lequel la grande jeune femme blonde était devenue une véritable obsession dès le premier jour. Pourvu qu'il ne perde pas la tête le jour où il serait largué par sa déesse américaine, songeait Ronsard.

— Mince, marmonna-t-elle en tapant furieusement sur le clavier.

Ronsard en déduisit que le site de Scotland Yard refusait de répondre à sa demande.

— *Merde !* s'exclama-t-elle une minute plus tard, avant d'abattre la main sur le moniteur. Ces salauds ont rajouté une barrière.

Murmurant une série de jurons, elle s'efforça d'accéder à la base de données. Ronsard patienta en fumant son cigare. Heureusement qu'il ne comprenait pas tout, pensa-t-il, car le langage de Cara se relâchait à la vitesse grand V.

— Bordeldemerdedesaloperie...

Il haussa les sourcils, tandis qu'elle se levait d'un bond et se mettait à arpenter la pièce et à agiter les bras dans tous les sens.

— Bon, je peux encore tenter ceci..., finit-elle par conclure, en allant reprendre sa place.

Dix minutes plus tard, elle se redressait, le visage fendu d'un sourire radieux.

— Je les ai eus, ces connards, roucoula-t-elle. Alors... voyons un peu ce que nous avons sur « Temple, prénom inconnu ».

Une page apparut. Cara enfonça la touche « imprimer » et la machine se mit à ronronner avant de cracher une feuille unique.

— Ce n'est pas grand-chose, murmura Ronsard, quand elle la lui présenta. Essayez le FBI. S'il est américain, ils en savent peut-être davantage sur lui.

Il lut les données disponibles. Scotland Yard n'en possédait pas beaucoup. Il « aurait » travaillé avec Baader-Meinhof en Allemagne. Il « aurait » eu des liens avec le mouvement basque en Espagne. Il « aurait » eu des contacts avec l'IRA.

Temple était soit américain, soit canadien. Il « aurait » (une fois de plus !) entre trente-cinq et quarante-cinq ans. Aucun domicile connu ne lui était associé.

Peu d'éléments, somme toute, mais c'était déjà un point de départ. Pour les compléter, Ronsard avait des relations à travers toute l'Europe. Si quelqu'un appartenant à l'une des trois organisations citées savait quoi que ce soit sur Temple, Ronsard en saurait bientôt tout autant.

Cara continuait à bougonner en s'efforçant d'accéder à la base de données du FBI.

— Aha ! lança-t-elle tout à coup, et Ronsard comprit qu'elle avait enfin réussi. Eh bien... Incroyable mais vrai, on a une photo ! ajouta-t-elle, stupéfaite. L'image est floue et son visage à moitié caché, mais c'est déjà ça.

Ronsard quitta son bureau pour venir se pencher par-dessus l'épaule de Cara.

— Vous pouvez l'agrandir ? demanda-t-il, en examinant le cliché de piètre qualité sur lequel un homme brun avait été pris en train de monter dans une voiture.

— Je peux agrandir ce que nous avons. En revanche, cela ne nous permettra pas de voir ce que l'appareil ne voyait pas, c'est-à-dire une grande partie de sa figure.

— Il porte un anneau à la main gauche. Une alliance ?

Amusant, songea Ronsard. Non pas le fait que Temple soit marié : cela pouvait arriver à tout le monde, même dans le milieu des terroristes. Ce qui surprenait Ronsard, c'était de le voir afficher un symbole aussi conventionnel.

L'homme aux cheveux foncés paraissait plutôt grand, en comparaison du véhicule. Sans doute avait-il été photographié à son insu car il présentait à l'objectif son profil gauche. Le cliché aurait pu être pris n'importe où ; les plaques d'immatriculation étaient invisibles, le modèle impossible à reconnaître. Le bâtiment en brique rouge dans le fond était tout aussi anonyme, dénué de toute enseigne.

— Je vous imprime le texte pour que vous puissiez le lire pendant que j'effectue le zoom, annonça Cara.

Le FBI était un peu mieux renseigné que Scotland Yard, ce qui illustrait à merveille les relations entre les deux agences. Tous les documents dont disposait le FBI sur des terroristes internationaux devaient en principe être transmis à Interpol. Tous les documents que possédait Interpol à propos des terroristes internationaux devaient – toujours en principe – être communiqués à Scotland Yard. C'était une des missions d'Interpol que de servir d'interface. Pourtant, en l'occurrence, le FBI avait apparemment retenu certaines informations, et Ronsard en était intrigué.

— Temple, lut-il tout bas. Prénom Josef ou Joseph. Lieu de naissance inconnu. Identifié pour la première fois à Tucson, Arizona, en 1987. A disparu puis refait surface à Berlin en 1992. Cheveux châtains, yeux bleus ; signes particuliers : à l'omoplate gauche, une cicatrice en diagonale d'environ huit centimètres de long, conséquence d'un coup de couteau ou autre objet tranchant.

Poignardé dans le dos, constata Ronsard. Décidément, M. Temple menait une existence intéressante.

— Sujet recherché pour interrogatoire dans l'affaire de l'attentat contre le palais de justice de Tucson, Arizona, en 1987 ; dans l'affaire du détournement d'un camion de l'OTAN chargé de munitions, en Italie...

Ronsard haussa les sourcils. Curieux. Lui qui croyait avoir le doigt sur le pouls de son univers, il n'avait jamais entendu parler de cette histoire. La liste se poursuivait. En tout, le compte s'élevait à quinze incidents distincts.

De l'avis général, Temple manœuvrait en indépendant. On ne lui connaissait aucune affiliation à une organisation. Un tueur à gages, conclut Ronsard. Il ne tuait pas pour le plaisir ni pour sa satisfaction personnelle, mais pour ceux qui lui achetaient ses services – sans doute au prix fort. À en juger par les attentats pour lesquels il était considéré comme le suspect numéro un, il choisissait des cibles difficiles à atteindre. Plus la mission était délicate, plus elle rapportait gros.

Qui le rémunérait cette fois-ci ? Qui avait entendu parler du RDX-A et engagé Temple pour se le procurer ? Pourquoi cet individu ou ce groupe ne l'avait-il pas approché lui-même, au lieu d'utiliser Temple comme intermédiaire ? Ce devait être quelqu'un qui aurait beaucoup à perdre si on le démasquait.

— Ce n'est pas une alliance ! déclara Cara, tout en imprimant la photo.

Ronsard s'empara du cliché dès que la machine l'eut sorti. Elle avait raison : la bague semblait se composer d'une tresse d'une douzaine de cordes miniatures. Non, pas des cordes, des serpents. La tête était sur le dessus.

L'oreille gauche de M. Temple était percée. Bien que l'anneau d'or fût discret, l'agrandissement le révélait pleinement.

Le ou les employeurs de M. Temple étaient prudents. Ils l'envoyaient sur le terrain accomplir leur boulot pendant qu'ils restaient tranquillement à l'abri.

De son côté, Ronsard ne l'était pas moins. Il ne traitait jamais avec les inconnus.

— J'aimerais rencontrer le mystérieux M. Temple.

10

McLean, Virginie

Niema arrêta son réveil juste avant qu'il ne sonne, se leva, revêtit sa tenue de jogging, procéda à son rituel matinal dans la salle de bains puis se rendit à la cuisine. Comme elle s'y attendait, Medina était perché sur un tabouret devant l'îlot, en train de boire un café.

— Très drôle, ronchonna-t-il.

Elle rit aux éclats.

— Ne boude pas. Tu as pu entrer quand même, non ?

— Oui, mais j'ai été obligé de passer par la fenêtre de la buanderie. Lamentable.

Et silencieux, songea-t-elle. Elle avait le sommeil léger, mais elle n'avait absolument rien entendu.

— Je suppose que tu as déconnecté l'alarme de la fenêtre ?

— Non, le système dans son ensemble. Tu devrais t'en procurer un plus moderne, à infrarouge.

Elle laissa échapper un grognement. Le dispositif en place lui avait coûté plus de mille dollars, et lui ne trouvait rien de mieux que de lui proposer d'en dépenser deux mille de plus.

— Et si j'employais partout la méthode que j'ai utilisée pour la porte arrière ? La technologie de base est parfois plus efficace.

— Le mieux, ce serait de cumuler les deux.

Il leva sa tasse comme pour porter un toast.

— Oui, c'est ça, ajouta-t-il. Excellente idée.

L'expression « technologie de base » illustrait à merveille son invention. Elle s'était contentée d'acheter deux verrous classiques à la quincaillerie du coin. Elle avait fixé le premier normalement, en plaçant le crampon sur le cadre. Le second, elle l'avait vissé juste en dessous, mais à l'envers.

Quand un seul des deux était enclenché, n'importe qui pouvait le forcer à l'aide d'une carte de crédit, d'une lame de couteau ou autre. Quand les deux étaient poussés, l'exercice devenait nettement plus difficile.

Bien sûr, si on était très musclé ou équipé d'un bélier, on pouvait défoncer la porte, mais c'était une méthode plus bruyante. Niema éprouva une bouffée de bonheur à la pensée que sa solution toute simple avait impressionné John Medina.

Quand ils quittèrent la maison, un peu plus tard, plutôt que de tourner à droite en direction du parc, Medina partit vers la gauche.

— Le jardin est là-bas, fit remarquer Niema en le rattrapant.

— Nous y sommes allés hier.

— Est-ce à dire que tu n'empruntes jamais deux fois de suite le même chemin, ou tu as peur de t'ennuyer ?

— Peur de m'ennuyer. Quand je me relâche, j'ai un pouvoir de concentration digne d'un moucheron.

— Menteur.

Pour toute réponse, il ébaucha un sourire et ils coururent en silence le long de la rue déserte. On ne voyait aucune étoile dans le ciel, et l'atmosphère était humide, annonciatrice de pluie. Malgré quelques courbatures aux bras, dues à la séance de tir de la veille, Niema se sentait en forme.

Ils couraient depuis une trentaine de minutes, quand une voiture apparut au carrefour et se dirigea droit vers eux. Elle roulait lentement, comme si le conducteur observait les alentours en conduisant.

John saisit Niema par la taille et la poussa derrière un arbre. Ravalant un cri, elle eut juste le temps de lever les mains avant qu'il ne l'écrase de tout son poids contre le tronc. Dans sa main gauche, elle aperçut une lueur métallique. Elle retint son souffle.

— Deux hommes, chuchota-t-il, son souffle lui caressant la tempe. Je suppose que ce sont les employés de l'agence privée que Frank a engagée.

— Tu supposes ? Tu n'en es pas certain ?

— Non. Je ne suis pas au courant de leur emploi du temps et eux ignorent ma présence ici. C'est probablement toi qu'ils cherchent, car tu as changé de trajet.

L'idée qu'elle était surveillée d'aussi près l'agaça. Elle eut conscience, soudain, du nombre de fois où, au cours de ces dernières années, un véhicule l'avait dépassée pendant qu'elle s'adonnait à son jogging matinal. Elle ne s'en était jamais étonnée, jamais méfiée. Enfermée dans sa bulle, elle avait manqué de discernement, ce qui la mettait aujourd'hui mal à l'aise. Elle aurait dû être davantage sur ses gardes.

L'écorce lui grattait la joue, et John lui comprimait les seins.

— Hé ! chuchota-t-elle. Tu m'écrabouilles.

Il s'écarta d'environ deux centimètres et elle put de nouveau respirer. Cependant, il la maintint contre l'arbre jusqu'à ce que la voiture eût disparu.

— S'ils sont de notre côté, pourquoi ne pas nous montrer ?

John repartit à grandes foulées et elle s'ajusta à son rythme.

— Pour deux raisons. D'une part, je ne suis pas sûr qu'ils soient des nôtres. D'autre part, je ne tiens pas à ce qu'ils me voient, encore moins en ta compagnie.

— De toute façon, leur filature ne vaut rien, grommela-t-elle. Tu es entré chez moi deux matins de suite sans qu'ils bougent le petit doigt.

— Ils n'étaient pas là quand je suis arrivé. J'imagine qu'ils se contentent de rondes régulières.

— Si tu demandais à M. Vinay d'arrêter provisoirement la surveillance ? Ce serait logique.

— J'y songe.

Le véhicule avait dû faire le tour du pâté de maisons. Il ressurgit.

— Fais semblant de me poursuivre, on va voir s'ils te tirent dessus ! suggéra Niema avant de s'élancer.

Elle piqua un sprint tout en sachant pertinemment qu'elle ne se trouvait pas dans le champ lumineux des phares.

En entendant Medina jurer sur ses talons, elle eut du mal à contenir un gloussement. Mais à peine avait-elle accompli cinq pas qu'un poids énorme s'abattit dans son dos, tandis que deux bras l'enveloppaient et la poussaient à terre. Ils atterrirent dans l'herbe au bord du trottoir. Dans la pénombre du petit matin, personne ne pouvait les voir tant qu'ils restaient immobiles.

Il la plaqua au sol, faisant fi des tentatives de Niema pour s'échapper, jusqu'à ce que la voiture soit repartie.

— Espèce de sorcière ! murmura-t-il, le souffle court comme s'il avait du mal à retenir un éclat de rire. Tu cherches à me faire descendre ?

Il se mit debout, l'aida à se relever.

— Imagine que quelqu'un nous ait aperçus par la fenêtre et qu'il ait prévenu les flics ?

— Le temps que la police arrive, on serait partis depuis longtemps. Et au pire, je pourrais expliquer que j'ai trébuché et que tu as essayé de me rattraper. Aucun problème.

— J'espère que tu t'amuses bien, gronda-t-il.

Avec un sursaut de surprise, elle se rendit compte qu'en effet, elle s'amusait bien. Pour la première fois depuis de longues années, elle avait l'impression d'avoir un objectif dans sa vie, quelque chose d'important à accomplir. Son métier d'ingénieur avait beau l'intéresser, passer son existence à manipuler des engins électroniques dans un bureau n'avait rien d'excitant.

Aujourd'hui, elle se sentait revigorée, rajeunie, comme si elle avait vécu repliée sur elle-même pendant cinq ans. Elle avait toujours couru le matin, mais jusque-là, elle n'avait pas savouré le plaisir de sentir travailler ses muscles. Elle aimait se chamailler avec Medina, verbalement et physiquement. Elle n'était pas une fanatique des armes à feu, mais elle avait apprécié la leçon de la veille. Elle avait envie d'aller plus loin.

C'était là le vrai danger des missions sur le terrain. Elle avait longtemps résisté à la tentation et voilà qu'en une journée, un flot d'adrénaline la submergeait à nouveau comme une drogue. Devait-elle s'en prendre à Medina ou le remercier de l'avoir fait replonger ?

Cinq années de pénitence suffisaient-elles ? Lui faudrait-il cent ans pour se libérer de tout sentiment de culpabilité et d'angoisse envers Dallas ? Elle ralentit le pas en repensant à toutes les fois où ils avaient couru ensemble. Après, ils prenaient une douche et faisaient l'amour.

Dallas aurait-il été attiré par la femme qu'elle était devenue ? Se serait-il lassé de son obsession pour l'ordre et la sécurité ? Elle craignait de connaître la réponse à ces questions. Dallas était un téméraire ; sous des allures calmes et posées, il n'avait vécu que pour le risque et les défis. Sans quoi, pourquoi aurait-il choisi ce métier ? Ce qui l'avait séduit chez elle – et réciproquement – quand ils s'étaient rencontrés, c'était l'intuition qu'ils se ressemblaient.

Medina était le même genre d'homme, avec un profil plus marqué encore. Une sonnette d'alarme résonna dans sa tête, stridente. Se laisser entraîner dans l'univers grisant de l'espionnage et des missions délicates était une chose ; s'amouracher d'un coéquipier en était une autre.

Elle allait devoir se maîtriser, car les émotions avaient parfois tendance à déborder dans les situations très tendues. Medina était attrayant, plus que cela même. Il semblait décontracté en sa compagnie, même si, pour l'heure, il n'avait révélé aucun détail sur sa vie. Elle ne savait rien de lui.

Quelle importance ? Ils allaient travailler ensemble brièvement, puis elle réintégrerait son bureau et il disparaîtrait dans la nature.

— Tu es prête à rentrer ?

Elle jeta un coup d'œil au cadran lumineux de sa montre. Ils couraient depuis une heure déjà. Heureusement, ils n'avaient pas emprunté une ligne droite, sans quoi, il leur aurait fallu une autre heure pour rebrousser chemin. Ils avaient tourné en rond dans le quartier et ne se trouvaient qu'à cinq cents mètres de la maison.

— Et si les détectives de service me cherchent encore ?

— J'espère pour eux que c'est le cas, sans quoi…

Il ne termina pas sa phrase, mais elle en devina la fin. Sans quoi, ils n'auraient plus qu'à aller pointer au chômage.

— Ils vont te voir.

— On va se séparer et tu rentreras seule. Une fois qu'ils auront constaté que tu es bien arrivée, ils s'en iront.

— Qu'as-tu prévu pour aujourd'hui ? Une séance de tir ?

— Oui, et une autre d'autodéfense.

— Est-ce vraiment indispensable ?

— Autant occuper notre temps. Qui sait ? Cela te sera peut-être utile un jour. À propos, tu vas recevoir quelques colis dans la journée. C'est une nouvelle garde-robe, des bijoux, bref, tout ce dont tu auras besoin.

— En quel honneur, une nouvelle garde-robe ?

— C'est ta couverture. Tu vas assister à des soirées à l'ambassade, dans le rôle de la fille de vieux amis de l'ambassadeur.

Elle allait se déguiser ! songea-t-elle, amusée. Cet aspect de la mission lui plaisait. Comme la plupart des femmes, elle aimait de temps en temps être élégante et attirer les regards.

— Essaie tout, enchaîna-t-il. Les vêtements doivent tomber à la perfection. Ceux qui ne te vont pas seront échangés ou retouchés.

— On ne peut pas les rendre s'ils sont retouchés.

— Ne t'inquiète pas, tu pourras tout garder par la suite.

Il scruta les alentours.

— C'est ici que je te laisse. On se revoit dans cinq minutes.

Il s'éloigna vers la droite, allongeant ses foulées comme s'il venait tout juste de démarrer. Il fonça entre deux pavillons, sauta par-dessus une barrière et se fondit dans la nature.

Niema se ressaisit. Ses cuisses la brûlaient, mais elle se força à accélérer. C'était ridicule de se mesurer à lui alors qu'ils ne faisaient pas la course. Elle aurait parfaitement pu regagner tranquillement son domicile. Pourtant, la tentation était trop forte. Elle fonça.

Un peu plus loin, elle repéra la voiture de l'équipe de surveillance. Dans l'obscurité, elle avait du mal à la voir distinctement, mais les feux arrière semblaient les mêmes, et il y avait deux hommes à bord. Le véhicule était garé le long du trottoir. Elle le dépassa à toute vitesse, sans un regard. Vingt mètres plus loin, elle entendit le moteur démarrer.

Elle avait presque atteint son but. Ignorant les protestations de ses muscles, elle s'obligea à maintenir son allure. Elle traversa le jardin, déverrouilla la porte et se rua à l'intérieur en aspirant de grandes goulées d'air.

Elle s'adossa contre le mur en se demandant si le jeu en valait la chandelle. Son cœur battait si fort que ses oreilles bourdonnaient.

Ses oreilles ? Elle inclina la tête, écouta.

Non, la douche.

Marmonnant un juron, elle se précipita dans sa salle de bains.

Niema se plaça en face de Medina sur le tapis bleu.

— Aujourd'hui, je vais te montrer des points d'attaque, annonça-t-il. Effectués convenablement – cela demande beaucoup d'entraînement –, ces coups peuvent être mortels.

Elle s'écarta légèrement, plaqua les mains sur ses hanches, étrécit les yeux.

— Aurai-je besoin de tout ça ? Tu crois que je vais devoir me battre au corps à corps ?

— Si le risque était si grand, je ne t'emmènerais pas. C'est au cas où, et surtout pour passer le temps.

Il lui fit signe d'avancer.

— Viens.

— Tu veux me transformer en tueuse sous prétexte que tu t'ennuies ?

Il sourit.

— Tu ne seras jamais une tueuse. Au mieux, tu seras capable de neutraliser un adversaire pour t'échapper. Je te le répète, il faut des années de pratique pour y arriver ; si tu provoques la mort de quelqu'un, ce sera par accident.

Elle s'approcha avec méfiance, tout en restant hors de sa portée.

— Détends-toi. Je vais simplement t'indiquer les points vulnérables et les mouvements.

Il effectua un pas en avant, lui saisit le poignet et la tira jusqu'au milieu du tapis.

— C'est la technique de base du tai-chi. Les points de Dim Mak sont en fait des points d'acupuncture. Il ne faut jamais, jamais, employer cette méthode, sauf si c'est une question de vie ou de mort ; car, comme je te l'ai expliqué, tu pourrais tuer l'autre par accident.

Il lui souleva la main, lui attrapa les doigts et les plaça contre le coin externe de son œil.

— Là. Sens...

— Je sens...

— Un coup même léger à cet endroit peut provoquer des dommages importants : nausées, perte de mémoire, parfois la mort.

Il la guida dans le mouvement. La position était essentielle, tout comme l'angle de frappe. Il la fit recommencer encore et encore sur lui. À un moment, elle l'atteignit – à peine un effleurement. Il pivota sur lui-même, se plia en deux et se mit à tousser.

— Ô mon Dieu ! Je suis désolée..., s'exclama-t-elle en se jetant sur lui.

La panique l'envahit.

— Tu veux que j'appelle les secours ?

Il secoua la tête, pressa le pouce sous son nez, se frotta le coin de l'œil, la tempe, jusqu'à l'oreille. Il avait le regard humide.

— Ça va, affirma-t-il en se redressant.

— Tu en es sûr ? Tu devrais peut-être t'asseoir.

— Non, non. Ce genre d'incident arrive souvent quand on s'entraîne.

— Et si on passait à un autre exercice ? suggéra-t-elle timidement.

— Parfait. On va aborder la tem...

— Je pensais à une discipline comme le judo, par exemple.

— Pourquoi ? Tu as l'intention de te lancer dans le combat professionnel ?

Ses yeux bleus luisant comme des rayons laser, il la cloua sur place du regard. S'emparant de sa main, il la porta à sa propre tempe.

— Là. Frappe fort. Directement. C'est un point crucial ; si la veine est atteinte, l'agresseur mourra au bout d'un ou deux jours. On pourra peut-être le réanimer, mais il risque de succomber à une hémorragie par la suite… Et là, poursuivit-il, en déplaçant sa main juste sous son mamelon, c'est le point de la mort immédiate…

— Pas question ! interrompit-elle avec vigueur. Je ne m'entraînerai plus sur toi.

— Tant mieux… Là… juste entre les deux seins… le coup entraîne une raideur subite du bas du corps, et l'attaquant tombe. Ici, sous le sternum, c'est l'arrêt du cœur assuré.

Il était impitoyable. La macabre leçon s'éternisa. Il l'obligea à répéter les mouvements à l'infini, mais elle refusa obstinément de se servir de lui comme d'un mannequin. Elle était encore en état de choc : que se serait-il passé si elle l'avait vraiment frappé ?

Enfin, il déclara la séance terminée. Il venait de lui présenter quelques gestes censés déclencher la diarrhée, et elle trouvait intéressant d'appliquer la méthode à une cible vivante. Medina recula en souriant.

— Oh, non ! Tu m'en veux assez pour réussir.

— Exactement.

— Un jour, si tu es dans le pétrin, tu me remercieras.

— *Si* je suis dans le pétrin, tu auras le droit de me lancer un retentissant « je te l'avais bien dit ». Mais je crois que les points de diarrhée me conviennent mieux que les points de mort immédiate.

Il alla chercher l'une des bouteilles d'eau qu'ils avaient emportées avec eux, dévissa le bouchon et but longuement. Admirative malgré elle, Niema contempla le superbe modèle de virilité que représentait Medina.

Une vague de chaleur la submergea. Elle s'éclaircit la gorge et se détourna pour effectuer quelques étirements.

Il faut que je fasse attention, se dit-elle. Très, très attention.

— Prête pour la séance de tir ?

Elle grogna, se releva. Mais qu'était-elle venue faire dans cette galère ?

Plus tard dans la soirée, après s'être arrêtée à la quincaillerie pour acheter un stock de verrous, elle passa deux heures à les installer partout, sauf à la fenêtre de la deuxième salle de bains. Celle-ci était haut placée et minuscule, et Niema voulait d'abord savoir si Medina parviendrait à s'y glisser. Une fois le bricolage terminé, elle se livra à une séance d'essayage.

Tous les vêtements étaient de marque, la lingerie en satin, les bas en soie. Chacune des paires de chaussures devait valoir plus de deux cents dollars, et il y en avait une douzaine. Tenues de cocktail, robes longues, tailleurs impeccables, shorts, chemisiers, chemises en dentelle, jeans, twin-sets en cachemire, jupes… rien ne manquait. Sans compter les bijoux, choisis avec goût : rang de perles et boucles d'oreilles assorties ; chaîne en or incrustée de petits diamants, bracelets, colliers, et une opale somptueuse en pendentif. Elle rangea soigneusement la pierre dans son écrin de velours noir et découvrit la dernière pièce : un solitaire.

Le téléphone sonna. Elle se pencha pour décrocher, la bague entre les doigts.

— Allô ?

— Alors ? La garde-robe ?

— Je suis en plein essayage.

— Les vêtements te vont ?

— La plupart, oui.

— Pour le reste, je verrai demain. Tu as trouvé le pendentif ?

— À l'instant. Il est magnifique, ajouta-t-elle, avec une pointe d'émerveillement.

— Il y a un transmetteur au dos de la pierre, dissimulé entre les pointes. Veille à ne pas le malmener. À demain.

Il raccrocha. Niema posa lentement le combiné. *À demain*. Ses paroles sonnaient comme une menace, vu sa manie de pénétrer chez elle par effraction. Elle esquissa un sourire en pensant à la fenêtre de la salle de bains.

— Mais oui, monsieur Medina. À demain.

11

— Gagné, murmura John en raccrochant.

Ronsard avait mordu à l'appât. Le message était passé par un ordinateur à Bruxelles, selon ses instructions ; il avait ensuite été relayé par un autre ordinateur à Toronto, auquel il avait accédé via une carte téléphonique. Ronsard ne pourrait pas remonter à la source, en supposant qu'il tente de le faire. Et c'était improbable. Il ne s'attendait certainement pas que le nom et le numéro de Temple s'affichent sur son écran, ni qu'ils soient faciles à tracer.

Restait à peaufiner le plan. Pour commencer, il devrait se débrouiller pour que Ronsard remarque Niema, en espérant qu'il l'inviterait ensuite dans sa villa. Sinon, il serait forcé de s'adapter. En revanche, si Niema réussissait son coup, il devrait veiller à arriver dans la propriété après elle.

Niema. Il avait pris grand plaisir à partager ces quelques jours avec elle, mais elle le rendait fou. Il l'avait taquinée, frôlée durant leurs « leçons » d'autodéfense – n'était-il pas cinglé de s'infliger un tel supplice ? Mais elle l'émerveillait tellement qu'il avait été incapable de s'arrêter. Elle était d'une vivacité inouïe, et son goût pour la compétition la poussait à relever n'importe quel défi. Ce matin-là, en se douchant dans la salle de bains réservée aux invités, il avait ri tout bas, sachant pertinemment qu'elle avait foncé à toute allure dans l'espoir de regagner la maison avant lui – alors qu'elle avait déjà couru plus d'une heure.

Elle le découvrait sous un tout autre jour. En Iran, elle n'aurait pas imaginé une seconde à quel point il enviait Dallas. Mais à présent, leurs relations s'étaient modifiées. Il l'avait vue l'observer à la dérobée pendant qu'il enlevait son tee-shirt, puis se forcer à détourner la tête. Toutefois, il jugeait prématuré de lui faire des avances ; aussi devait-il se concentrer de toutes ses forces pour ne pas craquer chaque fois qu'il s'approchait d'elle. C'était trop tôt. Elle venait seulement de prendre conscience de son attirance pour lui. Elle n'était pas encore prête.

Ce n'était pas comme s'ils se rencontraient pour la première fois. Il se serait alors senti libre d'agir à son propre rythme, comme avec les autres femmes. Mais Niema et lui avaient un passé en commun ; la mort de Dallas les liait et les séparait en même temps. Aucun autre homme n'avait su la conquérir jusque-là, car aucun autre homme ne pouvait comprendre. C'était lui qui, dans la petite hutte glacée, l'avait regardée blêmir en écoutant les derniers mots de son mari. C'était lui qui l'avait tenue dans ses bras quand elle avait pu enfin pleurer.

Et ce serait lui qui briserait la barrière d'indifférence qu'elle avait érigée entre elle et les hommes. Il y parviendrait parce qu'il la connaissait, parce qu'il savait que, sous son allure de jeune femme élégante et distinguée, battait le cœur d'une aventurière. Il lui offrirait les stimulants professionnels et personnels dont elle avait besoin. Quelle métamorphose déjà, en moins d'une semaine ! Elle était radieuse. Il devait prendre sur lui pour ne pas l'étreindre fougueusement et lui dévoiler ses sentiments.

Mais le moment viendrait. Certes, l'idée de refaire sa vie avec quelqu'un d'autre que Dallas – avec lui, en particulier – la mettrait sans doute mal à l'aise. Elle finirait par céder. Il y veillerait.

Soudain agité, il se leva et arpenta la pièce, en évitant machinalement de passer devant la fenêtre. Jamais une femme n'avait autant compté pour lui, pas même Venetia…

Il s'immobilisa, fixant sans le voir le tableau banal accroché au mur. Après ce qui s'était produit avec Venetia, peut-être ne méritait-il pas Niema. Quant à Niema, peut-être l'enverrait-elle promener le jour où elle apprendrait son passé. Peut-être ? Sûrement, oui ! S'il était honorable, il lui parlerait de son épouse décédée.

Il ébaucha un sourire dénué d'humour. S'il était honorable, il y a bien des choses qu'il n'aurait jamais faites au cours de son existence. À présent, il désirait Niema avec une telle intensité qu'il en était constamment déstabilisé. Et il l'aurait.

Villa Ronsard

— Vous avez pu remonter à la source du message ? demanda Ronsard à Cara, qui fixait l'écran tout en tapant furieusement sur son clavier.

Elle secoua distraitement la tête, toute son attention focalisée sur sa tâche.

— Le premier relais uniquement ; ensuite, il a disparu dans la nature. Temple dispose d'un système de codage et de routage remarquable.

Ronsard erra quelques instants dans son bureau. Il était tôt, très tôt même, mais il dormait peu. Cara avait ajusté ses horaires aux siens.

— Vous m'aviez pourtant dit qu'on laissait forcément des traces quand on passait par un ordinateur.

— C'est vrai, mais on peut tomber dans des impasses. Il a pu programmer le premier relais avec un code d'autodestruction après lecture. D'ailleurs, le premier relais n'en est peut-être pas un ; ce pourrait être la destination. C'est vous qui semblez convaincu que Temple brouille les pistes.

— En effet, convint-il. Au fait, où était-il, ce premier relais ?

— À Bruxelles.

— On peut donc en déduire que Temple se trouve en Europe ?

— Pas nécessairement. Il peut être n'importe où, à condition d'avoir accès à une ligne téléphonique.

Ronsard inclina la tête, réfléchit.

— Si on vous fournissait l'ordinateur en question, vous pourriez résoudre le problème ?

Une lueur brilla dans les yeux de l'assistante.

— Évidemment ! À moins que le disque dur n'ait été effacé.

— Si c'est son moyen habituel de contact, il y a peu de risque. Il effectuerait des sauvegardes cryptées, mais il n'éliminerait rien. Essayez de localiser l'ordinateur, et je vous le fais livrer ici.

Elle se remit au travail avec allégresse.

Satisfait à l'idée que l'appareil serait bientôt en sa possession – ou plutôt entre les mains de Cara –, Ronsard regagna son bureau. Laure avait passé une nuit difficile. Il était fatigué. Bien entendu, une infirmière s'occupait d'elle, mais quand elle souffrait ou qu'elle avait peur, elle réclamait son papa. Et alors, quoi qu'il fasse, où qu'il soit, il lâchait tout pour courir à son chevet.

Il n'avait pas encore lu son courrier de la veille, alors que Cara le lui avait ouvert et empilé sur sa table. Il parcourut factures et invitations ; comme toujours, ces dernières affluaient. Il était convié partout. Dans le monde des affaires, les relations étaient un gage de succès, que l'activité soit respectable ou non. Nombre d'hôtesses rêvaient de le recevoir : il était célibataire, beau et ténébreux. Ronsard était parfaitement conscient de son pouvoir d'attraction et n'hésitait pas à en user.

— Ah ! s'exclama-t-il, en s'emparant d'un bristol ivoire.

Le Premier ministre avait le plaisir de... Il ne prit pas la peine d'aller jusqu'au bout, se contentant de vérifier la date. Les réunions mondaines de ce niveau étaient d'une importance capitale. Il avait depuis longtemps cessé de s'étonner du nombre de personnalités et de leaders politiques qui avaient besoin de ses services. Au cours d'un gala de charité ou d'un cocktail, ils se sentaient libres de l'approcher : ils étaient dans leur élément, et le faisaient en toute sécurité. À une époque, il avait eu la même approche. Aujourd'hui, alors qu'il évoluait toujours avec plaisir dans ces milieux, il savait que le danger était partout.

— Je l'ai ! lança Cara.

Bruxelles

Âgé d'une cinquantaine d'années, l'homme avait tout d'un Bruxellois ordinaire : taille et poids moyens, cheveux châtains ; rien, chez lui, ne risquait d'attirer l'attention. Il se déplaçait à une allure normale, faisant mine de s'intéresser au journal qu'il tenait à la main plutôt qu'à la direction qu'il prenait, jusqu'au moment où il atteignit un certain immeuble. Il gravit alors les deux marches et pénétra dans le hall, puis il emprunta l'escalier plutôt que l'ascenseur, pour être sûr de ne croiser personne.

Au troisième étage, il déverrouilla une porte et la poussa. La pièce était vide. Seul un ordinateur ronronnait paisiblement sur une caisse en bois retournée, ses câbles reliés à deux prises, l'une électrique, l'autre téléphonique. Il n'y avait pas d'imprimante.

Les lumières étaient programmées pour s'allumer et s'éteindre à des heures variables. Les volets de l'unique fenêtre étaient clos. Parfois, quand il passait le matin, il les ouvrait puis repassait les fermer dans l'après-midi, histoire de donner l'impression que le lieu était habité. Personne n'avait jamais dû vivre là. Il n'y avait que l'ordinateur.

Suivant les instructions reçues, il se dirigea vers l'appareil, enfonça quelques touches du clavier pour accéder à l'application Norton Utilities. Il cliqua sur le bouton « coup de torchon gouvernement ». Après avoir tapoté quelques mots, il patienta un moment, tapa de nouveau. Il attendit que la machine exécute l'ordre.

Avec un mouchoir, il essuya le clavier, puis la poignée de la porte en repartant. Il ne reviendrait plus jamais ici.

Personne ne l'avait vu arriver. Personne ne le vit s'en aller. Forcément, il était tellement ordinaire.

Plus tard cet après-midi-là, une camionnette blanche se gara dans la rue de l'immeuble. Deux hommes en descendirent et remontèrent jusqu'à l'entrée. Ils étaient en tenue d'ouvriers – salopettes maculées de peinture –, bien que leur véhicule n'arborât aucune publicité correspondant à leur accoutrement.

Ils prirent l'escalier jusqu'au troisième étage. Une fois dans l'étroit couloir, chacun d'eux extirpa un pistolet automatique de sa poche, puis ils s'approchèrent sur la pointe des pieds de la porte de l'un des appartements. Le premier se positionna d'un côté, arme au poing. D'un signe, il indiqua à son compagnon qu'il pouvait y aller. Ce dernier tourna prudemment la poignée. Tous deux affichèrent une expression de surprise quand la porte céda toute seule.

Ils jetèrent un coup d'œil à l'intérieur, reculèrent instinctivement, se décontractèrent. La pièce était vide. Malgré tout, ils y pénétrèrent pour la fouiller. Rien. Non seulement elle était inhabitée, mais tout laissait croire qu'elle l'était depuis un bon moment.

En revanche, il y avait l'ordinateur, qui ronronnait sur une caisse en bois. L'écran était bleu azur.

Les deux hommes étaient des professionnels. Ils se mirent à genoux pour inspecter l'appareil, suivre les cordons jusqu'aux prises, en quête d'indices. Comme ils ne trouvaient rien, l'un d'entre eux finit par tendre le bras pour éteindre la machine. L'écran devint noir et le ronronnement se tut.

Ils débranchèrent l'ordinateur et le descendirent dans leur camionnette. Ils ne prirent pas la peine de refermer la porte derrière eux.

Villa Ronsard

Cara était en train de nager quand Ronsard la fit prévenir que l'ordinateur venait d'arriver. Elle se hissa hors du bassin et se pencha en avant pour s'essorer les cheveux. Elle savait que Hossam l'observait, son regard noir brillant d'excitation. L'ignorant, elle enroula une serviette sur sa tête et une autre autour de sa poitrine.

Pauvre Hossam. Son désir et sa jalousie commençaient à la lasser. Hossam lui-même commençait à la lasser. Cara se désintéressait très rapidement de ses amants : dès qu'ils couchaient avec elle, ils avaient une fâcheuse tendance à devenir possessifs et autoritaires. Pourquoi étaient-ils incapables de se satisfaire d'une bonne partie de jambes en l'air, comme elle ? Elle s'en voulait de leur faire du mal, car elle les aimait bien, tous autant qu'ils étaient – mais pas comme ils le souhaitaient. D'un autre côté, elle n'allait pas passer toute sa vie auprès d'un homme par pitié !

Rompre avec Hossam risquait d'être délicat. Elle était parfaitement consciente de leurs différences culturelles. Au début, c'était même ce qui l'avait le plus excitée. À présent, dès qu'elle le voyait, elle avait un mouvement de recul.

Ce dont elle avait besoin, sans doute, c'était d'un gentil gigolo, quelqu'un qui acceptait qu'elle tienne les commandes, du moins qui ne cherchait pas à la contrôler. La nuance était d'importance : Cara était indépendante, pas dominatrice.

À vrai dire, elle était plus passionnée par ses ordinateurs que par les hommes, à l'exception de Ronsard.

Or, Ronsard n'était pas du genre à chercher la stabilité. Jamais. Il lui plaisait, mais il n'était pas pour elle. Peut-être ne trouverait-elle jamais l'âme sœur ? Peut-être finirait-elle en vieille fille excentrique ?

Hossam vint vers elle et posa une main sur son bras.

— Tu me rejoins dans ma chambre, ce soir ?

— Pas ce soir, répliqua-t-elle, en s'écartant le plus nonchalamment possible. M. Ronsard m'a fait apporter un ordinateur que je dois examiner. Je vais bosser toute la nuit.

— Demain, alors ?

— Tu sais que je ne peux rien te promettre tant que je ne connais pas mon emploi du temps.

— Épouse-moi, tu n'auras plus à travailler.

— J'aime travailler. Bonne nuit.

Elle s'éloigna d'un pas vif avant qu'il ne puisse l'arrêter de nouveau. Décidément, cette situation avec Hossam prenait des proportions ridicules. Elle allait peut-être devoir demander à Ronsard de le muter. Elle n'y tenait pas : après tout, le comportement de Hossam était assez naturel. Il n'avait pas à être puni pour cela.

Elle monta dans sa chambre pour s'habiller et se coiffer. Aux États-Unis, elle se serait précipitée dans le bureau en maillot de bain, mais Ronsard avait des principes. Elle ne lui en voulait pas, bien au contraire.

Il l'attendait, ses longs cheveux noirs retenus par un élastique, ses traits exotiques parfaitement dégagés. Il portait un pantalon noir et une chemise blanche – sa tenue la plus informelle.

— Votre cadeau, annonça-t-il, en indiquant d'un signe de tête l'ordinateur.

Elle brancha l'appareil, s'installa et l'alluma. Il ne se passa rien. Elle fit une nouvelle tentative. L'écran demeurait obstinément bleu.

— Aïe !

— Un souci ? demanda Ronsard, en s'approchant.

— Effacé.

— Effacé ?

— Oui. Peut-être qu'il s'est seulement servi d'une commande C-prompt. Dans ce cas, il devrait rester des informations sur le disque dur.

— Autrement ?

— S'il a utilisé le « coup de torchon gouvernement », on ne trouvera rien.

— De quoi s'agit-il ?

— C'est très simple. Si on veut cacher des informations au gouvernement, on applique ce procédé. Il figure dans Norton Utilities...

Ronsard agita une main.

— Épargnez-moi les détails. Combien de temps vous faut-il pour découvrir le type de manipulation qui a été effectuée ?

— Pas longtemps.

Il attendit patiemment, pendant qu'elle accédait au disque dur et se mettait en quête de données. Rien. Le disque était aussi vierge que le jour de sa sortie de l'usine.

— Rien, marmonna-t-elle avec dégoût.

Ronsard lui tapota l'épaule d'une main réconfortante.

— Je n'en suis guère étonné, pour tout vous avouer.

— Alors pourquoi avoir pris la peine de récupérer l'ordinateur ?

— Parce que je veux en savoir plus sur M. Temple. S'il avait été assez imprudent pour laisser des informations sur le disque dur, j'aurais décidé de ne pas traiter avec lui.

Ronsard esquissa un sourire.

— Apparemment, il est aussi précautionneux que moi, conclut-il.

— Presque.

— Ce n'est pas moi qui le sollicite, mais le contraire.

12

— Tu t'appelles Niema Jamieson, annonça Medina en lui tendant un passeport, un permis de conduire et une carte de sécurité sociale.

Elle les parcourut, partagée entre l'intérêt et l'incrédulité.

— Niema ?

— Ton prénom est tellement original que tu risques de déraper si tu en prends un autre. Il vaut toujours mieux en choisir un proche du sien.

— Pas possible, monsieur Darrell Tucker ! railla-t-elle.

Il eut un sourire.

Elle ouvrit le passeport, y trouva sa photo ainsi que plusieurs pages remplies de tampons. D'après le document, au cours de la dernière année, elle s'était rendue deux fois en Grande-Bretagne, une fois en Italie, une fois en Suisse et une fois en Australie. Niema Jamieson était une voyageuse.

Le permis de conduire paraissait tout aussi authentique. Elle était domiciliée dans le New Hampshire. Niema Price Jamieson.

— Price ? s'enquit-elle.

— C'est ton nom de jeune fille. Tes parents étaient très liés à la famille de l'épouse de l'ambassadeur.

— Je suis donc mariée ?

— Veuve.

Il la contempla sans ciller, comme s'il s'attendait qu'elle proteste.

— Ton mari, Craig, s'est tué dans un accident de bateau, il y a deux ans. La femme de l'ambassadeur – au passage, elle s'appelle Eleanor – t'a convaincue de les rejoindre à Paris pour des vacances.

Elle demeura silencieuse. Les parallèles avec sa propre vie étaient nombreux, bien sûr : c'était le meilleur moyen de ne pas se tromper.

— Et si Ronsard m'invite chez lui, qu'il mène une enquête à mon sujet, que découvrira-t-il ?

— Que tu es exactement celle que tu prétends être. Il tombera sur des chroniques mondaines où l'on parle de toi. Sur un article évoquant le décès de Craig et le chagrin immense de sa veuve, Niema. Ne t'inquiète pas, ta couverture tient la route.

— Et l'ambassadeur ? Son épouse ? Ils savent bien que je ne suis pas une vieille amie de la famille.

— Certes, mais ils joueront le jeu. Nos ambassades comptent un grand nombre de nos agents parmi leur personnel. C'est la routine.

— Dans ce cas, Ronsard pourrait me suspecter.

— Tu n'y vas pas en tant que membre du personnel.

Elle aspira une grande bouffée d'air.

— Quand est-ce que je pars ?

Il sortit un billet d'avion de la poche intérieure de sa veste.

— Demain. Tu prends le Concorde.

— Cool !

Son regard s'illumina. Elle avait toujours rêvé de voler à bord d'un jet supersonique.

— Et toi ? Quand arriveras-tu ?

— Tu ne me verras pas avant que nous ne soyons tous deux chez Ronsard. S'il ne t'invite pas...

Les mots moururent sur ses lèvres et il haussa les épaules.

— Je ne te reverrai plus jamais, devina-t-elle.

Elle s'était efforcée d'adopter un ton nonchalant, mais son cœur s'était serré. Au cours de ces quelques jours, il était devenu l'élément central de sa renaissance. Mais elle savait depuis le début ce qu'il en serait ensuite : il disparaîtrait aussi soudainement qu'il était apparu dans sa vie.

— Je n'ai pas dit cela.

— Non, mais nous avons déjà travaillé ensemble, rappelle-toi. Une fois la mission accomplie, tu te volatilises. Et maintenant que je sais qui tu es, je comprends pourquoi.

— Niema...

Il fourra les mains dans ses poches, soudain mal à l'aise. Étrange, pensa-t-elle. Medina était toujours tellement maître de ses réactions.

— Je reviendrai. Simplement, je ne peux pas te préciser quand.

Ce commentaire l'étonna et la terrifia à la fois. Était-il en train de lui annoncer qu'il avait l'intention de l'engager sur un autre projet ? Une partie d'elle-même avait envie de hurler : jamais de la vie ! tandis qu'au fond, elle ne souhaitait que cela.

Heureusement, elle sut se ressaisir.

— J'ai accepté ce boulot, Medina. Ne t'imagine pas que je vais me laisser aspirer dans ton monde par la suite. Je n'ai pas de prime de risque, tu sais.

— Bien sûr que si !

Elle le dévisagea, ahurie.

— Comment ça ?

— Tu vas recevoir une rémunération généreuse.

— Génial ! En d'autres termes, n'importe qui pourra, à la comptab...

— Non. N'oublie pas qu'il s'agit d'une mission d'infiltration. C'est une comptabilité à part. Et essaie de m'appeler John plutôt que Medina. John est un prénom relativement banal, mais je connais beaucoup de gens dans cette ville qui tendrait l'oreille s'ils t'entendaient m'appeler Medina.

— John, murmura-t-elle à contrecœur.

Elle préférait Medina. Cela lui permettait de garder ses distances, du moins dans son esprit. Elle avait déjà assez de mal comme ça à combattre ses émotions.

— Revenons à nos moutons : c'est la première et la dernière fois.

Toujours les mains dans les poches, il alla jusqu'à la fenêtre de la cuisine et tripota distraitement les verrous qu'elle y avait fixés. Depuis deux jours, il avait dû se résoudre à ramper à travers celle de la salle de bains, un exercice plus que pénible. Elle était tellement fière de ses verrous qu'il hésitait à lui avouer qu'il avait trouvé une faille dans le système. Certes, le cambrioleur moyen n'y parviendrait pas, mais si quelqu'un voulait à tout prix s'introduire dans la maison, il lui suffisait de briser la partie de la fenêtre à laquelle elle avait fixé les verrous. De manière générale, le citoyen lambda n'avait pas les moyens de financer les équipements qui rendaient sa demeure vraiment invulnérable – et du reste, il n'en éprouvait pas la nécessité.

— Ne fais pas mine de m'ignorer, prévint-elle.

Se tournant vers elle, il lui sourit.

— Ce n'est pas le cas.

— Parlons du plan. Que se passe-t-il quand – et si – Ronsard m'invite dans sa villa ? Et si tu n'y es pas convié, toi ?

— J'ai déjà reçu un carton. Ronsard organise une grande soirée dans dix jours. C'est un événement annuel, une façon pour lui de remercier tous les gens qui prennent soin de ne pas l'enfoncer quand il est confronté à des situations délicates du fait de son activité. La sécurité est béton, encore plus que d'ordinaire. Si Ronsard te propose d'assister à sa soirée, accepte. S'il t'invite seulement à lui rendre visite dans sa propriété, décline. Ça ne pourra qu'attiser son intérêt.

— Je ne suis pas experte en matière de séduction.

Il sourit.

— Ne t'inquiète pas. Mère Nature s'en est chargée. Nous, les hommes, sommes une proie facile. Une femme qui respire suffit à nous conquérir.

Elle s'esclaffa malgré elle.

— C'est aussi simple que ça !

— Comparés aux femmes, nous sommes des amibes. Nos cerveaux n'ont qu'une cellule, mais elle est très active.

Elle hocha la tête.

— Je crois qu'on ferait mieux de se mettre au travail avant que ton unique cellule ne perde les pédales. Qu'as-tu prévu pour aujourd'hui ?

— Rien. Repose-toi, prépare tes valises, révise ton français. Je ne suis passé que pour te donner tes papiers.

Elle s'était habituée à s'entraîner avec lui, si bien que la perspective d'une journée sans défi lui semblait soudain dénuée d'intérêt.

— C'est donc ici que nos chemins se séparent. Si je n'obtiens pas l'invitation, je ne te revois plus.

Il hésita, puis tendit la main vers sa joue pour l'effleurer d'une caresse. Il voulut prendre la parole, se retint. Une lueur de regret dansa dans ses prunelles. Sans un mot, il tourna les talons et partit, si discrètement qu'elle aurait douté de sa présence si elle n'avait pas eu le regard rivé sur lui.

Elle resta clouée sur place. Un frémissement lui parcourut l'échine. Non, elle n'avait pas froid. Elle frissonnait, mais ce n'était pas de froid. La caresse de Medina avait mis tous ses sens en émoi. Quelle sorte d'amant était-il ?

— Non ! s'exclama-t-elle. Arrête d'y penser.

Elle ne devait même pas imaginer ce que ce serait de faire l'amour avec John Medina. D'ailleurs, les hommes comme lui ne faisaient pas l'amour ; ils baisaient. Ils se contentaient d'aventures sans lendemain.

Bien que sa façon de vivre depuis cinq ans n'eût rien qui le laisse croire, Niema avait parfois envisagé de se remarier et d'avoir des enfants. Et même si aucun candidat ne lui avait paru digne du rôle de mari, elle n'en avait pas moins espéré qu'un jour, peut-être... Tomber amoureuse de John Medina, c'était l'échec assuré à vie. Jamais elle ne se contenterait d'un homme-bien-sous-tous-rapports après avoir eu une liaison avec lui.

Si, aux yeux de la plupart des gens, il passait pour un mouton, elle savait qu'il était de la race des loups. Et elle se connaissait bien elle-même. Coucher avec John ne pourrait la mener qu'au désastre.

À quoi bon ruminer ? se dit-elle. Si leur plan tournait court, elle ne le reverrait sans doute jamais. Il avait promis de revenir, mais elle avait du mal à le croire. Elle devait s'interdire de le croire, sans quoi elle se mettrait à rêver…

Niema remplit les vieilles valises Vuitton qu'on lui avait livrées la veille. Elles correspondaient parfaitement à l'image de la femme aisée qui voyageait beaucoup. Les étiquettes arboraient son nom et son adresse fictifs.

Pour le vol, elle choisit une ravissante robe en lin et coton de couleur sauge et un cardigan léger. Elle se chaussa de mocassins taupe. En dépit de sa sobriété, l'ensemble respirait « le fric ».

La journée était ensoleillée. L'avion décollerait probablement à l'heure. Elle se sentait nerveuse, mais n'arrivait pas à savoir s'il fallait en accuser l'excitation ou la peur. En tout cas, elle était prête. À nous Paris ! Elle était pressée de rencontrer ce fameux Louis Ronsard, de vérifier s'il lui suffisait de respirer pour le conquérir. John avait besoin d'elle à l'intérieur de la villa. Si elle ratait son coup, il poursuivrait la mission tout seul, mais ce serait nettement plus risqué. Elle devait absolument obtenir cette invitation.

Un sentiment de malaise l'envahit, tandis qu'elle repensait à une précaution supplémentaire sur laquelle John avait beaucoup insisté : la pilule. La contraception était obligatoire pour tous les agents féminins, avait-il affirmé. S'attendait-il qu'elle couche avec Ronsard ? Le sexe était souvent un moyen d'obtenir ce que l'on voulait, dans la vraie vie comme dans le monde de l'espionnage. Toutefois, en ce qui la concernait, son dévouement pour sa mission n'irait pas jusque-là. En aucun cas elle ne ferait l'amour avec un trafiquant d'armes, si beau soit-il.

Le taxi arriva à l'heure. Le chauffeur vint jusqu'à sa porte chercher ses bagages. Pendant qu'il regagnait sa voiture, elle jeta un ultime coup d'œil sur sa demeure, comme si elle la quittait pour toujours. C'était absurde. Elle n'allait s'absenter que quelques jours, comme lorsqu'elle partait en vacances. D'ici à une semaine, deux tout au plus, elle serait de retour.

Elle ferma à clé, enclencha l'alarme, que John avait réactivée. Depuis qu'il avait surgi dans sa vie, elle était devenue paranoïaque, allant jusqu'à vérifier chaque issue, même une fois le système de sécurité mis en route. Elle s'était procuré des minuteurs pour les lampes et la télévision, histoire de décourager les éventuels voleurs. Par ailleurs, John lui avait promis que le personnel de l'agence effectuerait des rondes régulières. Elle n'avait donc pas à s'inquiéter.

Le chauffeur semblait s'impatienter. Elle se dépêcha de le rejoindre et, à chaque pas, sentit son humeur s'alléger.

À Paris, elle était attendue par un chauffeur en uniforme, qui chargea ses bagages dans le coffre et la fit monter dans une énorme Mercedes-Benz. S'enfonçant dans la banquette en cuir, elle ferma les yeux avec un soupir de lassitude. Le Concorde éliminait-il le problème du décalage horaire, se demanda-t-elle, ou le corps prenait-il automatiquement conscience de la position du soleil et protestait-il en conséquence ? Le voyage, pourtant rapide, l'avait littéralement épuisée. Elle rêvait d'un bon bain chaud et d'un lit douillet.

Les Marines postés à l'entrée de l'ambassade inspectèrent le véhicule et son passeport avant de les laisser passer. Quand la voiture s'arrêta devant l'entrée, une femme grande et mince d'une soixantaine d'années dévala l'escalier, les bras tendus, le sourire aux lèvres.

— Niema ! s'écria-t-elle. Quel bonheur de vous voir !

Il s'agissait sûrement d'Eleanor, la femme de l'ambassadeur, la vieille amie de la famille. Le chauffeur lui ouvrit la portière, et Niema se dirigea vers Mme Theriot, qui l'étreignit avec fougue.

— Vous paraissez épuisée, ma chère, s'écria Mme Theriot, en lui tapotant la joue d'un geste maternel. Le décalage horaire, c'est abominable, n'est-ce pas ? Il paraît que c'est pire quand on va vers l'ouest – à moins que ce ne soit vers l'est, je ne m'en souviens jamais. Bref…

Niema sourit.

— Je suis fatiguée, mais je ne veux pas gaspiller mon temps à dormir.

— Ne vous inquiétez pas pour cela ! roucoula Mme Theriot, en l'entraînant à l'intérieur. Une sieste vous reposera certainement. C'est ce que vous avez de mieux à faire, de toute façon. Vous n'êtes attendue nulle part.

Niema en déduisit que, non seulement sa présence n'était pas indispensable au dîner, mais qu'elle risquait de poser problème durant tout son séjour.

— D'accord. Avec plaisir.

Sans cesser de bavarder, comme si elles se connaissaient depuis toujours, Eleanor Theriot conduisit Niema jusqu'à un ascenseur. Elles émergèrent de la cabine au troisième étage.

— Voici votre chambre, annonça-t-elle, en poussant la porte d'une vaste suite, somptueusement décorée de meubles anciens et d'objets d'art moderne, dans un camaïeu de turquoise agrémenté de touches de pêche et de blanc.

Le lit était si haut qu'on avait prévu un tabouret pour y accéder. Le matelas présentait une telle épaisseur qu'on aurait presque pu s'y noyer.

— La salle de bains est par ici, poursuivit Mme Theriot. On va vous monter vos bagages. Si vous le souhaitez, une femme de chambre viendra vous aider à les défaire.

Niema faillit refuser, mais se ravisa en songeant que Niema « Price Jamieson » était très certainement habituée à ce genre de service.

— Je préfère dormir un peu d'abord.

— Bien sûr, ma chère.

Tout en parlant, Mme Theriot s'approcha du bureau, griffonna quelques mots sur un papier, le tendit à Niema.

— Quand vous serez réveillée, nous bavarderons, histoire de rattraper le temps perdu. C'est affreux, je n'ai plus le temps de prendre des nouvelles de mes amis comme autrefois. Dites-moi seulement que Jacqueline et Sid vont bien, et je vous laisse.

« Jacqueline » et « Sid » étaient supposés être ses parents.

— Papa et maman sont en pleine forme. En ce moment, ils sont en vacances en Australie.

— Comme je les envie ! À tout à l'heure, ma chère.

Une fois de plus, elle étreignit Niema, puis sortit.

Niema parcourut la missive.

« Vous ne devez faire confiance à personne au sein de l'ambassade, avait écrit Mme Theriot. Soyez très prudente ».

Niema roula le papier en boule, prête à le jeter dans la corbeille. À la dernière seconde, elle décida de le déplier, de le déchirer et de s'en débarrasser dans la cuvette des W-C. Elle bâilla ostensiblement. La sieste devenait impérative.

Un jeune homme à l'air sérieux lui apporta ses valises. Dès qu'il fut reparti, Niema ferma sa porte à clé, tira les rideaux, se déshabilla et prit une douche. Les paupières lourdes, elle se plongea dans le lit sans prendre la peine d'enfiler une nuisette ou un pyjama. Un soupir de soulagement lui échappa, tandis qu'elle sentait tous ses muscles se délier.

Quand avait lieu ce bal au cours duquel elle devrait faire la connaissance de Ronsard ? Elle ne s'en souvenait plus. Pas ce soir, en tout cas. Demain ?

Était-elle prête ? Elle se répéta toutes les recommandations de John. Je m'appelle Niema Jamieson. Je m'appelle Niema Jamieson… Mais adopter un nouveau nom ne suffisait pas. Elle devait se couler dans la peau du personnage. Ronsard était rusé comme un renard. Il serait à l'affût du moindre dérapage.

John avait tout prévu. Si Ronsard menait une enquête sur elle, il n'apprendrait rien de compromettant qui la mette en danger. Ce qui l'angoissait le plus, en réalité, c'était le doute sur sa capacité à jouer son rôle à fond. John lui faisait confiance, mais sur quoi se fondait-il ? En Iran, il lui avait suffi de revêtir un tchador et de se taire.

En revanche, elle était parfaitement sûre d'elle sur le plan technique. Elle n'aurait aucune difficulté à installer un mouchard dans le bureau de Ronsard. Là, elle était dans son élément.

— Que le spectacle commence, murmura-t-elle, avant de sombrer dans le sommeil.

13

Paris

— Louis ! Comme je suis heureuse de vous voir. Vous êtes toujours aussi élégant.

Lui prenant les deux mains, la femme du Premier ministre lui souriait de toutes ses dents. Elle l'embrassa sur les joues.

Louis effleura ses phalanges d'un baiser. Il appréciait beaucoup Adeline, une femme chaleureuse et généreuse. La nature l'avait malheureusement dotée de traits assez épais, mais en Parisienne digne de ce nom, elle avait le don de mettre en valeur ses atouts, notamment ses yeux et, dès qu'on apprenait à la connaître, on se laissait séduire par son caractère enjoué.

— Pour rien au monde je ne manquerais une occasion de vous rencontrer, ma chère.

— Vous me flattez, répliqua-t-elle, enchantée. Je vous prie de m'excuser, car je dois accueillir le reste de nos invités, mais promettez-moi de ne pas repartir sans que nous ayons eu une petite conversation. Vous m'avez manqué.

Il lui donna sa parole, puis l'abandonna à ses obligations mondaines pour se faufiler parmi les dizaines de personnes rassemblées dans la salle de bal et les pièces adjacentes. Un petit orchestre jouait discrètement dans une alcôve, derrière un voilage blanc.

Se mêlant aux convives, une horde de serveurs vêtus de noir se déplaçait avec des plateaux chargés de flûtes de champagne, tandis que d'autres offraient un choix impressionnant de canapés. Ronsard se servit au passage. Il venait de boire une première gorgée d'un vin plutôt médiocre – c'était toujours le cas dans ce genre d'événement – quand il entendit quelqu'un l'interpeller.

Se retournant, il aperçut sa sœur Mariette, qui fonçait droit sur lui, son mari sur ses talons. Eduard Cassel arborait comme à l'accoutumée une expression d'indulgence. Mariette était une femme pétillante, frivole et inoffensive comme un papillon. Elle était de trois ans sa cadette, et Ronsard avait toujours eu une attitude protectrice à l'égard de cette ravissante créature. Quand elle s'était mariée, elle avait choisi un homme nettement plus âgé qu'elle, et son époux avait pris le relais.

Eduard avait rendu service à Ronsard à plusieurs reprises. Du fait de sa position au sein d'un important ministère, il était souvent au courant de menus détails particulièrement intéressants concernant l'économie, le gouvernement et la vie privée de certaines personnalités, détails qu'il n'hésitait pas à confier à son beau-frère. En retour, Ronsard avait ouvert un compte au nom de Mariette, qu'il renflouait très régulièrement, permettant ainsi aux Cassel de mener un train de vie largement supérieur à celui qu'aurait pu espérer Eduard avec son salaire de fonctionnaire.

— Louis ! s'exclama Mariette, en se jetant à son cou. Je ne savais pas que tu serais ici ce soir. C'est merveilleux ! Comment va Laure ?

— Bien, répondit-il d'un ton monocorde.

Il détestait parler de Laure en public. Nombre de ses relations ignoraient jusqu'à son existence.

Mariette fronça le nez.

— Pardonne-moi, minauda-t-elle. J'avais oublié.

— Bien sûr, murmura-t-il en déposant un baiser sur son front, avant de tendre la main à son époux. Comment vas-tu, Eduard ?

— En pleine forme.

Eduard était un peu trop gros, affublé d'un crâne chauve et de traits grossiers. Sous son air impassible, on devinait cependant dans son regard une grande perspicacité.

— Et vous ?

— Aussi.

Les banalités d'usage étant échangées, Ronsard prit sa sœur par la taille.

— Tu es superbe. Cette robe te sied à merveille.

Radieuse, elle caressa d'une main délicate l'étoffe rose qui rehaussait la couleur de ses joues.

— Tu ne trouves pas qu'elle fasse trop jeune ?

— Mais tu *es* jeune, ma chérie !

— C'est ce que je ne cesse de lui répéter, intervint Eduard. Elle embellit de jour en jour.

Le compliment était mielleux, mais sincère. Aux yeux de Ronsard, le dévouement de son beau-frère envers Mariette compensait largement ses éventuels défauts.

— Tiens, voilà Juliette ! s'écria Mariette. Il faut absolument que j'aille la voir.

Sur ces mots, elle s'éloigna, sa jupe flottant derrière elle.

Ronsard et Eduard s'écartèrent de la foule et se mirent à déambuler tranquillement, bavardant et saluant les convives comme si aucune activité n'avait plus d'intérêt que celle-là.

— J'ai l'impression que tous les membres du gouvernement sont présents ce soir, constata Ronsard. J'en déduis qu'il se passe quelque chose d'important ?

Eduard haussa les épaules.

— Les élections approchent, mon ami. Tout le monde courtise tout le monde. Et le commerce est toujours un sujet fascinant, non ? Les Irakiens souhaitent nous acheter un système informatique aussi sophistiqué que coûteux, mais les Américains, comme toujours, s'y opposent avec véhémence. Leur économie est saine, de sorte qu'ils ne peuvent pas comprendre les difficultés des autres pays. Et nos industriels ont beau ne pas apprécier de voir les Américains se mêler de leurs affaires, ils ne peuvent pas leur demander de partir...

Il étendit les bras.

— ... Les Américains ont le dollar. Que faire ?

— Ce qu'il faut. En surface, rétorqua Ronsard.

Aucun Français ne goûtait la présence américaine qui semblait s'infiltrer dans le monde entier. La France était française et devait le rester. Quels que soient les accords signés, les Américains n'auraient jamais la possibilité de s'immiscer partout et d'imposer leurs règles. La France acceptait donc en apparence, puis agissait selon ses propres intérêts. Le pragmatisme était la pierre angulaire de sa politique.

— Bien entendu, les Russes veulent s'équiper en matériel technologique. Mais ils n'ont pas les moyens de payer. Les Américains paieront peut-être pour eux ? Nous vivons une époque passionnante, n'est-ce pas ?

— Passionnante, en effet.

Tant de frontières avaient sauté, au cours de ces dernières années. La politique internationale était mouvante, incertaine, et une telle atmosphère était propice aux transactions. Pour certains, l'instabilité était le meilleur contexte possible pour les affaires.

— L'ambassadeur des États-Unis est parmi nous, bien sûr, enchaîna Eduard. Son assistant a l'oreille qui traîne.

L'assistant de l'ambassadeur appartenait à la CIA. Ces soirées étaient souvent le théâtre d'un nombre incroyable de révélations. Les agents secrets servaient alors à passer des messages que leur gouvernement voulait faire parvenir à d'autres gouvernements, par des voies détournées. Personne ne tenait à précipiter une crise.

— La fille de l'une des plus anciennes amies de Mme Theriot séjourne chez eux en ce moment. Une jeune femme exquise, si je puis me permettre. On voit toujours les mêmes têtes dans ces cocktails ; c'est agréable d'avoir du nouveau de temps en temps.

Ronsard était un homme, qui plus est amateur de jolies jeunes femmes. Une nouvelle venue l'intéressait toujours, à condition qu'elle ne soit pas trop jeune. Il avait horreur des adolescentes qui gloussaient sans arrêt.

— Montre-la-moi.

Eduard scruta les alentours.

— Là-bas, annonça-t-il enfin. Près des fenêtres. Brune, en robe blanche. Elle a des yeux magnifiques.

Ronsard ne tarda pas à la repérer. Elle n'avait rien d'une adolescente. Elle se tenait aux côtés de Mme Theriot, avec un sourire à la fois poli et chaleureux. La tête inclinée, elle écoutait attentivement le ministre des Finances, qui était sûrement en train de l'assommer avec son sujet de prédilection : les courses hippiques.

Ronsard exhala un soupir d'admiration. Eduard n'avait pas exagéré. Elle était... exquise. Son allure sobre et élégante semblait attirer tous les regards. Une dignité sereine émanait de ses yeux magnifiques, foncés comme la nuit, des yeux à vous faire perdre la tête.

Sa robe blanche, toute simple, était impeccablement coupée. Au vu de son teint pâle, on pouvait s'étonner qu'elle puisse porter du blanc sans paraître livide.

Elle était élancée, mince sans être maigre, contrairement aux femmes d'aujourd'hui que leurs régimes sévères finissaient par rendre décharnées. Le tissu moulait ses hanches gracieuses et sa poitrine insolente. Elle portait un collier de perles, un bracelet au poignet droit et des boucles d'oreilles assortis.

— Elle est mariée ?

— Veuve.

À cet instant, l'orchestre se mit à jouer une sonate de Beethoven aux notes douces et mélodieuses. Ce n'était pas encore l'heure de danser. La jolie veuve tourna la tête vers la source de la musique en écoutant attentivement. Immobile, elle semblait soudain envahie d'une immense tristesse. Elle adressa quelques mots à Mme Theriot, qui lui tapota le bras d'un geste compatissant. Puis elle se glissa vers les portes-fenêtres donnant sur la terrasse.

Ronsard ne savait pas depuis combien de temps elle était veuve, mais de toute évidence la musique ravivait de pénibles souvenirs.

Il décida qu'une jeune femme triste méritait d'être réconfortée.

— Excuse-moi, murmura-t-il à Eduard.

La traversée de la salle fut fastidieuse : tout le monde voulait lui parler. Les femmes le saluaient, le gratifiaient de sourires lascifs. Les yeux fixés sur les portes-fenêtres, il serra distraitement des mains et inventa des prétextes fallacieux pour s'échapper au plus vite. Le ministre des Finances, qu'elle avait quitté brusquement, s'était lui aussi avancé. Ronsard s'approcha de lui.

— Votre sollicitude est appréciée mais inutile, lui confia-t-il tout bas.

— Ah… euh, oui, bien sûr, bredouilla l'autre.

Ronsard émergea dans la nuit tiède. La terrasse n'était éclairée que par les lumières des salles et les guirlandes de lampions ornant les arbustes en pots. Tables et chaises étaient disséminées un peu partout, afin de laisser aux invités le loisir de respirer un peu dans le calme.

La veuve s'était assise, les mains sagement croisées sur ses genoux. Elle contemplait le parc. Ronsard s'avança lentement. Elle n'avait pas pleuré. Elle se maîtrisait parfaitement, malgré son expression triste et lointaine.

— Bonsoir, dit-il en anglais.

Elle sursauta légèrement, preuve qu'elle ne l'avait pas entendu venir.

— Pardonnez-moi, je ne voulais pas vous faire peur.

Elle le regarda, et le cœur de Ronsard se serra. Elle paraissait si seule, si vulnérable ! Pourtant, elle afficha un sourire et commença à se lever.

— Ce n'est rien, répondit-elle d'une voix grave. Je m'apprêtais justement à retourner à l'intérieur.

— Non, non, ne bougez pas !

Il tendit la main, lui effleura délicatement le bras. Il abordait toujours les femmes avec beaucoup de douceur, et elles fondaient presque toutes, comme si elles manquaient de tendresse dans leur vie. La veuve, en revanche, eut un mouvement de recul, l'air choquée.

— Je vous ai vue sortir. Vous sembliez... bouleversée.

Elle demeura silencieuse un moment, le regard fixé sur les jardins. Il admira la grâce de son cou, la beauté de son profil.

— La musique m'a rappelé le passé.

Rien de plus. Aucune confidence, aucun détail. Il sentit sa réticence à se livrer. Il était habitué à ce que les femmes se jettent à ses pieds. L'indifférence de cette inconnue l'intrigua.

— Je m'appelle Louis Ronsard, déclara-t-il, en prenant place à son côté.

— Très heureuse. Je suis Niema Jamieson.

— Niema, répéta-t-il, savourant chaque syllabe. Quel prénom original.

Elle ébaucha un sourire.

— Trop, parfois. Enfant, j'ai souvent regretté que ma mère ne m'ait pas baptisée Jane ou Susan.

— C'est un héritage familial ?

— Oh, non, murmura-t-elle avec un petit rire qui enchanta Ronsard. Elle avait un faible pour Naomi, mais elle a voulu y ajouter son grain de sel. Niema est une invention.

— Charmant prénom, vraiment.

— Merci. J'ai fini par m'y habituer.

Elle jeta un coup d'œil vers la salle de bal.

— C'est un plaisir de bavarder avec vous, mais je crois que je devrais…

— Naturellement ! répondit-il en se levant. Vous ne me connaissez pas, vous êtes mal à l'aise…

Il marqua une pause, lui laissant tout loisir de réfuter cette déclaration, mais elle n'en fit rien. Cela piqua son intérêt.

— Me réserverez-vous une danse, mademoiselle Jamieson ?

— Madame, rectifia-t-elle.

Elle en resta là, à l'immense déception de Ronsard. Pas un mot sur son statut de veuve. Une femme bien disposée se serait empressée de le lui révéler.

Sa curiosité n'en fut qu'attisée. Ronsard n'avait guère l'occasion de chasser, ces temps-ci. Les femmes lui tombaient littéralement dans les bras, ce qui n'était pas désagréable, loin de là. Mais un homme éprouvait parfois le besoin d'être le prédateur.

— Avec plaisir, dit-elle enfin, sur un ton courtois, sans plus.

Ronsard en fut à la fois vaguement vexé et amusé. Peut-être avait-il pris de mauvaises habitudes ? Il partait trop gagnant, sans doute. En même temps, il était conscient de son pouvoir de séduction. Or, cette femme semblait blasée, insensible à son charme.

Solennellement, il lui offrit son bras. Elle posa une main délicate dessus et, ensemble, ils regagnèrent la salle de bal, attirant plus d'un regard. Ronsard vit Mme Theriot froncer les sourcils et chuchoter quelques mots à son mari. Tiens ! Elle désapprouvait donc que sa jeune protégée ait fait la connaissance du trafiquant d'armes…

Ronsard lui adressa un sourire puis, se tournant vers sa proie, s'inclina gracieusement devant elle. Surprise, elle écarquilla les yeux et entrouvrit les lèvres. Avant qu'elle ne puisse s'échapper, il lui baisa la main tout en la caressant du regard.

— À plus tard.

14

Niema aspira une grande bouffée d'air avant de traverser la salle de bal. Elle venait de surmonter un obstacle majeur, et avec une rapidité qui la laissait stupéfaite. D'après le plan, Eleanor devait l'introduire dans le cercle proche de Ronsard, dans l'espoir que, tôt ou tard, son chemin croiserait celui du trafiquant. L'idée de les présenter directement l'un à l'autre avait été exclue : qu'Eleanor favorise une rencontre entre la fille de sa meilleure amie et un personnage à la réputation aussi douteuse aurait paru étrange.

Mais rien de cela n'avait été nécessaire. Du coin de l'œil, Niema l'avait vu discuter avec quelqu'un qu'elle connaissait déjà, mais dont le nom lui échappait. Elle avait remarqué que tous deux l'observaient avec attention. À cet instant précis, l'orchestre avait entonné une mélodie particulièrement émouvante, et elle avait eu un éclair de génie.

S'abandonnant à la tristesse, elle s'était penchée vers son voisin, un ennuyeux fonctionnaire du gouvernement français, pour s'excuser. Puis elle avait prévenu Eleanor :

— Il m'a repérée. Je vais sur la terrasse.

Eleanor, dont les talents auraient dû lui valoir un Oscar, avait aussitôt compris le jeu de Niema. Elle avait pris un air compatissant en lui tapotant le bras – un geste discret, mais qui n'était pas passé inaperçu.

Ensuite, Niema s'était contentée de patienter. À peine cinq minutes plus tard, Ronsard la rejoignait.

Il était fort bel homme. Les photos qu'elle avait vues de lui ne lui rendaient pas justice. Grand, les yeux noirs en amande, les pommettes saillantes, il portait ses longs cheveux noirs sur les épaules.

Sa voix était veloutée, ses manières irréprochables. Son regard exprimait à la fois l'intérêt et une certaine empathie avec les personnes en souffrance.

Dès qu'elle alla retrouver Eleanor, celle-ci lui saisit le poignet et fit la moue en direction de Ronsard, tout en lui murmurant :

— Mission accomplie ?

Niema feignit la surprise, puis la terreur. Elle jeta un coup d'œil vers Ronsard. Il la contemplait. Elle détourna vivement la tête.

— Il veut que je lui réserve une danse.

Eleanor savait seulement que Niema avait pour mission de susciter l'intérêt de Ronsard. Elle répondit d'un sourire et pivota vers la femme du Premier ministre, tandis qu'un jeune employé de l'ambassade, originaire du New Hampshire, réclamait l'attention de Niema. De toute évidence, il avait le mal du pays. Niema n'ayant jamais visité cet État, elle pria pour qu'il ne lui pose pas trop de questions.

Au cours de son existence, elle n'avait assisté qu'à une seule soirée officielle : son bal de fin d'études. Ce soir, pourtant, à sa grande surprise, elle se sentait parfaitement à l'aise. Les tenues étaient belles, les petits fours délicieux. Les invités arboraient une expression sérieuse, conscients de leur importance, mais dans l'ensemble, le principe était le même : échanges brefs et courtois, rires polis. Les politiciens étaient à l'œuvre, les lobbyistes aussi. Chacun souhaitait obtenir quelque chose de l'autre.

Son français lui était revenu sans problème – elle avait excellé dans cette matière autrefois. Face à Ronsard, la question ne s'était pas posée, car il s'était exprimé en anglais, et elle lui avait répondu dans la même langue. Ce qui pourrait se révéler utile. Certes, il n'était pas homme à se trahir facilement, mais il laisserait peut-être échapper quelque chose en français s'il pensait qu'elle ne le comprenait pas. Cela dit, le moment venu, elle ne chercherait pas à lui cacher qu'elle parlait sa langue, au risque d'éveiller ses soupçons.

Elle devait absolument feindre l'indifférence à son égard. Ce serait à lui d'avancer ses pions, afin que jamais il ne puisse lui reprocher de l'avoir manipulé pour obtenir une invitation dans sa villa. En même temps, elle devait lui montrer qu'elle l'appréciait, sans quoi, elle n'aurait aucune raison valable d'accepter.

Elle avait pour atout le fait que toutes les femmes se pressaient autour de lui. Il se souviendrait d'elle à cause de son attitude. Les hommes adoraient les défis.

Les danseurs envahissaient la piste, et elle se laissa entraîner par le premier homme qui l'invitait – comme par hasard, le monsieur si ennuyeux de tout à l'heure. Il la fit virevolter tout en l'abreuvant de théories diverses sur les courses hippiques. De son côté, elle lui souriait, lâchant de temps en temps un murmure d'approbation, ce qui sembla le réjouir.

Vint ensuite l'ambassadeur, un homme posé aux cheveux argentés et au sourire chaleureux, un peu plus petit que son épouse, mais diplomate jusqu'au bout des ongles. Il discuta avec elle comme si elle était effectivement une vieille amie de toujours, évoquant des vacances qu'ils auraient passées ensemble quand elle était enfant. Elle songea que l'un des critères de base pour devenir ambassadeur était peut-être la capacité à mentir : en tout cas, son cavalier passait maître en la matière.

Quand la musique s'arrêta, elle s'excusa et se rendit aux toilettes, où elle chercha à tuer le temps. En sortant, quelques minutes plus tard, elle ne regagna pas immédiatement la salle de bal, préférant déambuler à travers les autres pièces et bavarder avec certaines des personnes à qui on l'avait présentée. Si Ronsard tenait vraiment à danser avec elle, à lui de la trouver.

Il ne tarda pas. Une main brûlante se posa sur son coude.

— Vous m'avez promis...

Niema hésita. Un silence les enveloppa. Tout le monde savait qui il était, bien sûr, et attendait de voir si elle allait l'envoyer promener. Elle le vit étrécir les yeux.

— Vous n'avez pas peur qu'on vous écrase les pieds ?

Quelques rires soulagés fusèrent autour d'eux. Le visage de Ronsard se décontracta, et il esquissa un sourire.

— Mes pieds en seraient honorés.

D'un geste, il indiqua l'entrée de la salle de bal.

Elle marcha tranquillement à son côté, ignorant la main calée dans le creux de ses reins. L'orchestre entamait un slow, et elle se rendit compte que Ronsard avait attendu précisément cette occasion pour l'inviter – à moins qu'il n'ait soudoyé les musiciens ?

— J'ai cru que vous alliez refuser, avoua-t-il tout bas, en la prenant par la taille et en la serrant contre lui.

— C'était mon intention.

Il haussa un sourcil.

— Qu'est-ce qui vous a fait changer d'avis ?

— Une danse ne peut pas me nuire.

— Moi non plus, assura-t-il en la dévisageant. Je suppose que Mme Theriot vous a mise en garde à mon sujet.

— C'est compréhensible, non ?

— Compréhensible, mais inutile. Je ne vous veux que du bien.

Elle ne répondit pas, se contentant de le suivre sur la piste. Il dansait merveilleusement bien, et elle remercia en pensée ses parents qui avaient insisté pour qu'elle prenne des cours au lycée, alors qu'elle voulait faire du deltaplane. Au moins, elle ne risquait pas de se ridiculiser. Sa mission exigeait qu'elle soit à la hauteur dans son rôle de mondaine.

— Vous êtes en vacances ou employée par l'ambassade ?

Elle fit mine d'être amusée.

— En vacances !

— Pour combien de temps.

— Quelques semaines, sans doute.

— Ce n'est pas très long, protesta-t-il, une lueur dans les prunelles.

— Monsieur Ronsard…

— Surtout, ne vous effarouchez pas. Vous êtes une femme ravissante et j'aimerais beaucoup vous revoir pendant votre séjour à Paris. C'est tout.

— Je n'en vois pas l'intérêt, murmura-t-elle d'une voix empreinte de mélancolie, en détournant la tête.

Il resserra très légèrement son étreinte.

— Tout le monde a le droit de s'amuser un peu.

— Je n'en ai pas très envie en ce moment.

— Vous devez réapprendre à vous faire plaisir.

Elle réagit à l'instinct. Ses lèvres tremblèrent, son regard s'assombrit. Ronsard fut sensible à ce changement d'humeur.

— Pardonnez-moi. Je ne voulais pas vous blesser.

Elle pinça les lèvres et avança le menton.

— Cet orchestre est excellent, vous ne trouvez pas ? J'adore cette mélodie.

Il la laissa orienter la conversation à sa guise, mais ne la quitta pas des yeux. Louis Ronsard était un homme en chasse. Jusqu'ici, elle avait réussi son pari de paraître réticente sans pour autant l'insulter.

Elle le remercia et pivota sur ses talons. Il lui emboîta le pas.

— Êtes-vous déjà venue à Paris ?

— Bien sûr.

— Ah ! J'aurais tant souhaité vous montrer notre ville magnifique.

— Monsieur…

Elle feignit de chercher ses mots.

— Sans vouloir vous paraître présomptueuse, je ne suis pas intéressée. Quand bien même votre activité professionnelle ne serait pas une barrière, je ne…

— Pardonnez-moi si je vous ai mise mal à l'aise, coupa-t-il. J'aimerais passer du temps avec vous, oui. J'aimerais vous voir sourire, comme tout à l'heure sur la terrasse. Une femme aussi ravissante que vous ne devrait pas avoir le regard triste. Si je vous promets de ne pas tenter de vous embrasser ni de voler d'autres plaisirs, me permettrez-vous au moins de vous inviter à dîner ?

L'expression « voler d'autres plaisirs » la réjouit et la charma au point qu'elle ne put retenir un sourire.

— Ah, j'ai déjà atteint un de mes objectifs ! s'exclama-t-il en lui effleurant le menton. Vous avez un sourire merveilleux. Je vous en prie, acceptez de dîner avec moi. Je vous assure que ma réputation est très exagérée.

Elle scruta son regard.

— Je ne sors plus depuis que mon mari…

— J'ai cru comprendre que vous étiez veuve, interrompit-il. Oui, j'ai posé quelques questions sur vous. Je suis désolé. Cela s'est passé il y a longtemps ?

Cinq ans. Cette fois, sa tristesse était réelle. Cinq longues années.

— Deux ans, parvint-elle à répondre, la gorge nouée. La plupart des gens pensent que cela devrait suffire pour s'en remettre, mais… ce n'est pas le cas.

Il demeura grave.

— Le cœur a son propre rythme. Vous ne devez laisser à personne le droit de vous presser. Je vous donne ma parole que je n'attends rien d'autre de vous qu'un dîner en tête à tête. À moins que vous ne préfériez un déjeuner ?

Elle tergiversa.

— Un déjeuner, ce serait…

— Plus rassurant ?

— Plus décontracté.

Il rit.

— Je vois. Très bien, alors, madame Jamieson, acceptez-vous de *ne pas* dîner avec moi ? Optons pour un simple déjeuner.

Elle lui sourit.

— Volontiers.

Aussitôt rentré chez lui, Ronsard téléphona à la villa. Cara décrocha immédiatement, bien qu'il fût plus d'1 heure du matin.

— Consultez votre ordinateur, ordonna-t-il. Je veux que vous me communiquiez tout ce que vous pourrez trouver au sujet de Niema Jamieson, du New Hampshire. Elle est veuve, amie de l'ambassadeur des États-Unis, en vacances chez lui.

— Comment épelle-t-on son prénom ?

— N-i-e-m-a. La jeune trentaine. Cheveux châtain foncé, yeux noirs.

— Compris. Pour quand voulez-vous ces informations ?

— Dès demain matin.

— Je m'y plonge tout de suite.

Ronsard raccrocha et se mit à arpenter sa luxueuse chambre à coucher. Il y avait longtemps qu'une femme ne l'avait pas intrigué à ce point, mais il n'allait pas pour autant manquer de prudence. Si Niema Jamieson n'était pas celle qu'elle prétendait, il le saurait bien assez tôt. Si elle l'était, il envisageait avec plaisir une suite agréable. La plupart des femmes finissaient par s'abandonner. Elle n'était sûrement pas différente des autres.

Il avait oublié comme c'était bon d'être le chasseur. Quelle délicieuse sensation de triomphe l'avait parcouru quand elle avait accepté de déjeuner avec lui ! Il rit tout bas : piètre victoire, et pourtant, il se sentait l'âme d'un conquérant. Il saurait redonner le sourire à la veuve éplorée.

Elle était fidèle à la mémoire de son mari depuis deux ans. Dans l'univers de Ronsard, une telle constance était rare. Il ne l'en respectait que davantage et l'enviait d'avoir connu un tel amour. Lui-même ne savait pas ce que c'était. Bien sûr, il aimait Mariette, et Laure était toute sa vie, mais l'amour romantique… La passion, oui. Le désir. Le besoin de posséder. Pas l'amour. Sans doute était-il incapable d'une telle profondeur d'émotion. À moins qu'il ne soit tout simplement trop méfiant.

15

Le téléphone sonna à 6 heures du matin, arrachant Niema à un sommeil profond. Elle chercha le combiné à tâtons sur sa table de chevet.

— Allô ? marmonna-t-elle d'une voix pâteuse.

Elle perçut un ricanement étouffé.

— Tu me sembles en pleine forme.

John. Au son de sa voix, son estomac se noua. Elle se cala contre ses oreillers.

— Nous autres papillons mondains avons besoin de récupérer.

— Ton battement d'ailes a-t-il attiré l'attention ?

— Absolument.

Elle bâilla.

— Quelques minutes ont suffi, ajouta-t-elle.

— Je te l'avais dit : nous sommes des amibes.

— J'espère que cette ligne est sécurisée.

— Si elle ne l'est pas, l'agence ne fait pas son boulot. Raconte-moi ta soirée.

Comment savait-il qu'elle avait rencontré Ronsard la veille ? se demanda-t-elle, agacée.

— Tu me surveilles ? Comment ? Où es-tu ?

— Bien sûr que je te surveille. Tu ne t'imagines tout de même pas que j'allais t'entraîner là-dedans et t'abandonner à ton triste sort ? Je ne suis pas loin. Pour le moment.

Il ne lui en révélerait pas davantage. Avant de l'entendre, elle ne s'était pas rendu compte à quel point il lui avait manqué. S'il était dans les parages, cela signifiait qu'elle devait redoubler d'attention, car il risquait de surgir d'une minute à l'autre. Elle ne tenait pas à émerger toute nue de sa douche pour se retrouver face à lui. D'un autre côté…

Aïe ! Elle chassa cette pensée de son esprit et entreprit de lui résumer ses exploits.

— Il m'a suivie sur la terrasse. Il s'est présenté et m'a demandé de lui réserver une danse. Plus tard, il m'a invitée à dîner. J'ai refusé. Nous déjeunons ensemble aujourd'hui à 13 heures, au Café Marly. Tu sais où c'est ?

— Dans l'aile Richelieu du musée du Louvre. C'est un lieu où l'on se rend pour voir et être vu.

— Moi qui pensais qu'un déjeuner serait plus discret qu'un dîner.

— Pas au Café Marly. Pourquoi tiens-tu à passer inaperçue ?

— Je suis issue d'une vieille famille américaine, amie de l'ambassadeur des États-Unis. Il me semble normal d'avoir un minimum de scrupules à l'idée d'être vue en compagnie d'un trafiquant d'armes.

— Ronsard est connu de tout le monde.

— Oui, mais pas moi.

Il s'esclaffa.

— Quand te laisseras-tu aller à dîner avec lui ? Si tu me préviens à temps, je pourrai me débrouiller pour placer quelques-uns de nos agents autour de vous, poser un mouchard sous la table.

— Je pense qu'un déjeuner suffira. Je ne veux pas trop l'encourager.

— Arrange-toi tout de même pour qu'il te reçoive dans sa propriété.

— Ce sera une relation strictement amicale.

Il y eut un silence.

— Si tu essaies de me faire comprendre que tu ne vas pas coucher avec lui, sache que je n'ai jamais envisagé de te pousser dans son lit.

— Tant mieux, parce que ce n'est pas mon intention non plus. Même si je prends cette fichue pilule comme tu me l'as ordonné.

De nouveau, le silence.

— C'est une précaution, non pas pour le cas où tu aurais envie d'avoir une liaison, mais pour celui où la situation dégénérerait.

Elle comprit alors. Si la situation dégénérait et l'amenait à se faire prendre, un viol n'était pas exclu.

— Bien noté, répliqua-t-elle.

— À plus tard.

Elle raccrocha d'un geste lent et s'enfonça à nouveau sous les couvertures, mais le sommeil ne revint pas. Son cerveau était en ébullition, comme chaque fois qu'elle discutait avec John. Le remède idéal serait une bonne séance de jogging. Plus elle y songeait, plus cette perspective lui plaisait. Elle décida de demander à Eleanor si elle connaissait un bon itinéraire. Puis, sautant du lit, elle sortit sa tenue de sport.

Non seulement Eleanor lui indiqua où se rendre, mais en plus, elle lui procura un garde du corps. Niema et le jeune Marine, un garçon trop sérieux aux cheveux rasés, coururent côte à côte jusqu'à ce qu'ils fussent trempés de sueur. Quand ils regagnèrent l'ambassade, elle avait réussi à le dérider et il lui avait raconté l'histoire de sa vie.

Revigorée et détendue, Niema prit une douche et un petit déjeuner léger, puis elle décida d'aller faire un peu de shopping avant son rendez-vous avec Ronsard.

Le taxi la déposa près du Café Marly à 12 h 58. Elle en descendit avec un énorme sac. Un sentiment de mélancolie l'envahit tout à coup. Elle aurait tant aimé rencontrer John dans un établissement comme celui-ci. Non, se réprimanda-t-elle aussitôt. Elle devait à tout prix se concentrer. Oublier John.

— Monsieur Ronsard, murmura-t-elle à l'entrée.

On la conduisit à la table de Ronsard, qui l'y attendait. Il se leva en souriant, lui baisa la main, l'installa à côté de lui plutôt qu'en face.

— Vous êtes encore plus jolie qu'hier soir.

— Merci.

Elle portait une robe rouge signée Chanel et un rang de perles. D'un air désinvolte, elle regarda autour d'elle.

— Vous êtes radieuse. Booster l'économie de notre pays vous sied, constata-t-il en désignant de la tête son sac de shopping.

— Une femme ne possède jamais trop de paires de chaussures.

— Vraiment ? Combien en avez-vous ?

— Pas assez, décréta-t-elle.

Il rit aux éclats.

Il avait rassemblé ses cheveux en un catogan maintenu par une barrette en or, et troqué son smoking contre un costume de lin. Comme la veille, toutes les femmes présentes semblaient fascinées.

Si Ronsard était l'incarnation du mal, il devrait en porter des signes ostensibles, songea Niema. Pourtant, elle n'avait pas encore ressenti chez lui la moindre ombre de machiavélisme. Au contraire, il était charmant, courtois et attentionné.

— Alors, dites-moi… Mme Theriot a-t-elle réitéré sa mise en garde ?

— Bien entendu. Eleanor tient énormément à ma sécurité.

— Elle pense que je représente un danger pour vous ?

— Elle vous considère comme un homme douteux.

Surpris par sa candeur, il cligna des yeux, avant de s'esclaffer.

— Dans ce cas, pourquoi êtes-vous là ? Avez-vous le goût du risque, ou comptez-vous venir à ma rescousse ?

— Ni l'un ni l'autre. Je ne vous crains pas.

— Pour un peu, j'en serais vexé, murmura-t-il. J'aurais voulu provoquer en vous des frissons, d'une nature particulière... Vous deviez l'aimer très, très fort.

— Plus que je ne saurais le dire.

— Comment était-il ?

Son visage s'éclaira.

— Il était... eh bien, à certains égards, il était extraordinaire et, à d'autres, il ressemblait à la plupart des hommes. Il grimaçait quand il se rasait ; il laissait traîner ses vêtements par terre là où il se déshabillait. Il faisait de la voile, pilotait son propre avion. Il avait son brevet de secourisme, donnait régulièrement son sang, votait à chaque élection. Nous avons ri, nous nous sommes disputés et nous avons échafaudé des projets comme tous les couples.

— Il a eu de la chance d'être aimé ainsi.

— C'est moi qui ai eu de la chance. Et vous ? Avez-vous été marié ?

— Malheureusement, non, répondit-il avec un petit haussement d'épaules.

À l'entendre, il n'était pas pressé de tenter l'expérience.

— Je ne pense pas que votre mauvaise réputation décourage beaucoup de femmes, le taquina-t-elle. Toutes celles qui sont ici ont les yeux rivés sur vous.

Contrairement à ce qu'auraient fait la plupart des hommes, il ne prit même pas la peine de le vérifier.

— Si je suis seul, c'est par choix. Pas plus tard qu'hier soir, je songeais que je n'avais jamais éprouvé les sentiments que vous avez de toute évidence ressentis – et ressentez toujours – pour votre mari. D'un côté, je me dis que c'est dommage, et d'un autre, j'en suis soulagé. Mais qu'est-ce qui me prend ? Vous expliquer que je ne vous aimerai jamais n'est pas la meilleure méthode pour vous convaincre d'avoir une liaison avec moi.

Niema rit.

— Détendez-vous, l'assura-t-elle en lui tapotant la main. Il n'est pas question pour moi d'entamer la moindre liaison.

Il lui adressa un sourire penaud.

— Croyez que je le regrette.

Elle hocha la tête.

— Je ne peux que vous offrir mon amitié.

— Dans ce cas, ce sera un honneur pour moi d'être votre ami. Cela ne m'empêchera d'ailleurs pas de continuer à espérer.

Plus tard dans l'après-midi, Ronsard s'empara de la pile de papiers que Cara lui avait faxés. Il les avait brièvement parcourus à son arrivée, mais à présent, il voulait s'y pencher avec attention. Apparemment, Niema Jamieson ne présentait rien d'inquiétant. Née dans le New Hampshire, elle avait suivi ses études dans une université privée, exclusivement réservée aux jeunes femmes. Mariée à vingt-quatre ans, veuve à vingt-huit. Son mari s'était tué dans un accident de bateau. Le couple était cité dans plusieurs chroniques mondaines. Elle était exactement celle qu'elle prétendait être, une rareté dans le monde d'aujourd'hui.

Elle lui plaisait. Elle pouvait se montrer étonnamment directe, mais sans malice. D'une certaine manière, sa réticence à se lancer dans une relation intime le rassurait. S'il n'en avait pas moins envie de coucher avec elle, il n'avait pas à craindre la moindre pression de sa part. Elle avait déjeuné avec lui, point à la ligne. Ensuite, elle avait pris un taxi pour regagner l'ambassade, sans lui proposer qu'ils se revoient – ce qui, naturellement, n'avait fait qu'accentuer son désir. Il l'avait de nouveau invitée à dîner. Elle avait gentiment refusé. Il avait insisté jusqu'à ce qu'elle accepte un deuxième déjeuner.

Le téléphone de sa ligne privée sonna. Il décrocha machinalement.

— Ronsard.

C'était Cara.

— Ernst Morrell a pris contact avec nous.

Il pinça les lèvres. Il détestait Morrell et n'avait aucune confiance en lui. Bien que la nature de son activité le conduisît à traiter jour après jour avec des fanatiques, des cinglés et autres meurtriers banals, Morrell était sans nul doute le plus féroce d'entre eux. Il était à la tête d'une petite organisation spécialement virulente et avait une prédilection pour les bombes. Il avait placé des explosifs dans un hôpital allemand, tuant six patients, en signe de protestation contre la coopération de l'Allemagne avec les États-Unis lors de l'action militaire en Irak.

— Que veut-il ?

— Il a entendu parler du RDX-A. Il en veut.

Ronsard laissa échapper un juron. D'abord Temple, et maintenant, Morrell. Mais Temple était une chose, Morrell une autre. S'il s'était attendu que l'arrivée sur le marché de ce nouveau produit ne reste pas secrète, il n'avait pas imaginé que la nouvelle se répandrait à une telle vitesse. Or, il avait signé un accord avec le fabricant. Il devait en être l'unique vecteur. Une telle exclusivité serait profitable pour les deux parties, du moins jusqu'à ce qu'un concurrent parvienne à dupliquer la formule. Lui n'en avait parlé à personne puisque l'explosif n'était pas encore parfaitement au point. Dès l'instant où il serait fiable, la demande ne pourrait qu'augmenter.

Malheureusement, il semblait y avoir eu des fuites. Ronsard soupira. Le coupable ne pouvait être que le fabricant, ou quelqu'un de son entourage.

Tant pis. Il récupérerait sa commission et préviendrait les acquéreurs des dangers d'utilisation encourus.

— Pour quand ? demanda-t-il d'un ton résigné, en se frottant les yeux.

— Il ne l'a pas précisé. Il tenait à vous parler.

— Il vous a laissé un numéro ?

— Oui. Vous ne pourrez l'y joindre que dans les quarante-cinq minutes qui viennent.

C'était l'usage courant, du moins parmi les organisations les plus efficaces. Leurs membres étaient sans cesse en mouvement, une tactique qui réduisait considérablement les risques d'être localisés.

Ronsard nota le numéro que lui dictait Cara. L'appel provenait de Londres.

— Boulangerie, annonça son interlocuteur, avec un lourd accent.

— Ronsard.

Il y eut trente secondes de silence, puis une tout autre voix s'exclama :

— Quelle promptitude, mon ami !

Pour un homme trapu et gras, il avait un timbre étrangement aigu. Il semblait vouloir compenser ce défaut en crachant ses mots à toute allure.

Ronsard ne répondit pas sur le même ton enjoué. Il n'était pas, et ne serait jamais l'ami de Morrell.

— Vous vouliez me passer une commande, je crois ?

— J'ai entendu d'intéressantes rumeurs à propos d'une nouvelle recette. J'en voudrais mille kilos.

Mille kilos ! Ronsard haussa les sourcils. De quoi faire sauter toute la ville de Londres. Mais Morrell ne s'en servirait pas sur un lieu unique. Il procéderait à la destruction systématique de tout le monde industrialisé – à moins qu'il ne revende une partie de la marchandise.

— Une telle quantité va vous coûter terriblement cher.

— Le jeu en vaut la chandelle.

— Vous a-t-on signalé que la recette n'était pas encore parfaitement au point ?

— C'est-à-dire ?

— Les résultats ne sont pas toujours fiables. Un problème d'instabilité.

— Ah.

Morrell se tut, le temps de digérer cette annonce. Aucun esprit sain n'envisagerait de travailler avec un explosif qui risquait de sauter en plein transport. Mais Morrell n'avait rien d'un esprit sain, songea Ronsard avec ironie.

— Qu'est-ce qui peut provoquer d'aussi fâcheuses conséquences ?

— Une manipulation trop vigoureuse.

— Ah.

Cela signifiait en clair que, si l'on voulait monter à bord d'un avion avec du RDX-A, il faudrait le mettre dans son bagage à main – une mission suicide. À moins de passer par un intermédiaire innocent, comme à bord du vol Delta 183.

— Il faut bien prendre des risques, déclara enfin Morrell, signifiant par là que ce n'était pas lui qui en aurait la charge.

— Il y a un autre problème.

— De mieux en mieux, grogna Morrell, comme si on venait de lui casser son joujou flambant neuf.

— Le produit doit être utilisé dans un délai limité, sans quoi il peut réagir de manière intempestive. Le timing est essentiel.

— Il paraît, oui, il paraît. C'est très, très intéressant.

— Mille kilos, c'est encombrant.

— Mais gérable. Pour quand pouvez-vous m'assurer la livraison ?

Ronsard songea que Morrell avait déjà sélectionné ses cibles, et qu'il les attaquerait presque simultanément. Toutefois, il allait sans doute manquer d'hommes. Il n'était pas rare que plusieurs groupes se rassemblent, surtout s'ils visaient des ennemis communs.

— Je l'ignore, vu la quantité. Je ne suis pas certain que le fabricant en ait autant en stock.

Ronsard savait même qu'il n'en était rien.

— J'aimerais l'avoir d'ici à deux semaines.

— Je transmets votre commande.

— Parfait, parfait ! Je vous rappelle demain.

Ronsard raccrocha. Il était exaspéré. En précipitant les événements, le fabricant avait accru les risques pour tout le monde. Il allait le payer cher.

Soudain, une idée amusante lui traversa l'esprit. La production demeurait limitée. Une commande de mille kilos serait difficile à satisfaire, d'autant que la quantité souhaitée par Temple n'était pas encore précisée. Et s'il laissait à Temple et Morrell le soin de décider entre eux qui, le premier, accuserait réception du RDX-A ? Une épreuve de force, comme dans les westerns. Oui, vraiment, ce serait drôle.

16

— J'organise une fête chez moi dans trois jours, confia Ronsard à Niema quelque temps plus tard, tandis qu'ils se promenaient dans un parc. Dans ma villa de la région Rhône-Alpes, au sud de Lyon. La campagne est magnifique et ma demeure très confortable. J'aimerais beaucoup que vous veniez.

Tête baissée, elle garda le silence. Les ombres des feuillages les protégeaient du soleil, les oiseaux gazouillaient dans les arbres. Ils n'étaient pas tout seuls à profiter du beau temps. Jeunes mamans et nounous veillaient sur des hordes d'enfants de tous âges qui couraient, sautaient, jouaient au ballon dans l'herbe. Des coureurs arpentaient les allées, seuls ou par paires. Main dans la main, les amants s'arrêtaient parfois pour s'embrasser. Les personnes plus âgées occupaient les bancs en contemplant l'activité autour d'eux. Un délicieux parfum de fleurs imprégnait l'air.

— Vous ne dites rien, constata-t-il au bout de quelques instants. Vous craignez la réaction de Mme Theriot ?

— D'une part, oui. D'autre part, bien que vous affirmiez ne rien attendre d'autre que mon amitié, je pense que vous gardez l'espoir que… eh bien, que je changerai d'avis.

— Bien entendu, répliqua-t-il avec aplomb. Je suis un homme. J'ai très envie de coucher avec vous. Mais j'apprécie aussi d'être en votre compagnie, tout simplement. Vous n'exigez rien de moi, mon argent ne vous intéresse pas. Savez-vous combien de personnes comme vous évoluent dans mon entourage ?

— Votre existence est telle que vous l'avez façonnée.

Elle leva les yeux vers lui.

— Je refuse absolument de m'apitoyer sur votre sort.

Ébauchant un sourire, il lui prit le bras.

— Votre franchise me réjouit. Vous dites toujours tout haut ce que vous pensez tout bas.

— Pas toujours. Je suis trop bien élevée.

Il se mit à rire.

— Vous cherchez à me provoquer ?

— Naturellement. Vous savez ce que je pense de votre... activité professionnelle.

Une lueur vacilla dans ses prunelles, indéchiffrable.

— Chacun fait ce qu'il doit faire.

— Pas tout le monde. Certains font ce qu'ils peuvent.

— Quelle différence ?

— Elle est grande. En général, les gens déclarent accomplir leur devoir pour se donner bonne conscience, quand leur action a pu blesser quelqu'un, par exemple. Ceux qui font de leur mieux essaient le plus souvent de se rendre utiles.

— C'est une question de sémantique.

Il haussa les épaules.

— Cependant, vous n'avez peut-être pas tort. J'ai fait un choix quand j'étais jeune. Je n'ai pas à m'en plaindre. Peut-être aurais-je pu opter pour une autre solution, mais à cette époque, à l'âge que j'avais, je n'en voyais pas. Vu les circonstances, je recommencerais sans hésiter.

Sa voix n'exprimait aucun regret, seulement l'acceptation pragmatique de l'être qu'il était devenu. Il ne se morfondait pas sur les erreurs qu'il avait pu commettre. Il avait la conscience tranquille. Il s'était engagé dans une voie et n'en avait jamais dévié.

Elle aurait souhaité lui demander ce qui l'avait poussé à agir ainsi, mais la réponse lui paraissait claire : l'argent. Il en avait besoin et avait trouvé le moyen d'en gagner. Le « pourquoi » n'avait aucune importance. Il avait franchi la ligne entre la légalité et l'illégalité de son plein gré. Elle ne pouvait s'empêcher de l'apprécier, mais ne s'en voulait pas du tout de se présenter à lui sous de faux prétextes. Si charmant et agréable fût-il, Ronsard n'en était pas moins un adversaire.

— Vous n'avez pas répondu à ma question.

— Une fête.

C'était précisément l'événement auquel John tenait à ce qu'elle assiste. Pourtant, elle masqua sa satisfaction.

— Une grande fête ?

De nouveau, il sourit.

— Vous vous demandez si nous risquons de nous retrouver juste tous les deux, ce que je préférerais de loin… Eh bien, je pense qu'une centaine d'invités devraient être là.

— J'en déduis que votre demeure est plus que « confortable », railla-t-elle.

— La moitié d'entre eux seront logés dans les dépendances.

— Puis-je savoir qui sont vos invités ?

Le regard de Ronsard brilla.

— Vous ne poseriez pas la question si vous n'envisagiez pas d'accepter. Vous avez eu l'occasion de rencontrer un grand nombre de ces personnes au cocktail du Premier ministre.

Un grand nombre, mais pas tous. Il recevrait sans doute aussi toutes sortes de connaissances qui n'étaient jamais conviées aux soirées politiques. Quel univers cynique, où les fabricants de lois et ceux qui les enfreignaient se mêlaient en coulisses. John serait présent, en tant que membre du deuxième groupe.

— Je vous en supplie, dites oui. Je vais bientôt quitter Paris, et vous risquez d'être repartie avant mon retour.

— Oui, murmura-t-elle, avant de pousser un profond soupir. Je crois qu'ensuite, je rentrerai directement chez moi. Ce serait maladroit de ma part de repasser à l'ambassade après m'être rendue à votre soirée. Je ne veux pas risquer de nuire à la carrière d'Albert.

Ils continuèrent de marcher sans un mot. Le sous-entendu avait dû l'offenser, mais elle n'était pas là pour lui faciliter la tâche. Elle avait une mission à accomplir et, jusqu'ici, ses instincts ne l'avaient pas trahie. Tant de gens se jetaient aux pieds de Ronsard et il était poursuivi par tant de femmes que son indifférence même l'avait conquis.

— Je ne vous verrai donc plus par la suite, murmura-t-il. Nous n'avons pas les mêmes fréquentations.

— Non. En effet.

— Dans ce cas, je tiens d'autant plus à ce que vous veniez. J'aimerais vous présenter quelqu'un.

— J'ai l'invitation, annonça-t-elle à John le lendemain matin, quand il lui téléphona.

— Tant mieux. Quand pars-tu ?

— Après-demain.

— Je n'y serai pas avant le jour suivant, pour assister à la soirée en smoking. Je me débrouillerai probablement pour arriver une fois que la fête battra son plein.

— Comment es-tu au courant de l'emploi du temps ? Et pourquoi attendre le milieu de la soirée ?

— Personne ne fera attention à moi, pas même Ronsard. C'est un avantage mineur, mais chaque détail compte. Nous ne savons pas quelles mesures de sécurité il aura prises, nous ne connaissons pas le plan de la maison, nous devrons donc y aller à l'intuition. N'oublie pas, je serai complètement séduit dès le premier coup d'œil. Ce sera une bonne excuse pour nous tenir ensemble.

— Décidément, je suis en train de me transformer en déesse de l'amour, ironisa-t-elle.

Il rit tout bas.

— Peut-être t'es-tu trouvé une nouvelle vocation ?

— La séduction ?

— On se voit dans trois jours, Mata.

Ronsard partant ce jour-là pour sa propriété, elle fut privée de déjeuner avec lui pour la première fois depuis le début de son séjour. Elle en profita pour passer le plus clair de sa journée à rassembler tout ce dont elle aurait besoin chez lui. Le représentant de la CIA en poste à l'ambassade se révéla d'une aide précieuse en lui fournissant les transmetteurs microscopiques, batteries et autres câbles indispensables. S'il se demandait à quoi tout cela allait lui servir, il se garda de lui poser la question. L'affaire avait dû être réglée d'avance par Langley.

L'agent de la CIA n'avait aucune idée de ce qu'elle préparait. Il devait simplement s'arranger pour lui fournir le matériel. Le contingent parisien de la CIA ne savait même pas qu'elle avait vu Ronsard, à moins que l'un des agents n'ait pris l'initiative de la filer un jour… mais dans quel but ? À leurs yeux, elle n'était qu'une amie en visite chez l'ambassadeur et sa femme.

Plutôt que de louer une voiture, elle décida de prendre l'avion. Elle réserva sa place, puis appela le numéro que Ronsard lui avait donné pour qu'on vienne la chercher à l'aéroport.

Elle était pressée d'y être, de pouvoir faire un état des lieux afin d'échafauder des plans concrets. Jouer le rôle de papillon mondain n'était pas sa tasse de thé. Elle commençait à en avoir assez du shopping et des cocktails.

Le temps était superbe et le vol se déroula sans problème. Un homme en costume gris, les cheveux blonds coupés en brosse et les yeux cachés par des lunettes de soleil, l'attendait. Il ne lui adressa pratiquement pas la parole, mais se montra d'une efficacité remarquable. Il ramassa ses bagages et la fit monter dans une Jaguar gris métallisé.

Ils prirent l'autoroute vers le sud, puis bifurquèrent vers l'est en direction de Grenoble. La région paraissait de toute beauté. Les Alpes se dressaient au loin. La température était plus élevée qu'à Paris, la chaleur irradiant à travers les vitres teintées de l'automobile.

Ils parvinrent bientôt à destination. En apercevant la villa de Ronsard, elle cligna des yeux, stupéfaite. Heureusement, ses lunettes noires masquaient son expression. N'était-elle pas censée être habituée au luxe et à l'opulence ? Tout de même, John aurait pu la prévenir.

Une allée asphaltée, bordée de parterres de fleurs multicolores, menait à un portail massif flanqué de part et d'autre par une muraille de trois mètres de haut. Les grilles s'ouvrirent à l'approche de la voiture et se refermèrent après leur passage.

La propriété était immense, une soixantaine d'hectares, estima Niema. Et c'était un minimum, certaines parties du somptueux parc n'étant pas visibles de l'entrée. Quant à la résidence, c'était une villa de quatre étages à laquelle venait s'ajouter une aile de chaque côté. Du marbre d'un gris lumineux, strié de rose et d'or, en recouvrait la façade. Un véritable palais.

Sur la droite s'étirait un long bâtiment à deux étages. À gauche, posée comme un joyau sur un bassin, trônait une autre maison. Niema se dit que ce devait être là que logeait une partie des invités. De la taille d'un petit hôtel, elle ne paraissait petite qu'en comparaison de l'édifice principal.

Le trafic d'armes était une entreprise lucrative. Jusqu'ici, elle n'avait eu qu'une vague idée de la fortune de Ronsard. À présent, elle comprenait mieux pourquoi on le sollicitait tant.

Niema repéra des hommes chaussés de lunettes de soleil, postés un peu partout – son armée privée. Apparemment, leurs tenues correspondaient à une certaine hiérarchie. La plupart d'entre eux, vêtus d'un pantalon et d'une chemise vert foncé, se promenaient l'arme à la main. Venaient ensuite ceux qui portaient un pantalon vert foncé et une chemise blanche, et qui tenaient leur pistolet caché dans son étui. Les derniers de la corporation, moins nombreux, arboraient un uniforme gris clair, comme le chauffeur.

Quelques invités étaient déjà arrivés. Ils erraient dans le parc en tenues décontractées, mais très certainement griffées. D'autres sirotaient des boissons fraîches sur une terrasse latérale. Six sportifs acharnés occupaient les courts de tennis.

Ronsard descendit les marches du perron, le sourire aux lèvres, les bras tendus. Il l'étreignit délicatement, lui effleura la joue d'un baiser. Surprise, elle eut un mouvement de recul. C'était la première fois qu'il s'autorisait un geste aussi familier. Sa panique dut se lire dans son regard, car il leva les yeux au ciel.

— À en juger par votre expression, on croirait que j'ai tenté de vous déshabiller, commenta-t-il. Si j'avais un ego démesuré, il serait totalement aplati.

— Pardonnez-moi, j'ai été prise de court.

Il secoua la tête.

— Si vous vous excusez, vous allez tout gâcher.

— Maintenant, je me sens coupable.

— Je vous taquine.

Il lui sourit une nouvelle fois, puis s'adressa brièvement à deux jeunes employés qui se tenaient derrière lui telles des sentinelles.

— Montez les bagages de Madame dans la chambre du Jardin.

— La chambre du Jardin, répéta-t-elle. C'est charmant.

— En fait, il s'agit d'une petite suite. Je veux que vous soyez parfaitement à l'aise. Et avant que votre nature suspicieuse ne se réveille, non, elle n'est pas voisine de la mienne. Aucune des chambres d'amis ne l'est.

Elle accepta son bras et il l'entraîna à l'intérieur dans la fraîcheur exquise du hall d'entrée.

Des colonnes de marbre s'élevaient jusqu'au plafond d'une hauteur de trois étages. Le sol était recouvert de dalles de granit, d'un gris un peu plus foncé que les piliers et jonché d'immenses tapis de couleurs. Deux escaliers courbes partaient de la gauche et de la droite pour rejoindre les paliers supérieurs.

— J'espère que vous avez prévu des plans pour qu'on ne se perde pas.

— La structure est assez simple, répondit-il.

Elle arbora un sourire incrédule.

— Je vous assure que c'est vrai, enchaîna-t-il. Il n'y a aucun cul-de-sac. Tous les couloirs secondaires mènent au hall d'entrée. Si vous avez un minimum de sens de l'orientation, vous vous y retrouverez très facilement.

Tandis qu'ils montaient, elle admira une gigantesque tapisserie accrochée au mur.

— La maison est très ancienne ?

— Pas du tout. Elle a été construite au milieu des années soixante-dix par un milliardaire du pétrole. Quand le prix du baril a chuté, il a eu besoin d'argent. J'étais en mesure de lui en fournir.

À l'étage, ils foulèrent une moquette gris clair si épaisse qu'on s'y enfonçait presque jusqu'aux chevilles. Niema s'approcha d'une des fenêtres palladiennes. De là, on avait vue sur une énorme piscine, aux formes irrégulières, conçue pour ressembler à un lac alimenté par une cascade.

— Ce doit être spectaculaire, la nuit. Irréel.

— C'est un de mes grands plaisirs. Nager me détend après une dure journée.

Il la conduisit au bout d'un couloir puis, après en avoir emprunté un deuxième, à gauche, s'arrêta devant une porte.

— Voici la chambre du Jardin. J'espère que vous vous y plairez.

Niema entra et son visage s'illumina.

— Quelle merveille !

On ne l'avait pas baptisée chambre du Jardin pour rien : elle était remplie de verdure – vases débordants de fleurs fraîches, palmiers en pots, rhododendrons. Et ils n'étaient que dans un boudoir, la large porte à leur droite s'ouvrant sur la chambre. Droit devant, une porte-fenêtre donnait sur un balcon privé aux plantes abondantes.

Ronsard la regarda explorer la suite, caresser les feuilles vertes, sentir les parfums des fleurs.

— C'est un endroit paisible. Je me suis dit que vous vous y sentiriez bien, quand vous auriez envie d'échapper aux mondanités.

— Merci, murmura-t-elle, sincèrement touchée.

Ses attentions à son égard étaient émouvantes. Il avait raison de penser qu'elle apprécierait un peu de solitude et de sérénité pour recharger ses batteries. Détail intéressant : le balcon présentait un excellent passage pour une entrée clandestine à la Medina. Elle veillerait à ce que la porte-fenêtre ne soit jamais fermée à clé – encore que, pour John, forcer le battant constituait un défi mineur.

On avait posé ses valises sur une banquette au bout du lit. Ronsard lui prit le bras.

— Une domestique va ranger vos affaires. Si vous n'êtes pas trop fatiguée, j'aimerais vous présenter quelqu'un.

— Non, non. Je suis en pleine forme.

Le matériel qu'elle avait emporté était soigneusement caché dans sa mallette à bijoux. Elle n'avait donc pas à craindre qu'une employée ne dévoile son secret.

— Mon aile privée est située de l'autre côté. Je ne mentais pas en affirmant que nos chambres ne seraient pas voisines. Je le regrette, mais c'est à dessein que j'ai préféré rester éloigné des quartiers des invités.

— Pour garder votre intimité, ou pour vous protéger ?

— Les deux.

Une expression de tendresse passa dans son regard, d'autant plus surprenante qu'elle semblait destinée à quelqu'un d'autre.

— Mais pas pour moi. Venez. Je l'ai prévenue que je lui amenais une amie. Elle vous a attendue avec impatience toute la journée.

— Elle ?

— Ma fille. Laure.

17

Sa fille ? John ne lui avait jamais dit que Ronsard était papa ! Elle eut du mal à dissimuler sa surprise.

— Vous ne m'en avez jamais parlé jusqu'ici. Je croyais qu'il ne vous restait qu'une sœur.

— Je suis un peu paranoïaque, je l'avoue. Je fais tout ce qui est en mon pouvoir pour la protéger. Comme vous l'avez signalé vous-même, je suis un personnage douteux. J'ai des ennemis.

— J'ai dit qu'*Eleanor* vous considérait comme un personnage douteux.

— Elle a raison, figurez-vous. Je suis peu recommandable pour une femme comme vous.

Elle leva les yeux au ciel.

— Très habile, Ronsard. Je parie que les femmes se jettent à votre cou quand vous les mettez ainsi en garde.

— Décidément, vous avez la désagréable manie de décrypter tous mes subterfuges, riposta-t-il.

Ils se mirent à rire tous les deux.

Ils n'étaient pas seuls dans le couloir. Ils croisèrent plusieurs invités. Tous souhaitaient échanger quelques mots avec leur hôte. Niema crut vaguement reconnaître un jeune homme, qui l'examina de bas en haut d'un air entendu. Au bout d'un instant, la mémoire lui revint : c'était le fan de courses hippiques qu'on lui avait présenté au cocktail du Premier ministre. Elle lui sourit et lui demanda si son cheval préféré s'était bien placé le week-end précédent.

— Vous venez de vous faire un ami pour la vie, constata Ronsard, tandis qu'ils poursuivaient leur chemin. Il assomme tout le monde avec ses histoires de courses.

— J'aime les chevaux, répondit-elle sereinement. Et répondre aimablement à quelqu'un n'exige pas plus d'efforts que de l'envoyer promener.

Il leur fallut un certain temps pour atteindre l'autre bout de la villa, avec toutes les pauses qu'ils durent effectuer. Enfin, ils pénétrèrent dans son aile privée, gardée par une lourde porte à double battant.

— Ma suite est par là, expliqua-t-il en indiquant une autre double porte à sa gauche.

Il lui fit visiter la salle à manger familiale, un petit salon étonnamment intimiste, la pièce consacrée au home-cinéma, une gigantesque salle de jeu et une bibliothèque dont les étagères croulaient littéralement sous les ouvrages de toutes sortes, y compris une incroyable collection de livres pour enfants.

— C'est une des pièces préférées de Laure. Elle adore lire. Bien entendu, elle a depuis longtemps délaissé Oui-Oui et les contes de fée, mais je veille à ce qu'elle ait toujours à sa disposition des lectures appropriées.

— Quel âge a-t-elle ?

— Douze ans. Un âge délicieux. Elle hésite entre l'enfance et l'adolescence, entre jouer avec ses poupées et apprendre à se maquiller. Je lui ai interdit le rouge à lèvres, jusqu'à l'année prochaine au moins, ajouta-t-il avec une pointe d'humour.

Il se tourna vers Niema en souriant, mais son regard était ailleurs.

— Laure est petite pour son âge. Très petite. Je tiens à vous préparer. Sa santé est mauvaise. Chaque minute que je passe avec elle est un cadeau de Dieu.

Étrange commentaire de la part d'un homme comme Ronsard… Il poussa la porte d'une chambre au décor si gai, si charmant que Niema en eut le souffle coupé.

— Papa !

La voix était jeune, douce, pure comme le cristal. Niema perçut une sorte de ronronnement, avant de voir un fauteuil roulant électronique se diriger vers eux, occupé par une adorable créature au visage animé et au sourire radieux. Une bonbonne d'oxygène était fixée au dos de son fauteuil, et un tube transparent émergeait de ses narines, maintenu en place par un mince bandeau autour de la tête.

— Laure, murmura Ronsard avec une tendresse infinie.

Il se pencha pour l'embrasser. Puis il s'adressa à elle en anglais.

— Voici mon amie, Mme Jamieson. Niema, je vous présente la prunelle de mes yeux, ma fille Laure.

Niema lui tendit la main.

— Je suis très heureuse de faire ta connaissance, dit-elle en anglais, elle aussi.

— C'est réciproque, madame.

La jeune fille lui serra la main. Ses doigts étaient fragiles comme du verre. Ronsard avait précisé qu'elle avait douze ans. Elle en paraissait six et ne devait pas peser plus de trente kilos. Maigrichonne, elle avait le teint pâle, légèrement bleuté. Elle tenait de Ronsard un regard bleu et intelligent, et son sourire ressemblait à celui d'un ange. Ses cheveux châtain clair étaient soigneusement coiffés en une queue-de-cheval ornée d'un ruban multicolore.

Elle portait du rouge à lèvres.

Ronsard s'en aperçut au même instant que Niema.

— Laure ! s'exclama-t-il en plaquant les mains sur ses hanches et en affichant une expression de sévérité. Je t'avais pourtant interdit…

Elle le dévisagea avec dépit, comme s'il ne comprenait rien à rien.

— J'avais envie d'être jolie, papa. Pour Mme Jamieson.

— Tu es jolie au naturel. Tu n'as pas besoin de te maquiller. Tu es beaucoup trop jeune.

— Oui, mais toi, tu es mon père, riposta-t-elle avec une logique imparable. Pour toi, je serai *toujours* la plus belle.

— Cette teinte te sied parfaitement, déclara Niema, songeant que les femmes devaient *toujours* se serrer les coudes.

Elle ne mentait pas, d'ailleurs. Laure avait fait preuve d'une maturité exemplaire en optant pour un rose délicat, appliqué avec parcimonie.

Ronsard haussa les sourcils, incrédule.

— Vous n'allez tout de même pas prendre sa défense?

Laure gloussa. Niema soutint le regard accusateur de Ronsard avec une mine candide.

— Bien sûr que si. Qu'auriez-vous souhaité que je fasse?

— Que vous soyez d'accord avec lui, intervint Laure. Il s'attend que *toutes* les femmes soient d'accord avec lui.

Cette fois, la stupéfaction de Ronsard n'était pas feinte. Il contempla sa fille, ahuri devant tant d'audace.

— Seulement voilà, je ne suis pas une de ses femmes, fit remarquer Niema. Je ne suis qu'une amie.

— Il ne m'a jamais présenté les autres. Comme il vous a amenée, vous, j'ai pensé que peut-être vous alliez devenir ma maman.

Ronsard s'étrangla. Niema l'ignora et adressa un sourire à l'enfant.

— Non, il n'en est pas question. Nous ne sommes pas amoureux, et du reste, ton papa est allergique au mariage.

— Je sais, mais il se marierait si je le lui demandais. Il me gâte terriblement. Il m'offre tout ce que je veux. J'essaie de ne pas trop en demander, sinon, il n'aurait plus le temps de faire autre chose.

Quel curieux mélange de naïveté et de confiance! Quels que soient ses problèmes de santé, ils l'avaient obligée à mûrir très vite.

— Pendant qu'il se ressaisit, je vais vous montrer ma suite, décréta-t-elle, en faisant pivoter son fauteuil.

Niema eut droit à une visite guidée en bonne et due forme. Tout avait été conçu pour être à sa hauteur, et elle disposait d'une longue paire de pinces pour ramasser ce qui pouvait lui échapper. Une femme d'une cinquantaine d'années apparut. C'était Bernadette, l'infirmière de Laure. Sa chambre était attenante à celle de la petite, de sorte qu'elle était disponible nuit et jour en cas d'urgence.

Ronsard avait tout prévu pour distraire sa fille : livres, DVD, poupées, jeux, magazines de mode. Laure ne cessa de bavarder, tandis que son père les suivait à distance, surpris de se sentir de trop.

Pour finir, Laure s'arrêta devant sa mallette à maquillage. Une fois de plus, son père donna l'impression de s'étouffer. Ce n'était pas la panoplie d'une fillette, mais une véritable collection signée Dior, dans une petite valise argentée.

— Je l'ai commandée, annonça Laure, impassible devant la stupeur de son père. Mais quand je me maquille, ça ne va pas du tout. Même le rouge à lèvres me donne l'air de… d'un clown. Aujourd'hui, j'ai frotté le bâton sur le bout de mon doigt avant de l'appliquer.

— Excellente initiative, approuva Niema.

Rapprochant une chaise, elle s'installa au côté de la gamine et posa la mallette sur ses genoux.

— Le maquillage, c'est comme tout : il faut s'y préparer. Certains produits sont plus flatteurs que d'autres, en fonction du teint. Il faut expérimenter. Tu veux que je te montre ?

— Oh, s'il vous plaît ! s'exclama Laure avec enthousiasme, en se penchant en avant.

— Il n'en est pas question ! gronda Ronsard, avec plus de désespoir que d'autorité. Elle est trop jeune…

— Louis, interrompit Niema. Allez-vous-en. Laissez-nous entre filles.

Il resta. Il s'assit pour assister à la séance, visiblement dépassé.

Le blush rose était trop foncé pour ce minuscule visage blanc. Niema s'empara d'un mouchoir en papier et l'estompa.

— N'oublie pas : si tu en as trop, tu peux toujours l'estomper ou l'effacer. Quand je me maquille, j'ai toujours à portée de main des mouchoirs en papier et des cotons-tiges qui me servent à affiner le résultat. Tu vois mon eye-liner ?

Elle s'avança légèrement. Laure opina.

— J'utilise un crayon noir comme celui-ci – avec une mine toute douce, pour ne pas agresser la paupière. Ensuite, je prends un coton-tige et j'essuie jusqu'à ce qu'il ne reste pratiquement plus rien. Mais j'ai le teint mat, contrairement à toi : le noir serait trop dur pour toi. Quand tu seras assez grande pour mettre de l'eye-liner, je te conseille d'opter pour une couleur taupe ou gris clair…

La leçon se poursuivit, Laure buvant les paroles de Niema. Enfin, elle se regarda dans la glace, s'examina longuement, et sourit :

— J'ai l'air moins malade, maintenant, constata-t-elle avec satisfaction. Merci beaucoup, madame Jamieson. Tu nous regardais, papa ?

— Oui. C'est très joli, mais je…

— Si je meurs, je veux qu'on me maquille exactement comme ça. Je ne veux pas avoir l'air malade quand j'arriverai au Paradis.

Ronsard blêmit. Un sentiment de pitié submergea Niema, pour lui mais aussi pour cette adorable fillette qui n'avait jamais pu jouer et courir comme les autres.

— Je te promets de ne plus rien mettre, même pas du rouge à lèvres, alors que j'adore ça. Mais… *si*… Promets-moi, papa.

— Je t'en donne ma parole, murmura-t-il d'une voix brisée.

Elle se pencha pour lui tapoter le genou, l'image même de l'enfant réconfortant le père.

— Tu peux emporter la mallette et la cacher. Comme ça, tu sauras toujours où elle est.

Il la souleva de son fauteuil et l'installa sur ses genoux en prenant soin de ne pas déloger le tube d'oxygène. Elle était si frêle, si menue ! Pendant un moment, il ne dit rien, se contentant de poser la joue sur le sommet de son crâne.

— Tu n'en auras pas besoin avant très, très longtemps.

— Je sais.

Mais le regard de Laure exprimait tout le contraire. Elle semblait fatiguée. Il lui caressa la joue.

— Tu veux te reposer, à présent ?

— Sur la chaise longue. J'ai envie de regarder un film.

Bernadette se chargea du fauteuil et de la bonbonne, pendant que Ronsard déposait délicatement sa fille sur la chaise longue. Il déploya un plaid sur ses jambes. Bernadette cala les coussins derrière son dos.

— Là ! souffla Laure. C'est la position parfaite pour regarder un film.

Elle jeta un coup d'œil espiègle vers son père.

— C'est une histoire d'amour.

Il avait recouvré son aplomb.

— Tu vas me donner des cheveux blancs ! Une histoire d'amour ?

— Avec des scènes de sexe, ajouta-t-elle, malicieusement.

— Pas un mot de plus, riposta-t-il en levant la main. Je ne veux rien savoir. Dis au revoir à Mme Jamieson.

— Au revoir, madame. Je me suis bien amusée. Vous reviendrez me voir ?

— Bien entendu, assura Niema en souriant, malgré son émotion. J'ai eu grand plaisir à faire ta connaissance. Ton papa a beaucoup de chance d'avoir une fille comme toi.

Laure leva les yeux vers son père, laissant transparaître une fois de plus une maturité incroyable pour son âge.

— C'est moi qui ai de la chance.

Il l'embrassa, effleura sa joue d'une ultime caresse, la quitta en souriant. Quand il prit le bras de Niema, cependant, elle eut l'impression qu'il allait lui broyer les os.

— Mon Dieu ! soupira-t-il dès qu'ils furent dans le couloir.

Les mains entre les genoux, il se pencha en avant et aspira de grandes bouffées d'air.

Spontanément, Niema eut envie de le consoler. Elle hésita, avant de lui tapoter le dos avec douceur.

Au bout d'un moment, il se redressa, et ils reprirent leur marche.

— Parfois, c'est insupportable, avoua-t-il. Pardonnez-moi. Je ne m'étais pas rendu compte qu'elle… Je me suis toujours efforcé de lui cacher la gravité de son état, mais elle est tellement intelligente…

Les mots moururent sur ses lèvres.

— De quoi souffre-t-elle ?

Ils étaient entrés dans le petit salon. Avisant une carafe et des verres sur une table, Niema alla lui verser une généreuse dose d'alcool. Il s'écroula sur le siège le plus proche et but d'un trait.

— De tout à la fois, murmura-t-il, en faisant tourner le verre dans ses mains. Un cœur défectueux, un seul rein et la mucoviscidose. Cette maladie semble affecter son système digestif davantage que ses poumons, sans quoi elle serait probablement déjà…

Il se tut, ravala sa salive.

— Les nouveaux traitements sont efficaces, mais ils l'affaiblissent. Elle mange constamment, et pourtant elle ne grandit pas ni ne prend de poids. Son cœur est affecté. On ne peut pas envisager une transplantation à cause de la mucoviscidose.

Il ébaucha un sourire amer.

— Trouver un cœur compatible est du domaine de l'impossible. Elle aurait besoin de celui d'une jeune enfant, à cause de sa taille, et les donateurs sont rarissimes. De surcroît, elle est de type A négatif, ce qui réduit les chances à zéro, ou presque. Quand bien même on en aurait un à disposition, le corps médical estime qu'il serait absurde de gaspiller un cœur sain pour quelqu'un qui... qui accumule autant de problèmes.

Que répondre ? Elle pouvait difficilement le bercer d'espoir alors que la situation de Laure était quasi désespérée.

— J'essaie depuis des années d'acheter un cœur au marché noir, enchaîna-t-il.

Il fixa le verre entre ses doigts.

— Je verse des fortunes aux centres spécialisés dans la recherche génétique, aux groupes pharmaceutiques. Si je pouvais soigner une seule de ses maladies, une seule ! Elle aurait peut-être une chance de s'en sortir.

Niema eut la sensation d'avoir reçu un coup en plein estomac.

— C'est donc pour cela que vous...

Elle n'eut pas à terminer sa phrase. Il l'acheva à sa place.

— Que je suis devenu trafiquant d'armes ? Oui. J'avais besoin de sommes colossales, et vite. J'avais le choix entre la drogue et les armes. J'ai opté pour les armes. Si quelque chose se présente, que ce soit l'occasion de disposer d'un cœur à transplanter ou un nouveau traitement, je dois pouvoir payer cash.

Il haussa les épaules.

— C'est ma fille. Le diable peut bien me prendre mon âme si c'est la solution pour qu'elle vive.

Niema avait senti qu'en dépit de son activité, cet homme avait des qualités. Il semblait avoir complètement séparé les deux moitiés de sa vie. Son trafic était ignoble, mais il l'avait entrepris par amour pour son enfant.

— Et sa maman ?

— Une aventure sans lendemain. Elle ne voulait pas du bébé. C'est moi qui l'ai convaincue d'aller jusqu'au bout de sa grossesse. J'ai pris toutes ses dépenses à ma charge et je lui ai offert une belle compensation financière à la fin. Elle n'a sans doute jamais vu Laure. Les médecins lui ont dit que le bébé ne survivrait pas longtemps, et elle a disparu. J'ai ramené Laure à la maison. Je n'étais pas pauvre. J'appartiens à une famille aisée. Mais ce n'était pas suffisant pour la sauver. Je me suis donc servi de mes relations dans les hautes sphères parisiennes pour établir des contacts et protéger mes efforts. Ne me regardez pas avec cet air triste, ma chère. Je n'ai rien d'un homme noble. Je suis impitoyable et pragmatique. Mon talon d'Achille, c'est ma fille. Comme vous avez pu vous en rendre compte, entre ses mains, je deviens de la pâte à modeler. Elle a un sacré caractère. Je suppose qu'elle l'a hérité de moi.

— C'est pour elle que j'ai de la peine, pas pour vous. Vous avez fait votre choix.

— Je recommencerais. Vous en feriez peut-être autant.

Il la dévisagea avec un demi-sourire.

— On ne sait jamais de quoi on est capable jusqu'au jour où il s'agit de sauver son enfant.

Elle ne pouvait guère le contredire. Elle n'était pas du genre à accepter sans lutter la condamnation à mort de son enfant. Au contraire, elle remuerait ciel et terre, sans se ménager. Et si la seule issue possible était regrettable, elle la prendrait sans doute. Comme Ronsard.

Posant brusquement le verre, il se leva, passa une main dans ses cheveux.

— J'ai une centaine d'invités qui m'attend. Il serait temps que je remplisse mon devoir d'hôte. Toutefois, je tenais absolument à vous présenter Laure, à ce que vous connaissiez... cet aspect de moi. Merci d'avoir passé ce moment avec elle. Je n'imaginais pas une seconde qu'elle...

— Comment l'auriez-vous pu ?

Une fois de plus, le cœur de Niema se serra tandis qu'elle pensait à cette fillette qui se souciait d'être belle le jour où elle irait au Paradis.

— Je vous interdis de pleurer.

Elle se ressaisit.

— Je ne pleure pas. Mais si j'en ai envie, je pleurerai et ce n'est pas vous qui m'en empêcherez.

Il lui tendit les mains.

— Je me rends. Venez, allons rejoindre mes amis.

Comme ils quittaient son aile privée, une grande blonde s'approcha.

— Je suis navrée de vous déranger, dit-elle à Ronsard avec un fort accent américain. J'ai besoin de vous voir.

Il acquiesça.

— Niema, je vous présente Cara Smith, mon assistante. Cara, voici Niema Jamieson. Si vous voulez bien m'excuser, ma chère, le devoir m'appelle.

— Certainement.

Niema le regarda descendre l'escalier, Cara sur ses talons. Elle nota la direction qu'il prenait et en conclut que son bureau devait se trouver au rez-de-chaussée, dans l'aile Ouest.

Elle avait beau éprouver de la compassion envers lui et Laure, elle avait une mission à accomplir.

D'une démarche nonchalante, elle le suivit de loin, mais le temps qu'elle franchisse le hall d'entrée, il avait disparu.

Du moins avait-elle une idée de l'endroit où il travaillait. Elle tâcherait de lui demander une visite guidée de l'étage. Il ne manquerait pas de lui montrer son bureau.

John arrivait le lendemain. Si tout se déroulait comme prévu, ils pourraient placer le mouchard et copier les fichiers de Ronsard dans la soirée.

Un frisson d'excitation la parcourut. John serait là demain.

18

Il était 22 heures quand John arriva à la propriété de Ronsard. Le domaine était tellement éclairé qu'on le repérait à plusieurs kilomètres à la ronde. L'allée en courbe le mena à un imposant portail, dont les grilles demeurèrent fermées à son approche. Quand il s'arrêta, un garde en uniforme lui braqua sa lampe électrique sur la figure, avant de lui demander son nom et une pièce d'identité. Sans un mot, John sortit le document de la poche intérieure de son smoking. Le vigile s'écarta légèrement de la voiture pour parler dans son talkie-walkie.

Un instant plus tard, il agita le bras et les grilles s'ouvrirent. Apparemment, constata John, il ne commandait pas le système lui-même. Il devait donner le feu vert à un de ses collègues à l'intérieur, ce qui lui épargnait tout risque de se faire agresser par un intrus.

En se penchant pour lui rendre sa carte, il dévisagea longuement John, qui demeura impassible et redémarra tranquillement.

Il gara le véhicule devant l'entrée et en descendit. Aussitôt, deux valets en veste rouge se précipitèrent. Le premier s'empara de ses bagages, tandis que le second lui remettait un ticket, grimpait à bord et s'éloignait. La voiture serait vraisemblablement fouillée de fond en comble. Ses valises aussi.

Qu'ils fouillent. Ils ne trouveraient rien, pas même ses empreintes. Il avait pris soin d'appliquer sur ses doigts un gel transparent qui durcissait pour former une surface lisse. Très mince, la couche de gel était pratiquement indétectable au toucher et s'éliminait sous un jet d'eau chaude.

Ce produit offrait de nombreux avantages par rapport à certaines méthodes qu'il avait dû utiliser dans le passé ; il lui était arrivé de s'enduire de cire, mais ce n'était pas une solution durable, tout juste suffisante pour une mission brève ou en cas d'urgence. Le vernis transparent représentait une autre astuce, sauf qu'il fallait lui laisser le temps de sécher. Quant à s'enrouler du sparadrap autour des doigts, c'était simple et efficace, mais peu discret.

Un homme en smoking vint vers lui tandis qu'il montait les marches du perron.

— Monsieur Temple, déclara-t-il avec un accent britannique. M. Ronsard peut vous recevoir maintenant. Suivez-moi, je vous prie.

John s'exécuta en silence, peu enclin à échanger des banalités. On entendait la musique, et le brouhaha des conversations. Des invités en tenue de soirée formaient des petits groupes qui s'exprimaient dans des langues diverses. Les femmes scintillaient de bijoux, de même que certains hommes. Le smoking que portait John était sobre, sans le moindre chichi, mais visiblement taillé sur mesure. Il attira de nombreux regards sur son passage. Quand il le voulait, il pouvait passer totalement inaperçu dans une foule, mais aujourd'hui, il tenait à être remarqué. Il se déplaçait d'une démarche féline, comme une panthère qui a repéré sa proie mais qui sait qu'elle dispose de tout son temps.

On le conduisit dans une petite antichambre attenante au hall d'entrée. La pièce était confortablement meublée d'un canapé et de deux larges fauteuils. John nota aussi une cheminée, quelques livres soigneusement sélectionnés et un vaste choix de boissons... Il songea que ce devait être le lieu de rendez-vous idéal pour les amants pressés. Un bon hôte se devait de tout prévoir pour ses invités.

— Monsieur Temple.

Ronsard se leva dès que John eut franchi le seuil. D'un signe de la tête, il indiqua à son employé qu'il pouvait disposer. Celui-ci ferma soigneusement la porte en partant.

— Je suis Louis Ronsard.

Il tendit la main.

John laissa passer une fraction de seconde avant de l'accepter. Il était impassible.

— Pourquoi m'avoir demandé de venir jusqu'ici ? demanda-t-il enfin, d'une voix mesurée. Cette... réunion me semble tout à fait inutile.

— Bien au contraire, répliqua Ronsard, en le dévisageant avec intensité. J'ai horreur de l'inconnu. Par ailleurs, vous êtes au courant de la mise sur le marché d'un produit très récent dont on s'est gardé de faire la publicité. Auriez-vous l'amabilité de m'expliquer comment vous en avez entendu parler ?

John le fixa, les paupières à moitié baissées.

— En ce qui me concerne, je regrette que vous m'ayez appelé par mon nom devant votre employé.

Que Ronsard marine un peu. Il n'était pas d'humeur à coopérer.

— Je vous assure que personne ici ne sait qui vous êtes.

— Et moi, je vous assure que, dans ce type de soirée, il y a toujours quelqu'un pour noter des noms et les revendre ensuite.

— Je ne tolère pas la trahison, déclara Ronsard.

Apparemment, Temple n'était pas homme à se laisser charmer, impressionner ou intimider.

— Je vous en prie, asseyez-vous. Qu'est-ce que je vous sers ?

John choisit l'un des fauteuils.

— Je ne bois pas.

La main de Ronsard s'attarda sur une carafe puis, haussant les sourcils, il se versa un verre de vin.

— Si vous pensez que cette visite risque de mettre en péril votre couverture, vous m'en voyez navré. Cependant, je suis un homme prudent, moi aussi, et la manipulation de ce composant n'est pas sans risques. Je veux m'assurer qu'il s'agisse d'une commande légitime et non d'un piège. En conséquence, vu le secret qui entoure ce nouvel explosif, vous comprendrez que je veuille savoir comment son existence vous est parvenue aux oreilles.

John mit ses doigts en pointe et observa son hôte sans ciller pendant un long moment. Il vit Ronsard jeter un coup d'œil sur son anneau aux serpents entrelacés.

— Le vol 183, prononça-t-il enfin.

— Le crash ? Oui, c'est un accident tragique. J'imagine que c'était une sorte de... de test, dirons-nous ? Ce ne sont que des suppositions. Je ne savais rien.

— Test ou pas, peu importe. Ça a marché.

— Mais comment avez-vous découvert l'explosif dont les terroristes s'étaient servis ?

— J'ai... obtenu une copie de l'analyse chimique préliminaire du NTSB. J'ai des connexions avec un excellent laboratoire en Suisse. L'empreinte chimique était similaire à celle du RDX, il s'agissait donc vraisemblablement d'un de ses dérivés. Le NTSB n'a trouvé aucune trace d'un détonateur. L'explication va de soi.

— Vous voulez me faire croire que vous vous basez uniquement sur vos extrapolations ? s'enquit Ronsard avec un sourire. Non, quelqu'un vous a parlé. J'ai été contacté par un autre individu qui souhaite en acquérir une grosse quantité ; or je sais de source sûre qu'il n'a aucun accès aux fichiers du NTSB. Comment l'aurait-il appris, sinon par la même voie que vous ?

— Ernst Morrell, répliqua John. C'est moi qui le lui ai dit.

Ronsard arrondit les yeux puis avala une gorgée de vin.

— Vous m'étonnez.

— Morrell fera œuvre de... diversion. S'il y a le moindre souci, c'est lui qui portera le chapeau.

— Il vous sert donc d'appât.

Ronsard hocha la tête, amusé.

— Je vous félicite, monsieur Temple. C'est une stratégie diabolique.

John se décontracta subtilement. Il s'autorisa à cligner des yeux.

— Si la chance est avec moi, ce salaud se fera sauter tout seul. Sinon, il s'attirera toutes les foudres et finira derrière les barreaux. Quoi qu'il en soit, il ne me marchera plus jamais sur les pieds.

— Vous l'avez donc déjà rencontré ?

— Non, mais c'est un imbécile. Il m'a doublé.

Cette fois, Ronsard rit aux éclats.

— Monsieur Temple, je pense que je vais prendre beaucoup de plaisir à traiter avec vous. Nous nous reverrons mais pour l'heure, je dois rejoindre mes invités. Venez, je vais vous présenter aux uns et aux autres.

— Présentez-moi sous le nom de Smith.

— Smith..., répéta Ronsard. C'est le patronyme de mon assistante.

— Nous sommes peut-être cousins éloignés.

Quittant l'antichambre, ils firent de nouveau tourner toutes les têtes sur leur chemin. À l'entrée de la salle de bal, ils s'immobilisèrent en haut des trois marches pour scruter la foule. De somptueux chandeliers pendaient du plafond, étincelants comme des diamants, toutes les portes-fenêtres étaient ouvertes sur la nuit. Les gens allaient et venaient dans un mouvement incessant évoquant une ruche.

Il regarda autour de lui d'une manière désinvolte, sans s'attarder sur une personne en particulier, mais il avait aperçu Niema presque immédiatement. Un industriel s'approcha pour échanger quelques mots avec Ronsard, puis il attendit que celui-ci fasse les présentations. John l'avait déjà croisé, mais à l'époque, lui-même portait un autre nom, les cheveux gris et des lentilles de contact marron. L'industriel était donc persuadé de serrer la main à un parfait inconnu.

Une rousse voluptueuse aux seins largement dévoilés par un fourreau vert émeraude fut la prochaine à venir s'accrocher au bras de Ronsard. Amusé, il accomplit son devoir d'hôte. John se réfugia derrière un masque impavide, ignorant les remarques enjôleuses de la jeune femme. Heureusement, son manque de tact était compensé par une certaine lucidité : au bout de quelques minutes, elle concentra ses efforts sur Ronsard, qui lui sourit et la flatta gentiment.

Après son départ, les deux hommes restèrent seuls un instant. John laissa de nouveau errer son regard sur la salle, puis se raidit brusquement.

Bien entendu, Ronsard s'en rendit compte.

— Vous avez repéré quelqu'un que vous connaissez ?

— Non. Quelqu'un que je vais bientôt connaître. Cette femme... Qui est-elle ?

— Laquelle ?

— Brune, en robe bleue. Un rang de perles autour du cou. Elle discute avec la grande blonde.

Le regard de Ronsard tomba sur Niema. Son expression se durcit quand il comprit que c'était elle qui avait attiré l'attention de Temple.

— Elle est avec moi, marmonna-t-il sur un ton presque menaçant.

John lui jeta un vague coup d'œil avant de prendre le temps d'admirer Niema de loin.

— Vous allez l'épouser ? demanda-t-il distraitement.

Ronsard lâcha un rire.

— Certainement pas.

— Moi, si.

Les mots restèrent suspendus dans le silence. Une lueur de colère dansa dans les prunelles de Ronsard.

— C'est une amie qui m'est très chère. Nous sommes indignes d'elle.

— Vous peut-être, pas moi. Si vous aviez des vues sérieuses sur elle, je me désisterais, mais ce n'est pas le cas. Elle est libre… Plus pour longtemps.

Ronsard était un homme d'affaires avant tout. Il était aussi suffisamment malin pour savoir qu'un individu comme Temple ne se laissait pas intimider. Il aspira une grande bouffée d'air.

— Je ne me querelle jamais pour une femme. Mais je ne vous autorise pas pour autant à la harceler. Elle est veuve et encore très amoureuse de son défunt mari. Quand bien même elle ne le serait pas, c'est une des rares personnes de mon entourage qui soit dotée de principes moraux. Elle a peu d'estime pour les gens comme vous et moi.

— Elle vous a envoyé promener.

— Gagné ! répliqua Ronsard avec une pointe d'humour. Je l'apprécie énormément. Je ne voudrais pas qu'elle souffre.

— Moi non plus.

— Vous m'étonnez. Je ne vous aurais pas cru capable de succomber à un coup de foudre. Cela ne semble pas correspondre à votre personnalité.

— Et pourtant, si. Présentez-la-moi.

— Avec plaisir, décida Ronsard. La situation pourrait être amusante.

Niema vit les deux hommes se frayer un chemin parmi les invités. Ronsard était élégant et débonnaire comme à son habitude, ses cheveux rebondissant sur ses épaules. Mais c'était le prédateur marchant à son côté qui lui coupa le souffle. John paraissait sévère, dangereux, légèrement différent. Son regard bleu la fixait avec l'intensité d'un rayon laser.

Prise de court, elle eut un mouvement de recul et porta la main à son collier.

Elle ne l'avait pas vu depuis une semaine. Elle n'était pas préparée à l'impact que susciterait son apparition. Ce fut comme un coup dans l'estomac. Il la déshabilla littéralement des yeux, comme s'il s'apprêtait à la dévorer toute crue. Elle voulut se détourner, le temps de se ressaisir, mais en fut incapable. Un frémissement d'excitation la parcourut. Il était là, la partie commençait vraiment.

— Niema, dit Ronsard, en lui baisant la main. Ma chère amie, voici M. Smith, qui tenait absolument à faire votre connaissance. Monsieur Smith, Niema Jamieson.

— Niema, répéta John en savourant chaque syllabe.

— Monsieur... monsieur Smith, bredouilla-t-elle, la gorge nouée.

Elle adressa une expression suppliante à Ronsard, qui paraissait mécontent de sa réaction. Elle-même ne la comprenait pas. Elle savait que cela participait du plan de John, mais... elle ne jouait pas la comédie.

— Joseph, ajouta John.

— Pardon ?

— Mon prénom est Joseph.

— Joseph... Joseph Smith ?

Elle ravala un fou rire.

— Vous êtes américain.

— Oui. Venez danser avec moi.

C'était plus un ordre qu'une invitation.

Elle gratifia Ronsard d'un ultime coup d'œil, tandis que John l'entraînait sur la piste. Il la saisit par la taille et la serra contre lui, l'obligeant à suivre le mouvement.

— J'ai eu le coup de foudre pour toi, lui chuchota-t-il.

— Pas possible ! riposta-t-elle. *Joseph Smith ?*

Retenant de nouveau un éclat de rire, elle posa la joue sur son épaule. Jusqu'ici, elle s'était ennuyée à échanger des banalités avec tous ces inconnus sans intérêt. À présent, elle bouillonnait d'énergie.

— Joseph Temple, en fait. Je lui ai demandé de me présenter sous le nom de Smith.

— Temple, répéta-t-elle studieusement.

— Où est ta chambre ?

— Dans l'aile Est. C'est la chambre du Jardin et elle a son propre balcon. Tu montes l'escalier, tu prends le couloir de droite. À la dixième porte, tu tournes à gauche. C'est la troisième porte à droite.

— Ne verrouille pas la porte-fenêtre.

— Pourquoi ? Les serrures n'ont aucun secret pour toi.

Il l'enlaça de plus près comme pour la punir d'oser le taquiner. La chaleur de son corps et son eau de toilette épicée l'enveloppèrent.

— Tu me tiens trop serrée, protesta-t-elle, paniquée.

Elle le repoussa doucement, mais il la pressa de plus belle contre lui.

— Je suis amoureux, rappelle-toi. Quant à toi, tu es complètement sous le charme.

Comment l'avait-il deviné ? La question lui traversa l'esprit avant qu'elle ne se souvienne de leur scénario.

Tout en dansant, ils s'étaient approchés des portes-fenêtres. D'un geste rapide, il l'attira sur la terrasse. Malgré la chaleur de la nuit, l'air y était nettement plus respirable que dans la salle de bal. Quelques personnes bavardaient autour des petites tables disséminées çà et là, mais le niveau sonore avait considérablement baissé.

Il s'immobilisa en haut des marches et lui offrit son bras pour descendre avec elle dans le jardin. Les gravillons crissèrent sous leurs pieds, tandis qu'ils s'aventuraient le long d'un chemin. Le parc était brillamment éclairé, mais l'atmosphère semblait plus intime, à quelques dizaines de mètres de la foule.

— Arrêtons-nous ici, décida John en pivotant vers elle. Il nous voit encore.

Avant qu'elle n'ait compris son intention, il encadra son visage des deux mains et l'embrassa.

Machinalement, elle lui saisit les poignets. Son cœur se mit à battre la chamade, ses jambes se dérobèrent sous elle. Leur baiser fut tendre et léger. Clouée sur place, grisée par le plaisir de cette simple caresse, elle finit par s'abandonner. Une sensation de brûlure l'envahit et elle s'effondra contre lui tandis que la bouche de John devenait ravageuse, étourdissante. Il l'embrassait avec une ferveur qu'elle s'était interdit d'imaginer. Et voilà qu'elle se laissait aller, s'arquait vers lui.

Elle s'arracha à l'étreinte, reculant vivement, trébuchant. Il la rattrapa, mais la lâcha aussitôt. Ils se firent face dans la pénombre. John n'accomplissait que sa mission. Il travaillait. Il feignait d'être fou d'elle.

Et Ronsard les contemplait. Niema ravala sa salive, hésita. Devait-elle gifler John – ou plutôt Temple ? En quel honneur ? Elle avait participé de son plein gré au baiser, et Niema Jamieson avait horreur de l'hypocrisie.

Niema Jamieson ? Elle était trop bouleversée pour incarner ce personnage. Elle chercha en elle Niema Burdock et s'aperçut que les deux femmes se ressemblaient terriblement. John avait-il fait exprès d'inventer une histoire si proche de la sienne afin qu'elle joue son propre rôle ?

Ce fut Niema Burdock qui rassembla sa dignité, tourna les talons et s'éloigna tranquillement. Pas de scène. Elle remonta jusqu'à la terrasse et constata qu'en effet, Ronsard les avait suivis des yeux, posté devant l'une des portes-fenêtres. De l'endroit où elle se trouvait, il lui était impossible de déchiffrer son expression.

Elle s'avança vers lui. Il la dévisagea sans un mot et elle tressaillit intérieurement en devinant son mépris. Son menton trembla tandis qu'un flot de larmes lui brouillait la vision.

— Mon Dieu, murmura-t-elle.

Il lui prit le bras et ils entrèrent comme s'il ne s'était rien passé. Il ne semblait pas se presser outre mesure, mais la traversée de la salle fut brève – heureusement, car elle tremblait de tout son corps.

Un buffet gargantuesque occupait une salle attenante. On pouvait s'asseoir là autour d'une table pour dîner, ou encore aller s'installer sur la terrasse ou autour de la piscine. Ronsard lui indiqua une place à l'une des tables et revint peu après avec deux assiettes pleines. À son signal, un serveur apparut avec deux flûtes de champagne.

— J'ai remarqué tout à l'heure que vous ne buviez pas. Laissez-vous tenter. Mon champagne est infiniment supérieur à celui du Premier ministre. Et puis, un petit sédatif vous fera du bien, ajouta-t-il avec un sourire.

Elle sirota son vin et grignota sans appétit.

— Je constate que j'ai eu tort de me comporter en gentleman avec vous, la taquina-t-il. J'aurais dû vous prendre dans mes bras et vous embrasser, vous envoûter de mon magnétisme animal. Mais franchement, ma chère, ce n'est pas mon style.

— Je... je ne pensais pas que c'était le mien non plus.

Elle avait du mal à parler.

— On ne peut jamais tout prévoir, la rassura-t-il en lui tapotant la main. Et maintenant, je vais faire quelque chose que je n'aurais jamais imaginé. J'en suis tellement étonné moi-même que je risque de ne pas m'en remettre.

L'humeur légère de Ronsard la calmait déjà. Elle s'était abandonnée à l'étreinte de John, et alors ? C'était sa mission. John ne saurait jamais que, l'espace de quelques instants, elle s'était laissé emporter par le plaisir.

— Quoi ?

— M. Smith...

— Il m'a révélé son véritable nom, interrompit-elle en se frottant le front, d'une part pour masquer son expression et d'autre part parce qu'elle commençait à avoir la migraine.

— S'il utilise un pseudonyme, c'est pour la bonne cause. Il n'est pas célèbre, ma chère, bien au contraire. Les défenseurs de la loi à travers le monde entier seraient heureux de lui mettre la main dessus.

Elle le fixa en feignant l'incrédulité.

— Il… C'est un terroriste ?

Ronsard demeura silencieux.

Elle but encore un peu de champagne.

— C'est le premier homme que j'embrasse depuis que mon mari…

Cinq ans. Cinq ans que Dallas était mort et qu'elle n'avait pas éprouvé la moindre étincelle envers un homme.

— Je ne peux pas rester ici, déclara-t-elle en se levant d'un bond. Je monte dans ma chambre. Louis…

— Je comprends.

Il se leva à son tour, l'air inquiet.

— Ce n'est pas à moi de vous donner des conseils, la décision vous revient. Mais prenez-la en toute connaissance de cause et, quelle que soit votre réponse, sachez que je chérirai à tout jamais notre amitié.

Comment pouvait-il être aussi charmant et pratiquer une activité aussi abominable ? Le mystère Louis Ronsard demeurait entier. Elle chercha sa main à tâtons, la serra brièvement.

— Merci, souffla-t-elle, avant de s'enfuir.

19

Il était 3 heures du matin quand le rideau de la fenêtre du balcon bougea enfin. Couchée dans le noir, Niema n'avait pas trouvé le sommeil en attendant John. Elle ne perçut aucun bruit. Seul le léger gonflement de l'étoffe trahit sa présence, avant que sa silhouette apparaisse.

Elle s'assit et resserra son peignoir. Dans l'obscurité, il pouvait difficilement la distinguer, mais elle éprouvait le besoin de se protéger au maximum. Il traversa la chambre à pas de loup jusqu'au lit à baldaquin.

— Tu as fouillé la suite ?

— Dès mon arrivée, chuchota-t-elle. Je me suis dit que, s'il y avait un mouchard, il faisait partie du système de sécurité général plutôt que d'une installation de dernière minute. Rien à signaler.

— Chez moi, il y avait des micros.

— Permanents ou provisoires ?

— Permanents. De toute évidence, il veut pouvoir suivre de près tous ceux qu'il installe dans la chambre qui m'a été attribuée.

Le matelas s'enfonça sous son poids. Il venait de s'asseoir sur le bord de son lit. Un sentiment de panique monta en elle. Elle s'empressa de le refouler. Après tout, pourquoi l'embrasserait-il ici, sans le moindre témoin à l'horizon ?

— Tu ne m'en veux pas pour tout à l'heure ? s'enquit-il d'un ton inquiet. Tu paraissais en état de choc. Je croyais pourtant que tu avais compris le plan.

— Pas tout à fait, apparemment, répliqua-t-elle en masquant son émotion. Mais tout va bien. Je tiendrai le coup.

— Ta réaction était parfaite. Tu as joué ton rôle à merveille.

Seulement voilà, ce n'était pas une feinte. Elle avait réussi à conserver une certaine lucidité, mais elle n'avait pas fait semblant du tout. La sincérité de son abandon dans les bras de John l'avait terrifiée. Toutefois, tant qu'il mettrait sa détresse sur le compte de la surprise, elle se sentirait moins vulnérable.

— Tout va bien, répéta-t-elle. Comment s'organise-t-on, demain ?

— Ronsard et moi allons discuter affaires. Si la chance me sourit, la réunion aura lieu dans son bureau. Sinon, je serai obligé de trouver un autre moyen.

— Je peux t'indiquer à peu près l'endroit où il est situé. Au rez-de-chaussée, aile Ouest. Il a une assistante, Cara Smith. Elle risque d'y être, même en l'absence de Ronsard.

— Dans ce cas, nous devrons les suivre tous les deux à la trace. Je me débrouillerai pour les tenir occupés. Donc : je localise l'endroit, je vérifie le système de sécurité, et nous interviendrons demain soir. Tu placeras le mouchard pendant que je recopie les fichiers, puis nous nous éclipserons sans que personne ne le sache.

À condition que tout se déroule comme prévu. Niema avait appris à ses dépens que les projets les plus élaborés pouvaient tourner court.

— Je t'ai apporté un petit cadeau.

Elle perçut un bruissement de tissu, puis il pressa un objet métallique dans sa main. Machinalement, elle resserra les doigts autour du pistolet.

— C'est un Sig.380, plus petit que celui sur lequel tu t'es entraînée – mais d'autant plus facile à dissimuler.

— Je le mettrai dans mon corset, railla-t-elle, car l'engin, long d'une douzaine de centimètres, pesait bien six cents grammes.

Elle était partagée entre la peur et le soulagement. Elle ne s'était jamais promenée armée, pas même en Iran. Comment expliquer le fait qu'elle s'y habitue si vite ?

— Excellente cachette, murmura-t-il en lui tapotant la cuisse. Je te revois dans quelques heures. Que fais-tu demain ? À quelle heure te lèves-tu ?

— Je vais dormir aussi tard que possible. Ensuite, j'aviserai.

— Rejoins-moi pour le déjeuner, alors.

— Où ?

— Autour de la piscine à 13 heures.

— Tu as une raison particulière de choisir ce lieu ?

Il en avait forcément une. John ne décidait jamais rien au hasard.

— L'idée, c'est de te voir, de nager un peu, de permettre à Ronsard de repérer la cicatrice sur mon épaule, histoire de le rassurer.

— Tu n'as pas de cicatrice sur l'épaule, riposta-t-elle malgré elle.

— Non, mais Joseph Temple en a une.

Cela faisait donc partie de son déguisement. Elle se rappela l'avoir trouvé changé, quand Ronsard les avait présentés, mais elle était incapable de deviner le détail qui clochait.

— Qu'as-tu inventé d'autre ? Tu es différent.

— J'ai modifié ma coupe de cheveux, la ligne de mes sourcils et j'ai mis des boules de coton dans mes joues pour altérer la forme de mon visage.

— Depuis combien de temps prépares-tu la couverture de Joseph Temple ?

— Des années. Au début, ce n'était qu'un nom de fichier, mais au fur et à mesure, j'ai peaufiné le personnage ; je lui ai rajouté quelques signes particuliers, sur une photo qui ne montre pas grand-chose. Il semble que la comparaison l'ait convaincu.

— Ronsard a donc forcément cette photo…

— Aucune importance, décréta John en se levant. Temple cessera d'exister à la minute où il quittera ce domaine.

Niema ne put s'empêcher de s'interroger sur cette habileté qu'il avait à endosser la peau de tous ses personnages, comme il aurait changé de vêtements. Perdait-il chaque fois un peu de sa véritable nature ?

Il se dirigea vers le balcon.

— Comment es-tu monté ?

— Je ne suis pas monté, mais descendu. Je suis arrivé par le toit.

Sur ces mots, il disparut.

Niema se leva, ferma la porte-fenêtre à clé, se recoucha. Elle ressentait une telle fatigue que tout son corps était douloureux. Pourtant, malgré son projet de faire la grasse matinée, elle craignait de ne pas dormir du tout. Les vingt-quatre heures à venir seraient cruciales, et elle devait absolument se concentrer sur sa mission, pas sur John. Une fois de retour chez elle, quand il sortirait de nouveau de sa vie, elle pourrait s'autoriser à rêver. Cela n'aurait alors aucune importance, puisqu'il ne serait plus là.

Les fêtes de Louis étaient toujours une grande source de plaisir pour Cara Smith. Tenues élégantes, paillettes, luxe et volupté lui mettaient le cœur en joie. Tandis qu'elle évoluait dans la somptueuse salle de bal, elle avait l'impression de vivre un conte de fées. À cause de sa taille, elle portait rarement des talons, mais pour cette occasion, elle avait choisi des escarpins d'une hauteur de six centimètres. Du coup, elle dépassait la plupart des convives d'une tête. Ses jambes paraissaient interminables, illusion qu'elle entretenait volontiers en optant pour des fourreaux fendus jusqu'à mi-cuisses.

Ces extravagances lui étaient autorisées en soirée. Le jour, pendant que les invités profitaient des différents loisirs, elle tenait son rôle de secrétaire. Elle s'occupait de la correspondance de Louis, payait ses factures – elle s'étonnait toujours que les milliardaires en reçoivent, mais on ne pouvait pas échapper à tout. Elle répondait aussi au téléphone, informait Louis de tout problème qui survenait. Toutefois, ses horaires étaient raccourcis, ce qui lui laissait aussi le temps de circuler parmi les invités. Elle nageait, jouait au tennis et au billard, écoutait les ragots. Elle était toujours sidérée par le nombre de révélations et de secrets qu'on lui confiait, sans doute parce qu'elle était blonde, donc écervelée... C'était précisément dans ce but que Louis la poussait à s'amuser plutôt qu'à travailler. Au cours de ces week-ends festifs, elle avait accumulé toutes sortes d'informations fort intéressantes.

Ce type, Temple, la fascinait. Rares étaient les hommes qui pouvaient rivaliser avec Louis en termes d'élégance et de sophistication. Temple était de ceux-là. Assuré, posé, viril... Ce devait être un amant exceptionnel.

D'un autre côté, Cara savait reconnaître son pouvoir d'attraction sur un homme et, selon toute apparence, Temple n'y était pas sensible. En même temps que Louis, et quelques autres invités, elle l'avait vu dans le jardin faire des avances à Mme Jamieson. Elle s'était aussitôt demandé comment Louis réagirait, dans la mesure où il semblait avoir plus d'égards pour cette femme que pour toute autre, mais Louis était Louis. Elle savait par exemple qu'il n'avait pas dormi seul la veille, alors que Mme Jamieson s'était éclipsée très tôt pour se réfugier dans sa chambre. Bizarre. À sa place, Cara aurait saisi Ronsard par son nœud papillon et l'aurait traîné jusqu'à son lit.

Aucune importance. Cara en lorgnait un autre en guise de prix de consolation. Il était riche, plutôt beau, en poste au ministère de la Défense. Il aurait sûrement des tas d'anecdotes passionnantes à lui raconter. À en juger par la façon dont sa femme s'accrochait à son bras, il avait la braguette facile. Elle l'avait vu l'observer à la dérobée. Il finirait par trouver le moyen de se débarrasser de son épouse pour quelques instants.

Cara mourait d'impatience. Elle n'avait pas baisé depuis… elle ne s'en souvenait plus exactement, mais trop longtemps. Quelle plaie, ce Hossam avec sa jalousie ! Elle s'était efforcée de le sevrer, de le repousser en douceur, mais il refusait obstinément de comprendre. Elle n'avait pas couché avec lui, pas plus qu'avec un autre, pour éviter de semer la zizanie parmi les gardes de Ronsard.

Elle avait une partie de tennis à 9 heures. Monsieur du ministère de la Défense se présenta sans sa potiche. Cara flirta outrageusement avec lui, jusqu'au moment où elle aperçut un grand moustachu à lunettes noires, vêtu d'un costume gris, qui les suivait des yeux depuis la terrasse. Hossam. Nom de nom, si elle emmenait sa conquête dans sa chambre maintenant, Hossam en ferait un drame. Et Louis serait très contrarié si son ex-amant jaloux achevait l'un de ses invités.

Folle de rage, elle s'excusa aussitôt après le match et traversa la pelouse jusqu'à la terrasse. Elle balançait sa raquette d'avant en arrière d'un geste furieux. De quel droit la surveillait-il ? Elle avait essayé de lui expliquer gentiment qu'elle en avait assez de lui, mais de toute évidence, cela n'avait servi à rien. La diplomatie n'était plus de mise.

Grand, baraqué, les bras croisés, il attendit qu'elle arrive jusqu'à lui.

— Arrête ! siffla-t-elle en se plaçant directement devant lui. C'est fini. Tu n'as pas compris ? Fini, f-i-n-i ! Kaput. Terminus. Je te le dirais bien en égyptien, mais je ne connais pas le mot. On a eu du bon temps, mais je passe au chapitre suivant…

— En arabe.
— Quoi ?
— Les Égyptiens parlent l'arabe. La langue égyptienne n'existe pas.
— Merci pour la leçon.
Elle pointa l'index sur sa poitrine.
— Cesse de me suivre, cesse de m'espionner… cesse. Je ne tiens pas à te causer des problèmes, mais si j'y suis obligée, je le ferai.
— Je veux seulement être avec toi.
Doux Jésus ! songea-t-elle, désespérée.
— Espèce de tête de bois ! Moi, je ne veux pas être avec toi. Je connais tous tes trucs, j'ai envie d'un nouveau magicien. Fiche-moi la paix.
Elle le bouscula en passant et pénétra dans la maison. Elle parvint à sourire aux personnes qu'elle croisa sur le chemin de sa chambre, qui se trouvait au troisième étage, face à l'allée, mais elle fulminait. Si Hossam lui gâchait la meilleure situation professionnelle de son existence, elle l'étranglerait à mains nues. Elle en avait par-dessus la tête des hommes ! Pour un peu, elle se ferait nonne. Au fond, peut-être avait-elle besoin d'un psy plutôt que d'un amant.
Peu importe. Si Hossam posait le regard sur elle une fois encore, elle en parlerait à Louis. Ras le bol !

Sans en avoir l'air, John examina le système de sécurité, tandis que Ronsard déverrouillait l'accès à son bureau. La serrure fonctionnait grâce à un code numérique qui produisait des sons variés, comme pour un téléphone. Ronsard avait pris soin de se placer entre John et le panneau de contrôle afin que son visiteur ne puisse pas repérer les chiffres. John n'en avait pas l'intention. Il se détourna légèrement, scrutant le couloir, repéra le clignotant d'une caméra suspendue au plafond. Discrètement, il plongea une main dans sa poche et enclencha le magnétophone miniature qui devait enregistrer les bips du code.

— Ici, nous serons tranquilles, décréta Ronsard. Je vous en prie, asseyez-vous. Puis-je vous offrir à boire ? Un café ?

— Non merci.

Peut-être était-ce de la paranoïa, mais il se méfiait par principe ; il n'acceptait pas n'importe quoi. Si un buffet ne présentait aucun danger, puisque tout le monde s'y servait, il faisait particulièrement attention à ce qu'il ingurgitait en aparté. Dans le cas où il devait poser son verre et le quitter des yeux ne fût-ce qu'un instant, il ne le reprenait pas ensuite. Une règle simple, mais efficace.

Il regarda autour de lui. Un ordinateur trônait sur l'énorme bureau ancien, mais il n'était relié à aucune prise téléphonique. Il était par conséquent sécurisé. Si Ronsard possédait des archives secrètes, elles se trouvaient là. Un deuxième appareil était placé sur un secrétaire Louis-XV à l'autre bout de la pièce, branché à une ligne téléphonique, une imprimante, un scanner, bref, toute la panoplie.

Ronsard disposait aussi d'un écran assorti d'un tableau de bord élaboré. De l'endroit où il était assis, John put voir s'afficher l'image du couloir : Ronsard savait donc toujours à l'avance qui venait vers lui. La propriété était certainement équipée d'une régie centrale, mais la question était de savoir si la structure tout entière était ou non surveillée. Peut-être le système se limitait-il à quelques lieux stratégiques. Ronsard ne tenait sans doute pas à ce que ses domestiques puissent le voir dans ses quartiers privés.

— Qui fabrique le produit ?

Ronsard lui sourit.

— J'ai un accord avec les… concepteurs. J'ai l'exclusivité de la distribution, en échange de quoi, je ne révèle pas leur identité. Si la nouvelle se répandait trop vite, ils seraient assiégés. Des opportunistes tenteraient de s'emparer de la formule, quitte à recourir aux kidnappings ou à la torture. Le gouvernement s'en mêlerait pour arrêter les délits, mais il en profiterait pour s'approprier le produit. C'est déjà arrivé…

Il s'assit.

— J'ai cru que les concepteurs étaient en train de me doubler, quand Ernst Morrell m'a contacté juste après vous. Qu'aurais-je pu imaginer d'autre ? Cependant, vous m'avez rassuré sur ce point.

— J'en suis heureux.

L'impassibilité de John amusa Ronsard.

— Je vois. Bien, monsieur Temple, si nous en venions à nos affaires ? J'ai des invités, et je suis sûr que vous mourez d'envie de retrouver Mme Jamieson. Dites-moi… que feriez-vous d'une épouse, en admettant que vous réussissiez à la conquérir ?

Le regard de John s'aiguisa.

— Je la protégerais.

— Ah ! Mais le pourriez-vous ?

Il indiqua l'ordinateur particulièrement puissant de Cara.

— L'informatique a transformé le monde en village. D'ici peu, tout le monde pourra se renseigner sur tout le monde. C'est déjà presque le cas. Vous n'aurez plus la possibilité de disparaître comme avant.

— Les informations peuvent être falsifiées ou effacées. Si j'ai besoin d'un numéro de sécurité sociale ou d'une carte de crédit, je peux toujours emprunter ceux de quelqu'un d'autre.

— Oui, mais elle, là-dedans ? Elle ne peut pas se volatiliser. Que faites-vous de sa famille, de ses amis ? Elle a une maison, des habitudes, le numéro de sécurité sociale et la carte de crédit que vous semblez traiter à la légère. Je la connais suffisamment bien pour savoir qu'elle refuserait de se servir d'une carte de crédit volée.

Il n'avait pas renoncé à l'idée de le décourager, se réjouit John.

— Si ce que je lui offre ne l'intéresse pas, elle n'aura qu'à dire non. Je ne prendrais jamais le risque de l'enlever.

— C'est plus prudent, en effet, concéda Ronsard. Maintenant, imaginons qu'elle accepte de vous suivre. Que ferez-vous alors ?

John le dévisagea en silence, refusant de mordre à l'appât. Ce n'était pas un problème, bien sûr, mais Ronsard n'en savait rien. Tant mieux s'il considérait Temple comme le plus secret des salauds.

Il éluda toutes les tentatives de Ronsard pour le faire parler de Niema. Curieusement, pourtant, il commençait à l'apprécier. C'était à la fois absurde et touchant, cette obstination qu'il avait à défendre les intérêts d'une amie. Niema l'avait séduit, pensa John, comme elle avait séduit autrefois, du temps de leur mission en Iran, Hadi, Sayyed… et lui. La situation en devenait presque drôle. Dans le cadre du plan initial, John aurait dû pouvoir exprimer un certain intérêt envers Niema, qui lui en aurait manifesté en retour, point à la ligne. Au lieu de quoi, Niema se montrait bouleversée par son approche, Ronsard protecteur vis-à-vis d'elle, et lui, condamné à poursuivre une cible récalcitrante.

Personne n'irait songer que cela faisait partie d'un plan. C'était invraisemblable. Digne d'un feuilleton de série B. Peut-être était-ce justement pour cela qu'il semblait fonctionner à merveille.

Une trentaine de minutes plus tard, ils concluaient la transaction. Ils s'étaient mis d'accord sur la quantité d'explosif nécessaire, le lieu, la date et les modalités de livraison. John remonta dans sa chambre pour enfiler son maillot. On avait de nouveau fouillé la pièce. Que s'attendaient-ils à trouver, qu'ils n'aient pas repéré la première fois ? Le fait qu'ils n'aient rien relevé d'anormal devait déstabiliser Ronsard. Bien entendu, ils n'avaient pas cherché là où il fallait. Depuis qu'il avait récupéré les armes à son arrivée, la veille, il en avait confié une à Niema. L'autre était scotchée sous l'une des consoles massives dans le couloir. Quant à la troisième, il la tenait accrochée à sa cheville. S'il voulait nager, il allait être obligé de s'en débarrasser. Avec un sourire, il fourra le holster avec le magnétophone sous le matelas. Les domestiques avaient fait le ménage, les gardes avaient inspecté la suite à deux reprises. Personne ne songerait à une cachette aussi banale.

Il enfila un tee-shirt et un pantalon par-dessus son caleçon et descendit à la piscine. La journée était déjà chaude, bien qu'il fût encore tôt. Les femmes hésitaient à se mouiller les cheveux si près de l'heure du déjeuner, et préféraient lézarder sur les chaises longues plutôt que de se baigner.

John jeta ses vêtements sur un transat. Il n'avait rien dans les poches, hormis la clé de sa chambre. Mais si quelqu'un voulait s'amuser à vérifier, tant mieux.

Il effectua un plongeon irréprochable et entama une série de longueurs. Grâce à son séjour chez les BUD/SEALS, il était aussi à l'aise dans l'eau que sur la terre ferme. Nager dans une piscine paraissait un jeu d'enfant quand on avait parcouru des kilomètres dans l'océan. C'était délicat de la part de Ronsard de lui fournir un moyen de se maintenir en forme, songea-t-il, revigoré. Il devait même y avoir un gymnase dans les parages, mais il n'aurait guère l'occasion d'en profiter.

Au bout d'un certain temps, sous les regards admiratifs de ces dames, il se hissa hors du bassin. Il s'empara d'une des serviettes-éponges que Ronsard mettait à la disposition de ses invités et que ses employés changeaient constamment. Il n'était pas encore 13 heures, quand il vit Niema arriver. Elle portait un pantalon en lin beige, un débardeur bleu et une chemise transparente. Elle avait rassemblé ses cheveux en un catogan maintenu par une barrette en argent. Ses yeux foncés paraissaient immenses et lumineux.

En l'apercevant, elle tressaillit imperceptiblement, comme si elle ne s'attendait pas à le trouver là. Immobile, il la fixa, puis il lui fit signe de le rejoindre.

Elle hésita l'espace d'un éclair avant de lui obéir, juste assez longtemps pour qu'il se demande si elle n'allait pas lui tourner le dos – ce qu'il aurait jugé imprudent, une telle réticence à le voir risquant de paraître étrange à Ronsard.

À présent, elle se dirigeait lentement vers lui. Parcouru d'un frisson d'une violence inattendue, il s'empressa de nouer la serviette autour de sa taille.

20

Niema se rapprocha d'une démarche hésitante et chaussa ses lunettes de soleil pour masquer son expression. Il était d'une beauté à couper le souffle, athlétique, puissant, musclé. Des gouttelettes d'eau scintillaient sur ses épaules. Il s'était vaguement essuyé les cheveux. Quand il passa une main dedans pour tenter de les recoiffer, elle le trouva irrésistible.

Lorsqu'elle fut devant lui, il esquissa un mince sourire un peu forcé, l'air de lui accorder une faveur qu'il ne consentait à personne d'autre. Niema se rappela à l'ordre : c'était à Temple qu'elle allait s'adresser, pas à John. John souriait et riait volontiers. Au naturel, c'était un homme enjoué – à moins que, là encore, il ne joue un rôle, à moins qu'il ait tellement pris l'habitude d'être quelqu'un d'autre que même John Medina était une façade.

— L'espace d'un instant, j'ai cru que tu allais tourner les talons et t'enfuir, lui confia-t-il tout bas. Mesure ta réticence.

— Je sais ce que j'ai à faire.

Elle s'installa sur le transat qu'il lui indiquait, sans prendre la peine de cacher son irritation. Elle était de mauvaise humeur. À cause du manque de sommeil, ses nerfs étaient à vif.

Il se tenait derrière elle, immobile. Glissant une main à l'intérieur de sa chemise, il lui caressa l'épaule d'un mouvement lent, réfléchi. Elle eut un frisson de plaisir, qui ne fit que s'amplifier tout au long du délicat massage. Enfin, il lui rajusta sa chemise et se détourna pour s'asseoir en face d'elle. C'est alors qu'elle aperçut la mince cicatrice sur son omoplate gauche. Si elle était fausse, elle était drôlement bien imitée.

Levant les yeux, elle retint un sursaut de surprise. Il avait un minuscule diamant à l'oreille gauche, qui n'était pourtant pas percée – Niema s'en serait rendu compte avant. Il ne le portait pas quand il l'avait rejointe la veille. Si la cicatrice était fausse, l'oreille percée l'était sans doute aussi, de même que la coupe de cheveux, et tous ces petits détails qui faisaient le style de Joseph Temple. Sans eux, le personnage n'existait pas. Nul ne ferait le lien entre lui et John Medina, à moins de prélever ses empreintes dentaires ou un échantillon d'ADN.

Un serveur en short noir et chemise blanche les aborda.

— Puis-je vous offrir quelque chose ?

— Nous aimerions déjeuner, annonça John, dans un français impeccable.

— Avec plaisir, monsieur.

Il commanda des vol-au-vent, du fromage et des fruits. Soulagée de ne pas avoir à digérer un repas trop lourd, Niema admira le patio magnifiquement entretenu. Il s'était rempli à toute vitesse, un grand nombre d'invités ayant décidé de déjeuner autour du bassin. Dans le murmure des conversations entrecoupé d'éclats de rire, de plongeons et de tintements de couverts, ils s'autorisèrent sans état d'âme à s'installer côte à côte à leur table.

John tourna le parasol pour l'abriter du soleil, mais aussi pour éviter d'être vu depuis la maison. Il se pencha prestement pour ramasser sa chemise sur le transat et l'enfila. Ouf ! songea-t-elle. Maintenant, au moins, elle allait pouvoir se concentrer sur l'essentiel.

— Je suis allé dans le bureau de Ronsard, chuchota-t-il. J'ai le code d'accès et j'ai pu examiner son système de sécurité. Quelles sont les réjouissances prévues pour ce soir ?

— Comme hier : tenue de soirée, grand buffet, orchestre.

— Tant mieux. S'il y a du mouvement, on pourra s'éclipser facilement. Nous allons danser du début à la fin...

— En talons hauts ? Impossible.

— Alors n'en mets pas.

Elle lui coula un regard noir, bien qu'il n'en vît rien car elle portait toujours ses lunettes de soleil.

— C'est toi qui m'as fourni ma garde-robe.

— Bon, d'accord, quelques danses seulement. Mais comme je tiens à ce qu'on sache que nous sommes ensemble, je te ferai des avances. Surtout, ne panique pas.

— Quel genre d'avances ?

La gorge sèche, elle pria pour que le serveur ne tarde pas à leur apporter la bouteille d'eau minérale que John lui avait demandée.

— Ainsi, enchaîna-t-il, imperturbable, si on nous voit disparaître, on nous imaginera en train de chercher un endroit plus tranquille – ta chambre, par exemple.

— Et Ronsard ? Et Cara ?

— Je m'occupe d'elle. Pour Ronsard, c'est plus délicat. Nous serons peut-être obligés de prendre des risques et d'implorer le ciel qu'il n'ait pas à se rendre dans son bureau.

Il marqua une pause.

— Voici le serveur.

Se penchant vers elle, il lui caressa tendrement la main.

— Viens te promener avec moi après le déjeuner, dit-il, assez fort pour être entendu.

Elle s'empara de son verre et adressa un sourire timide au serveur.

— Combien de temps te faut-il pour poser ton mouchard ? s'enquit John, dès qu'ils furent de nouveau seuls.

— Une demi-heure, ce serait bien.

Elle réussirait probablement à terminer plus vite, mais elle préférait s'entourer de précautions pour être sûre de ne laisser aucune trace de son passage.

— Et les fichiers ? Ils seront longs à recopier ?

— Ça dépend.

— Merci pour ta précision.

Il réprima un sourire.

— J'ignore quel système il utilise, s'il est protégé par un mot de passe ou crypté. Je serais très surpris qu'il n'ait pas au moins un mot de passe. Il va falloir que je le trouve.

— Comment comptes-tu t'y prendre ?

— En général, les gens l'inscrivent quelque part à portée de main. Ou alors, ils choisissent un code simple comme le nom de leur mère ou de leurs enfants.

— Ronsard a une fille. Laure.

— Une fille ? Nous n'étions pas au courant, s'étonna John.

— Elle est invalide. Elle est la prunelle de ses yeux, et il veille avec ferveur sur sa tranquillité. Pour des raisons de sécurité, très peu de personnes connaissent son existence. Elle est si malade qu'elle risque de ne pas vivre longtemps.

Sa gorge se noua, tandis qu'elle se rappelait le visage squelettique de la fillette, ses immenses yeux bleus, si semblables à ceux de son père, sa vivacité, son espièglerie.

— Il considérerait donc sérieusement tout incident qui l'impliquerait.

Niema se redressa brusquement et ôta ses lunettes d'un geste furieux.

— Je t'interdis, gronda-t-elle, les dents serrées. Je t'interdis de mêler cette enfant à cela. Je… je…

— Je ferai ce qu'il faudra, répliqua-t-il d'un ton posé. Tu le sais. Quand j'ai une mission à accomplir, je vais jusqu'au bout.

— Il paraît, oui, railla-t-elle. On dit même que tu as tué ta propre femme. Dès lors, tout est permis, n'est-ce pas ?

Un silence de plomb les enveloppa. Impassible, John la dévisagea d'un regard froid, vide.

— Elle s'appelait Venetia, finit-il par murmurer. Tu ne me demandes pas si c'est la vérité ? Comment est-ce arrivé, à ton avis ? L'ai-je abattue d'une balle dans la tête ? Lui ai-je brisé la nuque ? Tranché la gorge ? Peut-être me suis-je contenté de la jeter par une fenêtre du trente-deuxième étage ? J'ai entendu toutes ces hypothèses. Laquelle te paraît la plus plausible ?

Elle avait du mal à respirer. Elle avait cherché à le provoquer. De toute évidence, c'était réussi. Elle n'avait pas cru un seul mot de ces rumeurs, avait même mis en doute le fait qu'il ait pu être marié.

— Est-ce que tu l'as tuée ?

— Oui.

Il s'écarta, tandis que le serveur déposait leurs vol-au-vent sur la table.

Ils déambulèrent sur la pelouse impeccablement entretenue. Elle n'avait pas eu le temps de se remettre, de lui poser d'autres questions après la bombe qu'il avait lâchée au cours du repas. D'abord, le serveur s'était attardé pour remplir leurs verres et s'assurer qu'ils n'avaient besoin de rien. Puis Ronsard était passé « par hasard ».

Niema avait eu de la peine à parler. Il avait bien fallu répondre aux interrogations de Ronsard, mais ses lèvres étaient engourdies et elle n'avait eu de cesse de chercher refuge dans son verre d'eau. Elle avait très peu mangé et ne se souvenait même plus du goût des aliments.

Après le déjeuner, John avait enfilé son pantalon par-dessus son caleçon de bain sec, puis il l'avait prise par la main et entraînée dans le parc. Le soleil était chaud. Niema avait l'impression que son cœur s'effritait. L'innocence était une forteresse invisible, protectrice, imperméable à certaines vérités trop crues, trop aveuglantes. Mais à présent, elle n'était plus à l'abri ; elle avait conscience de la douleur, de l'horreur, du prix à payer. Comment avait-il surmonté tant de drames ?

— Je suis désolée, John, chuchota-t-elle.

Cet aveu l'étonna visiblement.

— Je ne voulais pas te blesser. Je n'ai jamais cru ces ragots, sans quoi, je n'aurais pas évoqué le sujet.

— Me blesser ? répéta-t-il avec indifférence. Il faut appeler un chat un chat.

— Que s'est-il vraiment produit ? Était-elle un agent double, comme d'aucuns le racontent ?

Il poussa une sorte de grognement. Excédée, elle lui serra le bras.

— Parle-moi.

Il s'arrêta net et pivota vers elle.

— Sinon ?

— Sinon rien. Parle-moi.

Pendant une ou deux minutes, elle crut qu'il allait se dérober. Puis il haussa les épaules.

— Oui, c'était un agent double. Elle faisait cela pour l'argent. Elle n'avait aucune circonstance atténuante : pas de famille en Union Soviétique ni en Allemagne ; pas de personne menacée dans son entourage proche. Ses parents étaient des Américains pure souche, et ils n'étaient au courant de rien. Elle cherchait du fric, point final.

Elle n'avait donc aucune excuse. John avait dû accepter le fait qu'elle était une traîtresse.

— Comment l'as-tu découvert ?

Il se remit à marcher.

— C'est une accumulation de détails qui ont fini par éveiller mes soupçons. Je lui ai tendu un piège et elle a foncé droit dedans.

— Elle ne savait pas que tu la suspectais ?

— Bien sûr que si. Elle était douée. Mais je lui ai lancé un appât auquel elle ne pouvait pas résister : les noms des deux taupes les plus haut placées au sein du Kremlin.

Il pinça les lèvres.

— J'ai failli rater mon coup. Nous étions au summum de la guerre froide et cette information était tellement cruciale qu'elle a décidé de changer sa méthode de transmission. Elle a décroché le téléphone et appelé l'ambassade soviétique. Elle a demandé qu'on l'emmène, car elle savait que j'allais lui courir après, et elle a commencé à leur citer les noms, comme ça, au téléphone.

Il aspira une grande bouffée d'air, fixa l'horizon.

— Je l'ai abattue, avoua-t-il. J'aurais pu me contenter de la blesser. Mais je ne pouvais pas prendre ce risque. Il fallait absolument que les taupes restent en place. Alors, je l'ai tuée.

Ils se promenèrent un moment en silence, allant de parterre fleuri en parterre fleuri, s'extasiant ostensiblement devant les plantations. Niema était bouleversée. John avait dû commettre l'irréparable, mais il ne se cherchait aucune excuse, n'essayait pas davantage de brouiller les faits. Il vivait avec le poids de ce jour fatidique sur les épaules, tout en continuant à faire ce qu'il jugeait nécessaire à sa mission.

D'aucuns devaient le considérer comme un monstre, incapables de comprendre qu'il ait délibérément éliminé son épouse. Ceux qui allaient sur la ligne de front savaient qu'il n'en était rien. Dallas avait donné sa vie pour son pays : autre bataille, même guerre.

Depuis, l'Union Soviétique s'était disloquée, le mur de Berlin était tombé et, pendant un temps, le monde avait connu une paix relative.

— Pourquoi ne t'a-t-elle pas vendu ? Tu vaux de l'or, non ?

— Merci, répliqua-t-il sèchement. À l'époque, je ne valais pas grand-chose. Je pouvais lui être utile, mais elle avait ses propres accès à toutes sortes de documents confidentiels.

— Je ne peux pas imaginer ce que tu as dû ressentir, dit-elle, d'une voix empreinte de tristesse.

Il l'observa, puis releva la tête et fixa un point au loin derrière elle. Quelques instants plus tard, il l'entraînait vers un buisson en fleurs comme pour la cacher.

— Prépare-toi, prévint-il.

Et, penchant la tête, il s'empara de ses lèvres. Elle posa les mains sur ses épaules et s'accrocha à lui, les oreilles bourdonnantes, le cœur battant. Lorsqu'un gémissement lui échappa, il la serra plus fort encore.

Puis il s'écarta, et ses yeux la contemplèrent derrière ses lunettes teintées. Elle ne pouvait déchiffrer son regard.

— Qui est là ?

Il esquissa un sourire.

— Personne. J'avais juste envie de t'embrasser.

Elle le repoussa violemment.

— Salaud !

Elle lui aurait volontiers assené un coup de poing, mais contre toute attente, elle dut se retenir d'éclater de rire.

— Je plaide coupable.

Il lui reprit la main.

— Comment pouvais-je réagir autrement ? Je te raconte une histoire qui prouve que je suis un monstre et toi, tu t'apitoies sur mon sort. Je n'avais pas le choix. Il fallait que je t'embrasse.

— J'ai cru que c'était pour le boulot.

— Pas toujours, souffla-t-il. Ce n'est pas tout.

21

Les talons aiguilles seraient un handicap, songea Niema en réexaminant sa garde-robe, à la recherche d'une improbable paire d'escarpins à la fois plats et élégants. Ils feraient trop de bruit et l'empêcheraient de courir. Des ballerines seraient idéales, mais elle n'en avait pas.

Elle détailla la robe qu'elle avait prévu de porter. C'était un fourreau noir à bretelles assez fines qui s'élargissaient progressivement pour former un décolleté plongeant. Une broche de perles de culture noires en forme de soleil était cousue à cet endroit stratégique, agrémentée de quelques enfilades de petites boules noires. D'autres robes auraient fait l'affaire, mais elle préférait s'habiller de noir pour mieux se fondre dans l'obscurité, le cas échéant.

Le choix était plus limité en ce qui concernait les chaussures assorties. En noir, elle n'avait qu'une paire de sandales noires très fines et une autre, plus décontractée, à lanières élastiques. Elle s'en empara et réfléchit à une façon de les enjoliver : parfaites pour danser, elles manquaient d'élégance. Or Niema Jamieson ne pouvait se permettre la moindre faute de goût. Elle était toujours tirée à quatre épingles.

De nouveau, elle posa son regard sur la robe. Sobre et sophistiquée. Du bout du doigt, elle fit bouger les enfilades. Elles ne manqueraient pas d'attirer l'attention sur ses seins.

— Tiens ! Tiens, j'ai une idée, marmonna-t-elle en se levant pour rassembler ses instruments.

Elle savait pertinemment pourquoi elle se consacrait avec tant de ferveur à cette tâche. Pour ne pas penser à John et à ses dernières paroles. Comment devait-elle les interpréter ? Faisait-il allusion à elle, ou à tout autre chose ? Certains hommes menaient une existence normale ; ils n'avaient rien d'autre à cacher que le nombre de bières qu'ils avaient bues avant de rentrer à la maison. Le passé de John était si mystérieux que personne ne pouvait le cerner complètement.

Elle avait beau se concentrer sur ses travaux manuels improvisés, la diversion ne suffisait pas à le chasser de son esprit. Si la mort de Dallas avait été pour elle une souffrance insupportable, la situation de John dépassait la sienne en horreur. Non seulement il avait perdu sa femme, mais c'était lui qui l'avait tuée. Elle chercha en elle un élan de compassion pour cette inconnue, en vain. C'était une traîtresse, qui avait vendu son pays. Dallas avait péri pour arrêter des gens comme elle.

Après ce soir, elle ne reverrait peut-être plus jamais John.

Elle entreprit de sophistiquer les lanières de ses sandales en y collant des perles.

Elle resterait jusqu'à la fin des festivités et rentrerait chez elle comme prévu. À cette heure-ci la semaine prochaine, elle serait à la maison et aurait repris son travail. Cet épisode ne serait plus qu'un souvenir qu'elle ne pourrait jamais raconter.

Après s'être coulée dans un long bain chaud, elle se lava les cheveux. Une fois qu'ils furent soigneusement séchés, elle s'accorda même une petite sieste, luxe qu'elle s'octroyait rarement, mais la journée avait été rude. Un peu revigorée, elle entreprit ensuite de se vernir les ongles des pieds et des mains. Elle ne reverrait peut-être plus jamais John, mais elle avait la ferme intention de hanter sa mémoire.

Dans la mesure du possible, elle ne voulait pas avoir à remonter dans sa chambre chercher ses outils. Elle ne pouvait pas non plus ranger tout son matériel dans son sac minuscule, conçu pour contenir tout au plus une carte de crédit, un bâton de rouge à lèvres et une clé. Il devait bien y avoir un endroit où elle pourrait dissimuler ses affaires et son pistolet, mais elle connaissait mal les lieux, et il y avait du monde partout.

Elle n'avait pas d'autre choix que de revenir. Elle enveloppa le matériel dans un châle de soie noire et plaça le tout sous sa lingerie fine dans un des tiroirs du dressing. Puis elle prit une grande respiration, délia ses épaules et s'apprêta à faire son entrée en scène.

Il l'attendait au pied de l'escalier. Il laissa errer son regard sur elle, en une parfaite imitation de l'amant ensorcelé. Du coin de l'œil, Niema vit Ronsard qui les observait avec un mélange de regret et d'inquiétude. Elle lui adressa un sourire qu'elle espérait rassurant.

John suivit la direction de son sourire et étrécit les yeux d'un air menaçant. Il était vraiment très doué. Il méritait un Oscar.

Elle n'était pas mauvaise comédienne non plus, décida-t-elle. En se rapprochant de John, elle ralentit délibérément le pas. Il fronça les sourcils avant de lui tendre une main. Le mouvement était arrogant, presque autoritaire.

Elle obéit docilement et se laissa entraîner jusqu'à la salle de bal où les invités répétaient les rituels de la veille, mais dans une tenue différente. John l'attira sur la piste et ils se mirent à danser un slow, joue contre joue.

— J'ai été obligée de laisser mon matériel dans la chambre, lui avoua-t-elle. Je ne pouvais pas le mettre là-dedans.

— Quoi ? Tu n'as pas réussi à tout fourrer dans ton décolleté ? la taquina-t-il.

— Attention. J'ai un couteau et je n'hésiterai pas à m'en servir.

Il sourit.

— Qu'as-tu prévu en guise de diversion ?

— Rien. J'avais peur que tu ne m'arraches les yeux. Nous aviserons.

— Cela me convient parfaitement.

À peine ces mots lui avaient-ils échappé, qu'elle se raidit. Non, cela ne lui convenait pas du tout. Son goût de l'aventure, c'était du passé.

— Qu'est-ce que tu as ?

— Rien, marmonna-t-elle machinalement.

— Rien dont tu veuilles me parler.

— Exact.

Il effleura son front du bout des lèvres.

— Tu es moins grande qu'hier soir.

Décidément, rien ne lui échappait.

— Je suis en talons plats. J'ai retouché une paire de sandales pour les assortir à ma robe.

Elle tendit le pied pour qu'il puisse admirer son œuvre. Il parut peiné.

— Tu as massacré une robe Christian Dior pour décorer tes chaussures ?

— C'était indispensable. Et puis, quelle importance, puisque nous n'avons pas de comptes à rendre ?

— En effet.

— Bon, à quelle heure est-ce qu'on se lance ?

— Pour l'instant, on surveille Ronsard. On agira dès qu'il sera accaparé par ses invités.

— Et Cara ?

— Je me suis occupé d'elle.

— Ça m'ennuie de te dire cela, mais elle est juste là.

— Plus pour longtemps.

Cara portait un superbe fourreau blanc. Ses longs cheveux blonds cascadaient sur ses épaules, et des brillants scintillaient à ses oreilles. Elle était consciente de ses allures de starlette hollywoodienne, mais concurrencer toutes ces femmes sublimées par des robes de couturier et couvertes de bijoux précieux était impossible. Inutile d'essayer. D'ailleurs, le style Californienne sexy lui convenait parfaitement.

Elle flirta avec plusieurs hommes, mais celui avec qui elle avait joué au tennis dans la matinée était accroché à son épouse. Elle se mit à déambuler à travers la salle, ne s'arrêtant que pour bavarder avec des conquêtes éventuelles. Tant pis si Hossam en prenait ombrage. Il n'avait aucun pouvoir sur elle.

Elle ne vit rien venir. Quelqu'un se tourna brutalement, et un verre de vin rouge se répandit sur sa belle robe blanche. Elle contempla l'énorme tache avec désespoir, sachant que les dommages étaient irréparables.

— Je suis désolée ! s'exclama la jeune femme qui l'avait éclaboussée. Je ne sais pas ce qui s'est passé. Quelqu'un m'a bousculée.

— Ce n'est pas grave, la rassura Cara en dissimulant sa fureur. Je suis sûre que ça partira au nettoyage. Je vais monter me changer.

La jeune femme lui proposa de lui rembourser les frais, mais elle refusa avec un sourire et tourna les talons. Elle utilisait rarement l'ascenseur, préférant emprunter l'escalier pour se maintenir en forme. Cette fois, cependant, elle opta pour le parcours le plus rapide.

Quand elle émergea de la cabine au troisième étage, son sourire avait cédé à la colère. Heureusement, les couloirs déserts et la lumière tamisée lui permettaient d'échapper aux témoins dans l'état affligeant où elle était. Sortant sa clé de son sac, elle ouvrit la porte de sa chambre et chercha à tâtons l'interrupteur.

La lumière inonda la pièce en même temps qu'une main venait se plaquer sur sa bouche et qu'un bras la soulevait par la taille. La porte claqua derrière elle.

Paniquée, elle perdit la tête un bref instant. Elle entendit ses propres appels au secours et comprit qu'ils ne porteraient pas. Elle se débattit farouchement.

— Chut, mon amour. Tu n'as aucune raison d'avoir peur.

Hossam ! En un éclair, sa frayeur se mua en rage. Elle renversa la tête en arrière dans l'espoir de lui défoncer la mâchoire, mais il ricana et la poussa sur le lit, se jetant sur elle avant qu'elle ne se ressaisisse.

— Espèce de salaud ! siffla-t-elle.

Il rit de nouveau, l'enfourcha et lui saisit les poignets. Sans le moindre effort, il les entoura d'un foulard, avant de lui relever les bras pour les attacher à la tête du lit.

— Espèce de salaud ! répéta-t-elle, plus fort.

— Chut ! Tais-toi.

— Tu vas me le payer cher. Je vais t'arracher les couilles et… mmmm !

— Je t'ai dit de te taire, murmura-t-il, en la bâillonnant avec un deuxième carré.

Il s'écarta légèrement pour admirer son ouvrage. Un large sourire fendit son visage.

— Et maintenant, mon trésor, voyons si le magicien a de nouveaux tours à te présenter.

Il sortit un couteau de sa poche et appuya sur le cran d'arrêt. La lame jaillit, accrochant un rayon de lumière. Les yeux ronds, Cara fixa le couteau, puis le dévisagea. Elle s'arc-bouta pour le repousser, mais il la coinça entre ses cuisses et pressa de toutes ses forces.

Des cris étouffés lui échappèrent, tandis qu'il glissait la lame sous l'étoffe de sa robe et donnait un grand coup vers le bas. Les deux moitiés du vêtement se séparèrent, révélant ses seins voluptueux.

Hossam marqua une pause pour admirer le spectacle. Son arme dans une main, il lui caressa la poitrine, lui taquina les mamelons.

— Ne bouge pas, ordonna-t-il. Je pourrais te blesser accidentellement.

Elle s'obligea à rester immobile, tandis qu'il continuait de déchirer sa robe jusqu'en bas. Elle ne portait rien en dessous. La pudeur n'était pas son point fort, mais elle sentit ses genoux se serrer en un geste de protection. Mon Dieu ! Avait-il l'intention de la tuer ?

Il l'abandonna momentanément pour se déshabiller. Elle secoua la tête avec une rage impuissante, le regard luisant de larmes.

— N'aie pas peur, répéta-t-il en la toisant, entièrement nu, son membre dressé laissant clairement présager de la suite.

Dans un élan de désespoir, elle chercha à lui donner des coups de pied dans les parties.

Il claqua la langue en signe de réprobation, lui saisit les chevilles et les ligota à leur tour à chaque pied du lit.

— Tu es une vraie bête sauvage, roucoula-t-il en venant se placer entre ses jambes. Et tu es à moi. Ne l'oublie jamais. Tu es à moi.

Elle s'attendait à être violée brutalement, impitoyablement, mais il avait d'autres idées en tête. Bientôt, à sa grande surprise, des gémissements de plaisir lui échappèrent et elle se cambra vers lui.

La lumière du plafonnier l'aveuglait. Elle se concentra dessus et s'abandonna à un orgasme puissant.

— Voilà pour le premier, murmura-t-il. Tu sais bien que je ne te ferai jamais de mal. Ce soir, nous allons découvrir toutes les manières dont je peux te ravir comme aucun autre avant moi.

Une lueur espiègle dansa dans ses prunelles et il conclut :

— Ensuite, ce sera à toi de m'attacher.

Il se remit à la caresser. La peur de Cara s'était estompée, car les mains de son amant étaient douces et tendres. Une intense sensation d'excitation avait remplacé sa réticence. Tout cela était nouveau pour elle. Jamais jusqu'ici elle ne s'était trouvée dans une telle situation. En général, c'était elle qui dominait, parce que c'était ce qu'elle préférait.

Pourtant, curieusement, elle ne souffrait pas de se voir à sa merci, nue, exposée à la lumière crue. Hossam était si grand, si fort. La nuit promettait d'être longue… délicieusement longue.

— C'est l'heure, chuchota John à l'oreille de Niema.

Le battement de son pouls s'accéléra. Elle aspira une grande bouffée d'air et s'efforça de rester calme. Inclinant la tête, elle le gratifia d'un sourire radieux qui le fit tressaillir.

Qui essayait-elle de duper ? Cet éclair de lucidité la déstabilisa un instant, tandis qu'ils quittaient la salle de bal et gravissaient l'escalier jusqu'à l'étage. Elle adorait l'aventure, en savourait chaque minute. Elle n'avait aucune envie de rentrer chez elle et de reprendre son travail. Rester sur le terrain, affronter les dangers, voilà ce qui la motivait vraiment. Elle s'était enfermée sur elle-même pendant cinq ans, mais John l'avait ressuscitée.

Ce constat la laissa à la fois stupéfaite et enchantée. Enfin, elle revivait.

Le couloir était désert. D'un pas vif, ils se dirigèrent vers sa suite pour récupérer les outils dans le dressing. Elle serra le châle contre elle, lançant une de ses extrémités sur son épaule comme pour s'en draper.

— Qu'en penses-tu ?

— Parfait. Viens.

Ils ressortirent dans le corridor, mais au lieu d'emprunter l'escalier, ils traversèrent directement le palier vers l'aile Ouest.

— En explorant un peu, j'ai trouvé un chemin dérobé, expliqua John.

— Les quartiers privés de Ronsard sont par là.

— Je sais. Le chemin dérobé passe par ses appartements.

Elle leva les yeux au ciel, renonçant à lui demander comment il s'était débrouillé pour y pénétrer. Les serrures n'avaient aucun secret pour lui.

Le parcours n'était pas sans risque. Ils croiseraient certes moins de gens, mais ceux qui les verraient seraient des membres du personnel, qui comprendraient immédiatement qu'ils n'avaient rien à faire là. Invité ou pas, nul n'avait accès à cette partie de la propriété, où logeait la personne la plus importante aux yeux de Ronsard, la dernière qu'il aurait voulu voir importuner : sa fille.

John l'arrêta devant une porte en bois bien cirée. Il tourna la poignée et entra. C'était une chambre – immense et luxueuse.

— C'est ici que dort Ronsard. Un ascenseur privé mène à proximité de son bureau.

La cabine était minuscule, destinée à ne transporter qu'un homme à la fois. Lorsqu'ils en émergèrent, tout était silencieux. John s'immobilisa devant une porte puis, extirpant un petit magnétophone de sa poche, le plaqua sur le tableau électronique. Il appuya sur un bouton, et une série de bips retentit. Un voyant vert se mit à clignoter. Il y eut un déclic, et John poussa la porte.

Ils pénétrèrent dans la pièce, refermèrent derrière eux.

— Qu'est-ce que tu fabriques ? demanda Niema en constatant qu'il se retournait vers le battant.

— Je bloque la serrure. Si nous sommes pris la main dans le sac, le fait qu'elle ne fonctionne pas pourra jouer en notre faveur. Ce qui ne me dispensera pas d'inventer un prétexte plausible pour expliquer notre présence ici.

— Décidément, tu as tout prévu jusqu'au moindre détail.

— Je ne tiens pas à rater mon coup. Allez, au boulot !

22

Niema scruta les alentours, pendant que John s'asseyait devant le bureau de Ronsard et allumait l'ordinateur. Un autre appareil, nettement plus élaboré, trônait sur un secrétaire, à l'opposé de la pièce, mais il l'avait ignoré. Elle vérifia les câbles derrière ce qui devait être le poste de travail de Cara. Elle compta trois lignes d'arrivée séparées, deux pour le téléphone et une pour l'Internet. Ronsard devait avoir un numéro d'affaires et un numéro privé.

Le bureau de Ronsard servait aussi de support à un écran affichant une image du couloir. Elle suivit le fil jusqu'au mur pour s'assurer qu'il était connecté. Elle préférait tout vérifier avant d'intervenir, pour ne pas commettre d'erreurs.

La prise de téléphone de Ronsard se trouvait derrière un long canapé en cuir poussé contre le mur. Elle tira le meuble délicatement.

S'agenouillant, elle déplia son châle et ouvrit la pochette en velours contenant ses outils. Elle posa le Sig à côté d'elle et, après avoir dévissé rapidement la prise, débrancha les fils et gratta la couche de plastique pour les séparer.

Le plus souvent, on installait un récepteur ou un enregistreur à proximité. Cette fois, c'était inutile dans la mesure où elle n'aurait aucun moyen de récupérer les bandes ni d'écouter les transmissions. L'agent de la CIA en place dans la maison n'avait aucun accès à ces lieux. John lui avait confié un dispositif digital grâce auquel il lui suffirait d'actionner un signal pour récupérer les données audio, qu'il expédierait ensuite à Langley. Quand bien même on le surprendrait avec l'engin sur lui, rien ne permettrait de le mettre en cause, car les informations seraient digitalisées. Le dispositif ressemblait en somme à une radio de poche banale.

Prestement, elle fixa la sonde d'induction à un seul des terminaux, afin qu'il ne puisse être détecté par une fouille électronique. Elle mit en interface les deux fils, puis agença deux piles de neuf volts en guise de source d'énergie pour le récepteur/transmetteur. Enfin, elle replaça le tout dans le réceptacle.

— J'ai presque fini.

Elle estima qu'elle travaillait depuis une vingtaine de minutes.

— Et toi ? Tu as pu accéder aux fichiers ?

— J'essaie, répondit John d'un ton distrait. Ils sont protégés par un mot de passe.

— Tu as essayé « Laure » ?

— C'était ma première tentative.

— Il n'y a rien sur le bureau ?

— Rien.

Sa tâche achevée, elle repoussa le canapé.

— Et s'il ne l'a pas écrit ?

— À moins d'être un imbécile, il en change régulièrement. Et dans ce cas, celui dont il se sert actuellement est inscrit quelque part. Si tu as fini, cherche un coffre dissimulé dans le mur ou le sol.

— Ne me dis pas que tu sais forcer les coffres-forts, en plus de tout le reste !

— Très bien, je ne te le dirai pas.

Elle souleva tous les tableaux, mais ne vit en dessous que du papier peint. Elle roula l'épais tapis qui recouvrait le parquet, en vain. Le tournevis à la main, elle fit le tour de la pièce, en examina chaque recoin.

— Rien, annonça-t-elle.

Elle enveloppa ses outils et le pistolet dans son châle.

John ramassa un livre aux pages cornées et le secoua. Il marqua une pause en contemplant l'ouvrage. Niema le rejoignit, lut le titre : *Conte des deux cités*, de Charles Dickens.

John l'ouvrit à une page cornée.

— Le mot de passe est là. Personne ne lit ce machin plus d'une fois dans sa vie à moins d'y être forcé.

— C'est un classique, protesta-t-elle, amusée.

— Je ne prétends pas qu'il est mauvais, mais c'est une lecture fastidieuse.

Il laissa glisser son doigt sur une ligne du texte. Soudain, un mot lui sauta aux yeux : « guillotine ».

Il le tapa sur le clavier. Un message d'erreur apparut sur l'écran.

Haussant les épaules, il reprit sa recherche.

— Dickens tirait à la ligne, marmonna-t-il. J'en ai pour des heures.

Il essaya « monarques ». ACCÈS NON AUTORISÉ. De même, la machine rejeta « monstres », puis « enchanteur ».

La liste des fichiers s'ouvrit sur « tombereaux ».

— Incroyable, souffla John. J'y suis allé au hasard.

— Quelle chance.

Mais ce n'était pas uniquement une question de chance. L'entraînement et l'expérience de John étaient tels qu'il avait un train d'avance sur tout le monde.

Il glissa un disque dans l'appareil et entreprit de recopier les fichiers, sans prendre la peine de les lire, le plus vite possible, un œil rivé sur le moniteur de surveillance.

Niema se déplaça légèrement.

— Je m'occupe du moniteur, proposa-t-elle.

Il opina. L'ordinateur continua de ronronner.

Un instant plus tard, Niema vit s'ouvrir la porte au bout du couloir.

— Quelqu'un arrive, chuchota-t-elle.

John observa l'écran à la dérobée, mais ne s'arrêta pas.

— C'est un gars de l'équipe de sécurité.

— Ils poussent les portes ?

— Peut-être.

La voix de John était tendue. Comme il avait déconnecté le système de verrouillage, il suffisait de pousser la porte pour qu'elle s'ouvre.

Niema posa les mains sur les plis de son châle. La crosse du pistolet était fraîche sous ses doigts. Le vigile avança. Elle le suivit du regard, son cœur battant la chamade, la gorge sèche.

Le couloir était long ; sur le petit moniteur, il semblait s'étirer vers l'infini. Niema se surprit à compter les pas de l'homme. Dix-neuf, vingt, vingt et un…

— Ne perds pas ton calme, lui recommanda John. J'ai presque terminé.

Le gardien passa.

— C'est bon.

Il éjecta le disque, le glissa dans une pochette et rangea le tout dans la poche intérieure de sa veste. Puis il éteignit l'ordinateur, s'assura que tout était en place et effleura le coude de Niema.

— Prête ?

— Prête !

Elle se tournait vers la porte quand soudain, il la saisit par le bras.

— Encore de la visite.

Elle pivota vers le moniteur. La porte du couloir s'était rouverte. Quelqu'un s'était immobilisé sur le seuil et semblait s'adresser à une autre personne, juste derrière. Une silhouette aux cheveux longs apparut.

— Ronsard, murmura-t-elle, l'estomac noué.

S'il était là, c'était pour se rendre dans son bureau.

John la souleva littéralement dans les airs. En deux foulées, il fut près du canapé. Il la déposa dessus, enleva sa veste, la jeta négligemment par terre.

— Enlève tes sous-vêtements et allonge-toi, commanda-t-il.

Dans quelques secondes, Ronsard pousserait la porte. Les mains tremblantes, elle souleva sa jupe. Faire semblant de s'envoyer en l'air, quel cliché, rebattu dans des centaines de films de série B ! Personne n'y croirait, surtout pas un homme comme Ronsard. Justement, c'était peut-être la meilleure des stratégies, dans la mesure où il ne lui viendrait pas à l'idée que Temple puisse se comporter de cette manière.

John s'agenouilla entre ses cuisses et déboutonna sa braguette. Niema arrondit les yeux, en état de choc. Elle ne s'était pas préparée à ce qu'il joue la scène jusqu'au bout ! Elle tressaillit, ravala un cri. Mon Dieu, il allait la prendre, et Ronsard serait… non, ce n'était pas le moment de penser à Ronsard… John voulait qu'il les surprenne dans un acte si intime que personne n'imaginerait le subterfuge.

Mais comment pouvait-il s'agir d'un subterfuge, alors qu'il ne faisait pas semblant ?

Un murmure lui échappa, et elle lui passa les mains dans les cheveux. Elle avait envie de le repousser, mais elle en était incapable : ses membres refusaient de lui obéir. Combien de temps devrait-elle endurer cet assaut de sensations ? Cinq secondes ? Dix ?

Le temps était devenu élastique. Elle secoua la tête en une protestation muette, déchirée entre la peur et le plaisir. Un flot brûlant l'envahit.

— Chut, murmura-t-il. Doucement…

Non. Elle rêvait. Pas ici, pas comme ça. Pas la première fois.

Tout se passait trop vite. Il s'enfonça en elle.

— Crie.

Crier ? Ronsard accourrait – et c'était précisément ce que voulait John. Il ne reculait devant rien pour aller jusqu'au bout d'une mission.

— Crie, insista-t-il.

Impossible. Elle n'avait plus d'air dans ses poumons. Elle essaya de lutter, mais elle n'en avait plus la force.

— Crie. Crie !

Elle tourna la tête d'un côté et de l'autre sur le coussin, ravala un sanglot. Non, non, c'était impossible… impensable.

Elle atteignit l'orgasme et cria.

La porte ne s'ouvrit pas. Le couloir était silencieux.

Tremblante, elle recouvra son souffle. Elle se sentait vidée, comme s'il lui avait tout pris. Un sentiment d'humiliation la submergea. Elle se détourna, refusant de le regarder. Comment avait-elle pu jouir dans une telle situation ? Quel genre de femme était-elle ? Et lui, de quel droit lui avait-il fait cela ? Les larmes lui piquaient les yeux, mais elle ne pouvait pas les essuyer, car il continuait à lui maintenir les poignets.

Le temps cessa de tourner.

Ronsard ne viendrait pas. Elle ignorait où il était parti, mais il n'était pas là. Elle attendit que John se retire. L'expression grave, il la contemplait.

— Je suis désolé.

Il se redressa.

— Est-ce que ça va ?

Elle opina, s'assit, rabaissa sa jupe. Il rajusta ses vêtements avant d'aller vérifier le moniteur.

— La voie est libre. Je ne sais pas où est passé Ronsard.

Tremblante, elle se leva, ramassa le châle, s'assura que ses affaires ne risquaient pas d'en tomber. John enfila sa veste de smoking, renoua sa cravate, passa une main dans ses cheveux. Il semblait parfaitement maître de lui.

— Prête ?

Elle acquiesça.

— Allons-y.

Contre toute attente, elle s'exprima aussi posément que lui.

— Et la serrure ? Tu ne la remets pas en marche ?

— Non. Il croira qu'elle n'a pas fonctionné. Ce modèle-là n'est pas toujours fiable.

Il ouvrit la porte, inspecta les alentours, sortit avec elle. Soudain, un gardien apparut au bout du couloir et, après une seconde de surprise, se mit à hurler tout en dégainant son arme.

Mais John était déjà en mouvement. Il poussa Niema contre le mur et s'empara du pistolet accroché à sa cheville. Le vigile paniqua, tira trop vite, sa balle trouant le sol à trois mètres devant lui. John ne s'affola pas. Calme, impassible, il braqua, tira deux coups de feu, la première dans le thorax, la deuxième dans la tête. L'homme tressauta comme une marionnette aux fils cassés et s'écroula.

John prit Niema par la main et la hissa sur ses pieds. Au-delà du couloir, ils perçurent des cris et un tambourinement de pas.

— Vite... par ici...

À l'étage, Hossam entendit les trois coups de feu et se figea. Il bondit du lit, attrapa son pantalon, l'enfila à toute allure et fonça vers la sortie, l'arme au poing.

— Hossam ! Ne me laisse pas comme ça ! hurla Cara, à qui il avait depuis longtemps enlevé le bâillon.

Il eut la présence d'esprit de claquer la porte derrière lui.

Pieds nus, il se mit à courir vers l'escalier, sauta par-dessus la rampe, étage par étage, jusqu'à atteindre le rez-de-chaussée. Le bruit semblait provenir des alentours du bureau de Ronsard.

Le couloir était encombré d'invités qui poussaient des cris horrifiés. Le personnel ne parvenait pas à les repousser, mais l'arrivée de Hossam, torse nu et armé, suffit à les disperser.

— Où ? aboya-t-il.

— Par là-bas, répondit un vigile. C'était Temple avec une jeune femme.

Hossam tourna les talons et se précipita dehors.

Où John allait-il se réfugier ? se demanda-t-il. Il marqua une pause pour réfléchir. Il avait besoin d'un moyen de transport, mais les véhicules des invités étaient garés dans un parking clôturé. En revanche, ceux de la propriété ne l'étaient pas. Hossam traversa la pelouse en direction du garage.

Des éclairages de secours aveuglants illuminaient tout le domaine comme un terrain de football. Le parc était envahi d'hommes armés.

— Vérifiez les véhicules des invités ! hurla Hossam.

Un groupe se forma pour courir jusqu'au parking. Hossam poursuivit sa route vers le garage. Nom de nom, Temple aurait pu mieux choisir son moment ! Cara était sur le point de jouir pour la dixième fois, quand les coups de feu avaient résonné. Il avait été forcé de l'abandonner, attachée au lit.

Dans le silence, il passa devant la rangée de Land Rover et de Jeeps.

— Tu es là ?

— Ici.

Hossam pivota sur lui-même, tandis que Temple émergeait de l'ombre en traînant une femme derrière lui.

— Va-t'en, vite ! siffla Hossam, en sortant un trousseau de clés de sa poche et en le lançant à Temple, qui lâcha sa compagne pour l'attraper au vol. La Mercedes verte.

— Merci. Retourne-toi.

Avec un soupir, Eric Govert obtempéra. Pourvu qu'il ne soit pas inconscient trop longtemps, sans quoi, Cara piquerait une crise d'hystérie. Il ne sentit pas le coup que lui assenait Temple car il l'assomma tout net.

23

John se pencha, ramassa l'arme de Hossam et la tendit à Niema.

— Tiens-moi ça.

Elle fourra le pistolet dans son châle. Le laisser sur place éveillerait des soupçons. Il déverrouilla la voiture et ils montèrent à bord.

— Mets-toi à terre, ordonna-t-il, en posant une main sur sa tête pour s'assurer de son obéissance.

Elle s'accroupit docilement. Il démarra en trombe et commanda l'ouverture de la porte du garage, qui se souleva doucement tandis que la lumière automatique se déclenchait au-dessus de leurs têtes. Il lui jeta un regard en coin et sourit.

Le premier coup de feu fit voler en éclats la vitre du côté de Niema, provoquant une giclée de bouts de verre dans l'habitacle. Elle ravala un cri et leva les bras pour se protéger, à l'instant précis où le deuxième coup transperçait sa portière, frôlant presque le bras de John avant d'aller s'enfoncer dans le dossier de la banquette arrière.

Il appuya sur l'accélérateur, passa les vitesses sans encombre.

— Reste où tu es, cria-t-il, en baissant la tête une fraction de seconde avant que sa vitre n'explose.

Le portail. Il filait droit sur les énormes grilles. Elle eut à peine le temps de se raidir avant l'impact. Dans un crissement de métal, elle perçut le claquement rapide d'une mitraillette. Bousculée sur le côté, elle se cogna contre le levier de vitesses. L'une des grilles, arrachée à ses gonds, atterrit à moitié sur le capot.

— Ça va ? s'enquit John, en passant la marche arrière.

La grille glissa et tomba à terre. Il redémarra en un éclair et la voiture bondit en avant.

— Oui ! hurla-t-elle.

Il ne ripostait pas, toute son attention concentrée sur la conduite. Elle chercha à tâtons les deux armes dissimulées dans son châle, trouva celle qu'ils avaient confisquée au vigile. Elle se redressa sur les genoux, enfonça le levier de sécurité.

— Nom de Dieu, baisse-toi ! rugit John en la repoussant.

— Toi, occupe-toi de conduire ! riposta-t-elle.

Serrant le revolver avec ses deux mains, elle se mit à tirer dehors. Même si elle ne touchait personne, une riposte les obligerait à s'esquiver. Si elle n'intervenait pas, la Mercedes finirait en miettes.

La voiture roulait moins bien qu'au début ; elle toussotait, crachotait. Quelques-unes des balles avaient dû atteindre un point crucial, mais du moins avaient-ils quitté la propriété. D'autres coups de feu retentirent derrière eux, plus lointains.

— On va devoir abandonner la caisse, dit John, en tournant la tête pour voir ce qui se passait derrière, le rétroviseur ayant lui aussi explosé.

— Où ?

— Dès que nous serons hors de vue. Avec un peu de chance, ils ne la retrouveront pas avant demain matin.

Niema contempla les restes déchiquetés de la banquette arrière. Le domaine était tellement éclairé qu'on aurait dit une ville miniature. Des dizaines de lumières, régulièrement espacées, surgirent dans la nuit – des phares.

— Ils sont à nos trousses.

Au virage suivant, ils découvrirent un épais bosquet. John quitta la route, ralentissant pour ne pas soulever la terre, et manœuvra le véhicule à travers les arbres. Ils avancèrent en cahotant sur les branchages et les cailloux, les buissons épineux égratignant la carrosserie sur leur passage.

John évita de freiner, au cas où l'un des feux arrière fonctionnerait encore. Quand ils furent suffisamment éloignés de la route pour que les phares ne se réfléchissent pas sur la carrosserie, il stoppa la Mercedes. Dans un silence troublé uniquement par les soupirs du moteur, ils entendirent leurs poursuivants passer à vive allure.

Ils étaient à moins de trois kilomètres de la propriété.

— Et maintenant ? murmura-t-elle, les oreilles encore bourdonnantes.

L'intérieur de la voiture empestait la poudre et le métal brûlant.

— Que dirais-tu d'un petit jogging ?

— C'est mon activité préférée au beau milieu de la nuit, en sandales et robe du soir, avec une centaine de types sur mes talons.

— Tu n'es pas en talons aiguilles, c'est déjà pas mal.

Il frappa la crosse de son pistolet contre les lampes de l'habitacle afin qu'aucune lumière ne les trahisse quand ils ouvriraient les portières.

Niema se releva péniblement. Des échardes de verre parsemaient le siège, ses épaules, ses cheveux. Il faisait très sombre, sous les arbres. La portière de son côté refusait de céder, une balle ayant sans doute bloqué le mécanisme. Elle rampa par-dessus le levier de vitesses.

Sorti le premier, John lui tendit la main pour l'aider.

Ils se plièrent en deux et secouèrent la tête en agitant les bras pour se débarrasser des morceaux de verre. Se palpant, Niema fut soulagée de constater qu'elle ne saignait nulle part. Qu'ils soient vivants était merveilleux ; qu'ils n'aient pas une égratignure tenait du miracle.

Cependant, quand sa vision fut ajustée à l'obscurité, elle s'aperçut qu'une moitié du visage de John était plus foncée que l'autre.

— Tu es blessé, constata-t-elle en s'efforçant de garder son calme.

— Par du verre. Ce n'est rien, rétorqua-t-il avec une pointe d'irritation.

Il sortit un mouchoir de sa poche et se tamponna le front.

— Tu as les deux pistolets ?

— Dans la voiture.

Elle s'empressa de les récupérer.

— Et mes outils ? Je les laisse là ?

Elle n'avait aucune envie de s'en encombrer.

— Donne-les-moi.

Il ouvrit la pochette et entreprit de lancer tous les instruments, l'un après l'autre, le plus loin possible dans les buissons. Si ses hommes tombaient sur la pochette, Ronsard se demanderait à quoi elle avait pu servir, et comme on les avait aperçus émergeant tous deux de son bureau, il s'empresserait d'ordonner une fouille méthodique des lieux.

— Tu as ton châle ?

— Oui, pourquoi ?

— Il est noir, mets-le sur tes épaules.

Elle ne protesta pas. Son minuscule sac de soirée pouvait rester là. Il ne contenait rien d'utile. Son argent, son passeport, toutes ses affaires étaient dans sa chambre. Cela ne l'inquiétait pas outre mesure : le nom figurant sur les documents officiels était faux, et John saurait les ramener chez eux sains et saufs ; en revanche, un peu d'argent leur aurait rendu service.

John lui prit le sac et le rangea dans sa poche.

— Allons-y.

Courir dans les bois était trop dangereux ; ils risquaient de se fouler une cheville, voire de se casser une jambe. Aussi décidèrent-ils d'avancer sans hâte, en marquant des pauses de temps à autre pour guetter l'approche d'éventuels poursuivants.

Enfin, ils émergèrent du bosquet, sur une route secondaire.

— Nous allons la longer un moment, décréta John. C'est plus facile et, tant qu'il fera noir, nous les verrons bien avant qu'ils ne nous repèrent.

— On a une destination particulière, ou on se contente de fuir ?

— Nice.

— Pourquoi Nice ? Lyon est beaucoup plus près.

— Ronsard va surveiller l'aéroport de Lyon et toutes les agences de location de voitures.

— Pourquoi pas Marseille, alors ?

— Notre yacht est à Nice.

— Pas possible ! Je ne savais pas que tu possédais un yacht.

— L'agence possède un yacht équipé d'une connexion satellite. De là, je pourrai transférer directement les données à Langley, afin qu'ils se mettent au boulot de leur côté.

— Va pour Nice.

Il extirpa un couteau de sa poche et s'agenouilla devant elle. Saisissant une poignée de l'étoffe de sa robe, il y inséra la lame au niveau de ses genoux et coupa.

— Tu détiens plus de choses dans tes poches que Snoopy dans sa niche, ironisa-t-elle.

Il saignait toujours. Il découpa une bande de tissu et l'appliqua sur sa blessure. Son smoking était en piteux état. En baissant les yeux, Niema découvrit que ce qui restait de sa superbe tenue Dior l'était tout autant.

Ils s'élancèrent à un rythme de course tranquille afin de réduire le choc de leurs semelles trop fines sur l'asphalte.

— On va courir comme ça jusqu'à Nice ?

— Non, on va voler une voiture.

— Quand ?

— Dès qu'on en verra une.

Elle s'efforça d'ajuster ses foulées pour ne pas martyriser ses articulations, et s'abandonna à la cadence de la course. Se concentrer sur le présent était la meilleure solution pour faire face au danger. Pendant qu'on leur tirait dessus, elle n'avait eu aucune difficulté à se focaliser entièrement sur l'événement. Mais désormais, dans le silence ponctué par leur respiration et leurs pas, à l'abri de toute menace immédiate, elle ne pouvait s'empêcher de repenser à ce qui s'était produit dans le bureau de Ronsard.

Elle avait beau essayer de chasser les images de son esprit, elles revenaient sans cesse. Ce n'était guère surprenant, étant donné l'attirance sexuelle qu'elle avait éprouvée à l'égard de John dès l'instant où elle l'avait vu chez Frank Vinay. Plus elle s'en défendait, plus elle était sensible aux frissons que provoquait son regard sur elle. Quant à leurs baisers, ils étaient peut-être prévus dans le scénario, mais sa propre réaction ne l'en laissait pas moins toute retournée.

Si seulement elle pouvait retourner en arrière. Si seulement il lui avait vraiment fait l'amour, au lieu de mettre en scène un acte destiné à les protéger. Pour elle, cette union représentait un cataclysme. Pour lui, ce n'était que nécessité professionnelle.

Peut-être était-ce cela qui la faisait souffrir. Elle aurait tant voulu vivre toutes ces émotions en dehors du travail. Elle craignait… oui, elle craignait d'être amoureuse.

Quelle idiote !

Aimer un homme qui voyageait pour son travail, pourquoi pas ? Des milliers de femmes vivaient une telle relation. Aimer un homme qui respirait le danger, aussi : les flics, les pompiers, les ouvriers des plates-formes pétrolières prenaient des risques tous les jours et s'absentaient des semaines entières. Mais au moins, ils vivaient en plein jour. Ils menaient une existence réelle. John jouait constamment un rôle, il n'était presque jamais lui-même. Elle ne saurait jamais s'il était mort ou vivant, s'il allait revenir.

Comment supporter tant d'incertitude ? Elle en serait incapable.

— Une voiture, murmura-t-il, en brisant le flot de ses réflexions et en la saisissant par le bras. Accroupis-toi.

Une paire de phares transperça la nuit.

Elle s'aplatit dans les mauvaises herbes. John s'allongea entre elle et la chaussée. Le véhicule passa à vive allure.

Ils s'assirent prudemment. Tout à coup, Niema se rendit compte de la douleur qui l'élançait aux pieds et aux jambes. Elle se massa les mollets.

— Je serais peut-être mieux pieds nus.

— Dans l'herbe, oui, mais pas sur le bitume.

Les lanières lui fendaient la chair. Elle les desserra.

— J'ai un problème.

— Des ampoules ?

— Pas encore, mais ça ne saurait tarder.

— Bon, on arrête de courir. En revanche, il faut impérativement trouver un moyen de transport cette nuit. J'aurais voulu qu'on s'éloigne davantage avant de voler une voiture, mais tant pis.

— Quelle importance ?

— Si on en pique une trop près de chez Ronsard, il en entendra parler et reconstituera le puzzle. Dès lors, il saura dans quel genre de véhicule nous voyageons et nous fera suivre.

Elle poussa un profond soupir.

— On n'a qu'à marcher.

John lui effleura le pied.

— Ce n'est pas une solution non plus. Nous devrions bientôt tomber sur une ferme ou un village. Je prendrai ce que j'aurai sous la main, même une remorqueuse, le cas échéant.

— En attendant, décida-t-elle en se levant, on continue d'avancer.

24

Ronsard n'avait jamais été aussi furieux de sa vie, mais c'était principalement à lui-même qu'il en voulait. Après tout, dans son milieu, les trahisons n'étaient pas rares. Ce qu'il n'avait pas prévu, c'était de se laisser duper à ce point. Il n'avait pas non plus imaginé, vu le nombre d'agents de sécurité déployés dans sa propriété, qu'aucun d'entre eux ne serait capable d'arrêter la voiture à temps. Ils se prétendaient professionnels. Les faits avaient prouvé le contraire.

Il se retrouvait avec un blessé et un autre, Hossam, souffrant d'une commotion cérébrale. On avait découvert ce dernier gisant sur le sol du garage, à moitié vêtu et inconscient. Ayant deviné – à raison – que Temple essaierait de s'échapper à bord d'un de ses véhicules, il avait de toute évidence été frappé par-derrière. Pourquoi était-il torse nu alors qu'il était supposé être en service ? Mystère... jusqu'au moment où Ronsard s'était étonné de l'absence de Cara. Il avait envoyé quelqu'un à sa recherche, qui l'avait trouvée attachée à son lit, nue comme un ver et folle de rage. Ronsard s'était demandé s'il serait obligé d'éliminer Hossam pour sanctionner l'agression de son assistante, mais la compassion exprimée par Cara quand on lui avait annoncé sa blessure l'avait rassuré : ce qui s'était passé dans la chambre était librement consenti.

Les invités étaient tous en état de choc, mal à l'aise. La violence des événements les avait brutalement rappelés à la réalité de l'univers dans lequel évoluait leur hôte. Flirter avec le danger, se vanter auprès de ses amis d'avoir été reçu dans la luxueuse villa de Ronsard, se donner de l'importance en lui communiquant des bribes d'informations… tout cela était bien beau, mais l'atterrissage était rude.

À l'évidence, aucun d'entre eux n'avait encore vu un homme abattu d'une balle dans la tête. Sans compter le branle-bas de combat dont ils avaient été témoins quand Temple s'était échappé sous le feu des mitraillettes et que sa voiture avait défoncé les grilles. Ce n'était pas uniquement la sécurité de Ronsard qui était en cause, c'était la leur. Ils avaient perdu toute illusion d'être à l'abri. La plupart d'entre eux avaient l'intention de repartir dès le lendemain matin.

Pour l'hôte, la soirée était un fiasco. Pour l'homme d'affaires, c'était encore pire.

Temple et Niema s'étaient introduits dans son bureau. Ronsard imaginait mal ce que la jeune femme avait pu y fabriquer. Peut-être était-elle la partenaire de Temple, peut-être pas. Plusieurs témoins l'avaient aperçue dans le couloir, malmenée par Temple qui semblait vouloir l'entraîner dehors malgré elle. D'un autre côté, si Temple était au volant, qui d'autre que Niema avait pu riposter aux tirs de ses gardes ? Certes, Temple aurait pu conduire tout en tirant ; c'était un exercice difficile, mais pas insurmontable. Or, Temple était un assassin entraîné.

Qu'étaient-ils venus faire dans son bureau ?

La serrure n'était pas enclenchée. Il avait pourtant la certitude de l'avoir remise en marche la dernière fois qu'il était sorti de la pièce, car il avait machinalement testé la poignée.

Il scruta les alentours, songeur. Qu'est-ce qui avait pu intéresser Temple ? Les ordinateurs, bien sûr. Mais celui de Cara ne contenait rien d'intéressant, et le sien était protégé par un mot de passe.

Le mot de passe. Il s'approcha de son bureau et l'examina attentivement. Rien ne semblait avoir été déplacé ; son exemplaire du *Conte des deux cités* se trouvait exactement là où il l'avait laissé.

Et pourtant…

Et pourtant, son instinct lui disait que Temple avait réussi à lire ses fichiers. Il ne pouvait pas se permettre de passer outre cette possibilité. Pas plus qu'il ne devait sous-estimer son adversaire, un homme qui apparaissait et disparaissait à sa guise et qui, par ailleurs, avait accès à des documents d'État confidentiels avant qu'ils ne soient rendus publics.

Il fallait à tout prix les rattraper. Un simple coup de fil à Lyon avait suffi pour qu'on déploie un dispositif autour de l'aéroport. Ensuite, quand un de ses observateurs avait déniché la Mercedes abandonnée dans les bois, il avait élargi les recherches aux agences de location de voitures.

À moins que Temple n'ait réussi à en voler une autre, ils étaient à pied. Ronsard s'arrangea pour qu'on le prévienne immédiatement si un vol était signalé.

Il s'assit et pianota nerveusement sur son bureau. La destination la plus logique et la plus proche était Lyon – ce qui constituait une raison valable pour que Temple ait choisi de partir dans la direction opposée.

Ils avaient entamé une sorte de partie d'échecs. La clé de la victoire reposerait sur la stratégie, la capacité de chacun à anticiper les mouvements de l'autre.

Marseille était plus vaste que Lyon et dotée d'un port immense. La distance à parcourir était plus grande, mais une fois atteinte, la ville offrait des chances remarquables de s'échapper.

Le port. La clé était là. Temple prendrait la fuite par voie d'eau.

Le village était minuscule, à peine une quinzaine de maisons de part et d'autre de la route. John opta pour une vieille Renault garée devant l'une d'elles : les anciens modèles étaient plus faciles à trafiquer. Niema patienta à l'écart, tandis qu'il ouvrait la portière et cherchait à tâtons les fils de raccordement sous le tableau de bord. La lumière de l'habitacle était allumée, mais il n'avait pas de lampe électrique.

Un peu plus loin, un chien arraché à ses rêves aboya une fois, puis se tut. Aucune fenêtre ne s'illumina.

— Monte, chuchota John, en s'effaçant pour qu'elle puisse passer par le côté conducteur.

Elle n'était pas une enfant et la voiture avait des dimensions modestes. Elle se cogna le genou sur le levier de vitesses, la tête contre le rétroviseur, et le coude contre le volant. Marmonnant un juron, elle parvint enfin à se caler dans son siège.

John ne riait pas, mais les coins relevés de ses lèvres trahissaient son amusement. Pour la première fois depuis qu'ils avaient quitté la propriété, elle put le distinguer nettement. Son cœur fit un bond. La moitié droite de son visage était maculée de sang séché, malgré ses efforts pour l'essuyer. Sa chemise, d'une blancheur immaculée à l'origine, était tachée de poussière et de sang. Avec ses cheveux hirsutes et la bande de tissu nouée autour de sa blessure, il avait l'air d'un pirate.

Si quelqu'un les repérait maintenant, ils étaient morts.

En quelques instants, il réussit à faire démarrer le moteur. Il se glissa derrière le volant, sans fermer la portière, et passa en première. Le véhicule se mit à rouler doucement. Cinquante mètres plus loin, il ferma la portière.

— Quelle heure est-il ? demanda Niema, à bout de forces.

Elle avait mal aux pieds. Avec un soupir, elle ôta ses sandales, sachant qu'elle ne pourrait probablement pas les remettre par la suite. Tant pis. Le fait d'être assise était un tel soulagement qu'elle en gémit de plaisir.

Il jeta un coup d'œil à sa montre.

— 3 heures passées. Avec un peu de chance, nous avons deux ou trois heures devant nous avant qu'on ne signale la disparition de cette voiture. Tu devrais dormir un peu.

— Je n'ai pas sommeil.

C'était la vérité. Elle était épuisée, mais alerte. Elle avait faim et soif, et mourait d'envie de tremper ses orteils dans une bassine d'eau glacée.

— Ça ne va pas tarder. Quand ton taux d'adrénaline sera retombé, tu vas t'écrouler.

— Et toi ? riposta-t-elle, sans savoir ce qui la rendait d'aussi méchante humeur.

— J'ai l'habitude.

— Je me sens bien.

Ce n'était pas tout à fait vrai. Elle l'observa à la dérobée, admira son air parfaitement calme et posé. Peut-être paraissait-elle tout aussi sereine, mais intérieurement, elle était en loques.

— Tu veux qu'on en parle ?

— Non ! s'exclama-t-elle, paniquée.

Inutile de lui demander des précisions sur le sujet auquel il faisait allusion. Elle ne souhaitait pas l'entendre expliquer qu'il avait agi uniquement pour la bonne cause. Elle était pressée d'en finir, le plus dignement possible.

— Il le faudra bien, à un moment ou à un autre.

— Non. Je préfère oublier.

Il marqua une pause et serra les mâchoires.

— Tu es fâchée parce que tu as joui ou parce que moi, j'ai joui ?

Elle ravala un cri de frustration. Dieu du ciel, qu'il se taise, à la fin.

— Ni l'un ni l'autre. Les deux.

Voilà qui éclaire ma lanterne.

Elle ne répondit pas.

— Entendu, je ne dis plus rien pour l'instant, mais nous en rediscuterons.

Le silence qui s'installa lui parut lourd. Il ne comprenait donc rien à rien ? Ressasser cet épisode ne servirait qu'à remuer le couteau dans la plaie. Mais au fond, comment pouvait-il comprendre, alors qu'il voyait la situation sous un tout autre angle ?

— Nous sommes loin de Nice ?

— Environ trois cents kilomètres par l'autoroute, un peu moins en passant par la montagne. Mais ce véhicule n'est pas assez puissant.

— Par l'autoroute, on devrait y être à 6 h 30 ou 7 heures.

— Pas loin, en tout cas. Nous devrons nous arrêter en chemin pour voler une autre voiture.

— Encore ?

— Nous sommes trop près de chez Ronsard. Il va lancer une alerte générale. Nous devons nous débarrasser de celle-ci.

— Où ?

— Valence me semble un bon compromis.

Les voilà qui se transformaient en « voleurs en série », se dit-elle. Elle qui avait rêvé d'aventure, elle était servie ! En compagnie de John Medina, on ne s'ennuyait jamais. Pourtant, la perspective de retrouver son nid douillet l'attirait de plus en plus. Dans son refuge, elle parviendrait peut-être à surmonter son désespoir. Elle pensa à son pavillon au décor réconfortant.

— Si j'arrive à prendre le premier vol demain, je serai chez moi à l'heure qu'il est.

Elle se rappela alors qu'elle n'avait plus de passeport.

— Laisse tomber. Mon passeport est resté chez Ronsard. Comment vais-je regagner les États-Unis ?

— Nous bénéficierons certainement d'un transport militaire.

Nous ? En d'autres termes, il avait l'intention de repartir avec elle ? Première nouvelle.

— Tu rentres à Washington ?

— Pour un temps.

Il n'en dit pas davantage et elle se garda de l'interroger. Calant sa nuque contre l'appuie-tête, elle ferma les yeux. Elle ne dormirait pas, mais au moins, elle pourrait se reposer.

— Un boulanger a déclaré le vol de sa voiture ce matin… à cet endroit, annonça Ronsard, en pointant le bout de son doigt sur la carte.

Le village était à treize kilomètres de la propriété, sur une petite route étroite et sinueuse qui menait vers le sud-ouest et traversait l'autoroute à un moment donné. Plusieurs de ses hommes étaient rassemblés autour de son bureau pendant qu'il parlait au téléphone avec un ami, membre des autorités locales.

Si Temple s'était dirigé vers le sud, il avait très bien pu passer par là.

— Pouvez-vous me donner le modèle et la couleur du véhicule ? Vous avez un numéro d'immatriculation ?

Il inscrivit les renseignements qu'on lui énonçait.

— Oui, merci. Tenez-moi au courant.

Il raccrocha et arracha la feuille du bloc-notes.

— Trouvez-moi cette voiture, ordonna-t-il à ses sbires. Sur l'autoroute de Marseille. Ramenez-le-moi vivant si possible, sinon…

Les mots moururent sur ses lèvres et il haussa les épaules.

— Et la jeune femme ?

Ronsard eut une hésitation. Il ne savait pas dans quelle mesure Niema était impliquée. Il avait fouillé personnellement sa chambre et n'y avait rien relevé de suspect. Temple l'avait-il kidnappée ? Une chose était sûre : elle l'avait littéralement envoûté. L'intensité avec laquelle il la contemplait ne pouvait être feinte. Ils étaient peut-être partenaires et amoureux, mais dans le cas contraire, Temple était tout à fait du genre à l'enlever si elle refusait de le suivre de son plein gré.

La Niema qu'il connaissait était drôle, impertinente et généreuse. Il se rappela la gentillesse avec laquelle elle avait montré à Laure comment se maquiller, sa douceur, la façon dont elle s'était adressée à sa fille sans la considérer comme une invalide. Par égard pour Laure, il répliqua :

— Essayez de ne pas lui faire de mal. Amenez-la-moi.

25

Ils atteignirent Valence avant l'aube. John roula tranquillement en quête d'une cible prometteuse. La ville comptait plus de soixante mille habitants ; trouver une autre voiture ne devrait donc pas poser trop de problèmes.

Il observa Niema à la dérobée. Elle se tenait droite et raide comme un soldat. Il pinça les lèvres. À cause de lui, elle aurait pu tomber sous une pluie de balles. Quand il lui avait confié cette mission, il pensait que ce serait une partie facile à jouer, sans histoires, de celles que l'on pouvait accomplir les yeux fermés. Au lieu de quoi, ils avaient échappé de justesse à la mort.

Il continuait de la mettre en péril. Il en était conscient, sans pouvoir prendre la décision qui s'imposait : passer un coup de fil pour qu'on vienne les chercher. Désormais, ce n'était plus possible, pas après ce qu'il lui avait infligé dans le bureau de Ronsard.

Un seul appel. Il n'en faudrait pas davantage. En moins d'une heure, on les récupérerait et on les transporterait en avion privé à Nice, d'où il enverrait les fichiers à Langley. Mais vu la situation, elle remuerait alors ciel et terre pour qu'on la ramène directement chez elle. Et cela, il devait à tout prix l'empêcher tant qu'ils n'auraient pas réglé la question de leur relation.

Il s'était donné beaucoup de peine pour lui dissimuler ses sentiments, et voilà que la mascarade jouait contre lui. Elle était persuadée de n'être pour lui qu'un moyen d'atteindre son but. Comment réagirait-elle, s'il lui avouait la vérité ? Car il avait honteusement profité de la situation. En lui sautant dessus sous prétexte de les protéger, il avait saisi l'occasion de la posséder. Pire, il n'hésiterait pas à recommencer.

Tout ce qu'il avait dit chez Ronsard, tout ce qu'il avait fait était sincère. C'était même la raison pour laquelle Ronsard était tombé si facilement dans le piège. Mais Niema ne semblait pas s'en rendre compte, malgré son attirance évidente envers lui. Peut-être était-il trop habile à incarner des rôles. Il en avait assez de jouer la comédie. Quand il l'embrassait, il avait envie de lui dire que c'était par envie et non pour suivre un scénario.

Une voiture de police venait vers eux. Il était tellement absorbé par ses pensées qu'il ne prêta pas attention à la lenteur de son approche. Soudain, son instinct et ses réflexes reprirent le dessus.

— Nous sommes fichus, marmonna-t-il, en débrayant pour tourner à droite sur deux roues.

Inutile de chercher la subtilité. Tant pis si les flics savaient qu'il les avait repérés. L'important était de se débarrasser de cette voiture avant qu'on ne les arrête. Il appuya sur l'accélérateur dans l'espoir de prendre le prochain virage avant que les flics ne surgissent derrière eux.

Niema sursauta.

— Déjà ? s'exclama-t-elle, incrédule.

— Ronsard a de l'argent et de l'influence.

Il fonça le plus vite possible, ignorant les protestations du moteur. De nouveau, il braqua violemment, à gauche cette fois-ci. Il éteignit les phares et tourna encore à gauche pour regagner la rue d'où ils étaient partis.

Niema plaqua les mains sur le tableau de bord, puis s'accrocha à sa portière pour éviter d'être ballottée comme une poupée de chiffons.

John prit la première à droite. Avec un peu de chance, ils avaient semé leurs poursuivants. La rue était étroite, sinueuse et sombre. À condition d'éviter de freiner, personne ne les verrait.

— Et maintenant ? s'enquit Niema.

Abandonnant tout espoir d'une promenade tranquille, elle s'était agenouillée au sol. Curieusement, sa voix était empreinte d'une pointe d'allégresse. Il se rappela la façon dont elle s'était emparée de l'énorme pistolet et avait riposté aux tirs tandis qu'ils franchissaient le portail. Loin de céder à l'hystérie, elle renaissait face au danger.

— On s'en tient au plan d'origine. On largue cette caisse et on en pique une autre.

— Crois-tu qu'on pourrait se restaurer entre-temps ?

— Si on tombe sur un ruisseau où on peut se laver un peu. Inutile de songer à entrer chez un commerçant dans cet état.

Elle contempla ses pieds nus, sa robe déchiquetée, puis le smoking maculé de sang de John, et haussa les épaules.

— Bon, d'accord, on est en tenue de soirée. Le fait de se nettoyer le visage et les mains ne changera pas grand-chose.

Sur ce point elle avait raison. Avant de se montrer en public, ils devaient trouver d'autres vêtements. D'autant qu'il avait complètement oublié la bande de tissu autour de sa tête. Il ne pouvait l'enlever tant qu'ils n'auraient pas d'eau à leur disposition, car le sang séché aurait collé à l'étoffe : en l'arrachant, il risquait de raviver la plaie.

D'un autre côté, si leur prochain véhicule avait un plein d'essence, il tenterait de voler aussi un peu d'eau et de nourriture, afin qu'ils n'aient plus à s'arrêter avant Nice. Ils pourraient se doucher à bord du yacht et s'y faire livrer des vêtements propres.

— Il me faudrait aussi un petit coin isolé à d'autres fins, fit-elle remarquer.

— C'est noté.

Il laissa la Renault garée derrière un magasin et retira les plaques d'immatriculation, qu'il échangea avec celles de la voiture voisine. Quand les flics locaux compareraient le numéro avec celui de la Renault déclarée volée, ils penseraient s'être trompés. Ils ne tarderaient pas à rétablir la vérité, mais cela aurait permis de gagner du temps.

— Où allons-nous à présent ? voulut-elle savoir.

Elle était fatiguée, mais du moins avait-elle pu se soulager derrière les buissons. Seuls ses pieds la faisaient encore souffrir.

— On marche jusqu'à trouver une autre voiture.

— C'est bien ce que je craignais. Pourquoi ne pas avoir volé celle dont tu as pris les plaques ?

— Elle était trop proche de la Renault. Si nous voulons égarer les soupçons, nous devons traverser la ville.

Elle poussa un soupir. Traverser la ville ? Rien ne la tentait moins. Faux. C'était toujours mieux que de se faire rattraper. Elle se mordit la langue pour ne pas gémir.

Ils déambulèrent pendant plus de quarante-cinq minutes avant que John n'avise une petite Fiat au sommet d'une colline. La portière n'était pas verrouillée.

— Monte, ordonna-t-il.

Elle ne se fit pas prier. Il se mit en mode neutre et, les mains sur le cadre de la fenêtre, poussa de toutes ses forces. Puis il bondit à l'intérieur et ils dévalèrent la pente en silence. Quand ils furent suffisamment loin du pavillon du propriétaire, il bricola les fils pour la faire démarrer.

Ronsard arpentait la pièce sans un mot. Il détestait tout déléguer à ses hommes. Il comprenait Temple, ou du moins ne le sous-estimait-il pas. Ses invités étaient tous partis. Il n'avait plus aucune raison de rester là.

Le téléphone sonna. On avait repéré la Renault à Valence, mais Temple et Mme Jamieson semblaient s'être volatilisés dans la nature. Les plaques de la Renault avaient été échangées avec celles d'une Volvo, qui n'avait pas bougé, elle.

— A-t-on signalé d'autres vols de voitures au cours de ces dernières vingt-quatre heures ?

— Une Peugeot a disparu à un kilomètre de la Renault. Une Fiat aussi, nettement plus loin. Une plainte a été déposée concernant une Mercedes, mais le propriétaire s'était absenté et ne peut donc pas préciser à quel moment a eu lieu le vol.

La Peugeot, pensa Ronsard. C'était la plus proche. En même temps… n'était-ce pas encore un subterfuge de Temple ?

— Concentrez-vous sur la Mercedes et la Fiat, ordonna-t-il. Je vous rejoins par hélicoptère d'ici à deux heures. Trouvez-moi ces voitures.

— Oui, monsieur.

Il était midi lorsqu'ils atteignirent Nice. Niema était si fatiguée qu'elle avait du mal à réfléchir. Pourtant, son corps continuait de lui obéir. Ils furent accueillis sur le quai par un homme à bord d'une annexe à moteur, qui devait les emmener jusqu'au yacht, amarré au large. C'était forcément un employé de l'agence, songea Niema. Il était américain et ne leur posa aucune question, se contentant de manœuvrer l'embarcation jusqu'à un bateau somptueux, long de vingt mètres.

Elle était trop éreintée pour s'émerveiller. Elle laissa errer son regard sur l'ensemble, s'attarda sur l'impressionnant arsenal d'antennes. Quand John avait parlé de « yacht », elle avait vaguement imaginé un voilier de huit à douze mètres, doté d'une kitchenette ridicule et de couchettes étroites dans une cabine minuscule. Ce bateau appartenait à une tout autre catégorie.

John chuchota quelques mots à l'autre homme, lui donnant des instructions au sujet de la Fiat volée. Il fallait la faire disparaître au plus vite.

— Par ailleurs, nous allons avoir besoin d'une protection rapprochée. N'autorisez personne à s'avancer sans nous prévenir.

— Entendu.

Il se tourna vers Niema.

— Tu as la force de grimper ?

— Si j'arrive là-haut, j'aurai le droit de prendre une douche et de me coucher ?

— Absolument.

— Alors j'y vais.

Elle s'exécuta sans plus attendre, posant ses pieds nus sur les barreaux et rassemblant ses dernières ressources pour se hisser jusqu'au sommet. John monta aussi prestement que s'il venait de se réveiller frais et dispos après une bonne nuit de sommeil. Il était dans un état pitoyable, mais ne laissait rien paraître de sa lassitude.

Il ouvrit une trappe et l'invita à entrer. L'intérieur était étonnamment vaste. Tout ce qui pouvait être encastré l'était, dans un décor à la fois sophistiqué et luxueux. Ils se trouvaient au milieu du yacht, dans un salon aux cloisons lambrissées de bois clair. John la conduisit vers la proue.

— Et voilà, annonça-t-il, en poussant une porte qui donnait sur une salle d'eau. Tout ce dont tu as besoin est là. Quand tu auras fini, tu choisiras l'une ou l'autre de ces cabines.

Il lui indiqua deux portes un peu plus loin.

— Et toi, où seras-tu ?

— Dans le bureau, en train de transmettre les fichiers. Ne te sens pas obligée de te dépêcher, il y a deux autres salles d'eau à bord.

Se dépêcher ? Il plaisantait !

Comme le reste, la salle d'eau était luxueusement équipée. On avait encastré tous les placards, dans le but de gagner de la place. La douche était spacieuse, la robinetterie en plaqué or. Un peignoir en éponge était suspendu à un crochet, et l'épais tapis de bain semblait parfaitement douillet.

Niema inspecta le contenu de l'armoire placée au-dessus du lavabo. Comme promis, tout y était : savon, shampooing, après-shampooing, dentifrice, brosse à dents neuve, crème hydratante. Ouvrant un tiroir, elle découvrit un séchoir électrique et un assortiment de brosses et de peignes.

Elle n'avait qu'une envie : se jeter sur le lit et dormir jusqu'au soir. Ils étaient en sécurité, leur mission accomplie. Elle avait respecté son contrat à la lettre.

Normalement, elle aurait dû en éprouver de la satisfaction ou, tout au moins, du soulagement. Elle ne ressentait qu'une immense sensation de vide. C'était terminé. Fini. John. Le boulot. Tout.

— Je ne peux pas le laisser partir, chuchota-t-elle en plongeant le visage dans ses mains.

Elle l'aimait tant. Depuis des semaines, elle essayait de s'en défendre. Aimer un homme comme lui était difficile. Elle avait déjà connu l'amour avec un héros, et la mort de Dallas avait failli la détruire à tout jamais. Elle n'osait pas imaginer le risque qu'elle prenait en se lançant dans une relation avec John. Mais il était trop tard pour reculer.

Par ailleurs, elle avait du mal à envisager un avenir avec lui. John était un électron libre. Ils avaient travaillé en équipe sur cette mission, mais il y avait peu de chances que cela se reproduise. Par nécessité, très peu de gens connaissaient sa véritable identité. Elle ne comprenait toujours pas comment elle en faisait partie. Il avait beau affirmer qu'il lui avait révélé son nom sous l'effet de la surprise, elle n'en croyait rien. John Medina ne laissait jamais rien échapper sans une intention précise.

Alors pourquoi s'était-il dévoilé ? Elle n'était qu'une femme ordinaire, une simple employée douée pour l'électronique. Il aurait pu se taire et continuer à lui faire croire qu'il s'appelait Tucker. Ou encore, s'inventer un autre nom. Il en avait toute une liste. Elle n'y aurait vu que du feu.

Elle deviendrait folle à force de se demander où il était, ce qu'il faisait et dans quel dessein. Aucune femme saine d'esprit ne pouvait aimer un homme comme lui. Mais si elle avait acquis une certitude au cours de cette mission, c'était qu'elle n'était pas un modèle d'équilibre. Elle était une junkie de l'adrénaline, une risque-tout. Après cinq années passées à se morfondre, à refouler ses désirs profonds, à culpabiliser sur la mort de Dallas, à essayer de se reconstruire pour mener une existence sans histoire, elle était bien obligée d'admettre que c'était raté. Désormais, il suffirait que John passe la porte et lui fasse signe de le suivre, elle accourrait – n'importe quand, n'importe où.

Elle s'en voulait de sa faiblesse. S'il en avait manifesté de son côté, elle aurait peut-être pu espérer. Il l'appréciait, c'était sûr. Il avait réagi physiquement à leurs baisers, et s'était montré plus qu'à la hauteur dans le bureau de Ronsard, mais n'était-ce pas le lot de tous les hommes ? Ne lui avait-il pas fait lui-même remarquer combien les hommes étaient des créatures primitives ?

Elle pourrait ressasser les détails toute la journée, tourner en rond comme un rat de laboratoire dans sa cage, elle en reviendrait toujours au même point : elle ne voyait aucun avenir possible avec John. Il était ce qu'il était. Il vivait dans l'ombre et mettait sa vie en péril quotidiennement.

Tout ce dont elle pouvait rêver, c'était de le revoir de temps à autre. Quitte à ce que ces rencontres se produisent une fois tous les cinq ans. Du moins saurait-elle qu'il était vivant.

Un frémissement la parcourut et elle s'obligea à bouger. Débarrassée de ses vêtements sales, elle s'offrit une longue douche chaude. Après s'être lavé les cheveux, elle se savonna, frottant vigoureusement une tache sur sa cuisse jusqu'à ce qu'elle se rende compte que c'était un bleu.

Une fois propre, elle se sentit un peu mieux. Dans le miroir, son visage lui parut pâle, ses traits tendus, ses yeux cernés. Elle se brossa les dents, s'hydrata généreusement la peau, se fit un brushing, puis appliqua une pommade cicatrisante sur ses pieds.

Ces rituels eurent un effet sédatif. Détendue, elle se dit qu'elle allait enfin pouvoir dormir et se surprit à ébaucher un sourire. Comme si elle en avait douté une seule seconde ! En fait, elle avait la ferme intention de passer les dix prochaines heures à l'horizontale, davantage si possible.

Les vêtements sales, elle s'en occuperait plus tard, décida-t-elle en s'enveloppant dans le peignoir. Pour l'heure, tout ce qu'elle voulait, c'était se reposer.

Elle ouvrit la porte et se figea. John se tenait sur le seuil, une serviette enroulée autour de la taille, le corps scintillant de gouttes d'eau. Niema crispa les poings et resserra la ceinture de son peignoir pour se retenir de le toucher, de poser les mains sur son torse musclé.

— Tu as déjà fini ? s'étonna-t-elle.

— J'en ai eu pour deux minutes. Je n'avais qu'à charger le disque, me connecter au satellite et appuyer sur la touche « envoi ». C'est fait.

— Tant mieux. Tu dois être aussi épuisé que moi.

Il lui bloquait le passage. Le regard indéchiffrable, il la contempla.

— Niema…

— Oui ? murmura-t-elle, attendant la suite.

Il lui tendit la main.

— Est-ce que tu veux bien dormir avec moi ?

Le cœur de Niema fit un bond. Elle le dévisagea longuement, intriguée par son expression, et résolut de ne pas s'y attarder. Pour l'instant, tout ce qui comptait, c'était d'être avec lui. Elle mit sa main dans la sienne.

— Oui.

Il l'enlaça et la souleva de terre presque avant qu'elle eût prononcé ce mot. Il réclama ses lèvres en un baiser avide, ravageur, brûlant. Sa langue avait le goût du dentifrice dont elle venait de se servir. Elle s'accrocha à son cou et s'abandonna au plaisir de ses caresses.

La serviette de John tomba à terre. Le peignoir de Niema se perdit quelque part sur le chemin de la cabine la plus proche. Ils s'écroulèrent sur le lit. Le temps qu'elle reprenne son souffle, il s'allongeait sur elle et calait ses jambes entre ses cuisses.

Ils s'étreignirent avec ferveur. Cette fois, la nécessité professionnelle n'y était pour rien. John ne jouait pas la comédie. Il avait envie d'elle. Ce n'était pas le John Medina qu'elle connaissait, toujours parfaitement maître de lui-même. Celui-ci ne contrôlait plus rien.

Elle fit glisser les mains le long de son dos.

— J'aimerais t'enseigner un nouveau concept, murmura-t-elle. On appelle ça les préliminaires.

Il se redressa légèrement, afficha un sourire penaud. S'appuyant sur les coudes, il lui encadra le visage et l'embrassa.

— Je suis un homme désespéré. Quand tu me laisses te toucher, je n'ai plus qu'une idée en tête : te prendre avant que tu ne changes d'avis.

Ces paroles la surprirent, car elles trahissaient une vulnérabilité dont elle ne l'aurait jamais cru capable.

— Pourquoi changerais-je d'avis ?

— Les choses n'ont pas toujours été… faciles entre nous.

Elles ne l'étaient pas plus aujourd'hui. Entre eux, il y avait de la tension et de l'incertitude, une attirance sexuelle explosive et un zeste d'hostilité inévitable entre deux fortes personnalités. Leur relation n'avait rien de serein.

Passant les doigts dans ses cheveux encore humides, elle se cambra vers lui.

— Si je voulais une monture docile, je choisirais un cheval de bois.

26

Niema se réveilla dans ses bras le lendemain matin. Elle était en position fœtale sur le côté gauche, confortablement calée contre lui, ses jambes entrelacées aux siennes, le poids du bras de John sur sa hanche. Elle sentait son souffle chaud sur son épaule.

Depuis Dallas, elle n'avait pas connu de telles sensations, songea-t-elle avec mélancolie. Les souvenirs revinrent en force : les derniers mots de Dallas en Iran, la nuit où John l'avait bercée contre lui pour l'endormir, la façon dont il l'avait tenue le lendemain matin pendant qu'elle pleurait, folle de douleur lorsque à son réveil elle s'était rendu compte qu'il n'était pas Dallas, que Dallas ne serait plus jamais là.

Elle ne voyait pas l'heure, mais le ciel commençait à s'éclaircir. Ils étaient au lit depuis… combien… seize, dix-sept heures ? Ils avaient fait l'amour, dormi, refait l'amour. John s'était levé une fois et leur avait apporté un plateau de fromages et de fruits en guise de dîner. Hormis cela, ils n'avaient pas quitté la cabine sinon pour se rendre aux toilettes.

Le corps alangui, elle se sentait bien, rassérénée, rassasiée.

Il lui frôla la nuque du bout des lèvres. Elle soupira de bonheur. Comme c'était bon de se réveiller dans les bras de l'homme qu'on aimait.

Il laissa remonter sa main droite jusqu'à ses seins et la caressa tendrement. Un frémissement de plaisir la parcourut. En une seule nuit, il connaissait son corps par cœur.

— J'ai eu envie de toi la première fois que je t'ai vue, lui confia-t-il tout bas. Mon Dieu ! Si tu savais combien j'enviais Dallas. Je me suis tenu à l'écart pendant cinq ans. Cinq putains d'années. Je voulais te donner toutes les chances de fonder un foyer avec ton prince charmant, mais aucun n'est venu et j'en ai par-dessus la tête de patienter. Désormais, tu es à moi, Niema. À moi.

Elle tressaillit.

— J… John ? bredouilla-t-elle.

Elle n'avait pas imaginé ce qui lui passait par la tête. Comment l'aurait-elle pu ? Il jouait si bien la comédie !

— Je t'ai convaincue d'accepter cette mission parce que je ne pouvais pas te lâcher, enchaîna-t-il, en la mordillant au creux de l'épaule. Tu avais raison. J'aurais très bien pu demander à quelqu'un d'autre de placer ce mouchard. J'aurais même pu m'en charger moi-même. Mais je voulais que tu sois avec moi. Je voulais saisir cette chance de t'avoir enfin pour moi.

— S'il te plaît…, chuchota-t-elle, au comble de l'excitation.

— Pas encore… Dans le bureau de Ronsard…

— Pour l'amour du ciel, tu te confesseras après !

Il rit, mais poursuivit son discours.

— Je n'avais pas l'intention d'aller si loin. C'est la première fois de ma vie que je perds la tête comme ça. Il fallait que je te goûte, que je t'embrasse… que je te possède. J'avais rêvé d'une première fois dans un vrai lit, en prenant tout mon temps, mais j'étais incapable de m'arrêter. La mission m'est totalement sortie de l'esprit. Il n'y avait plus que toi.

Il disait ce que toute femme normale rêvait d'entendre de l'homme qu'elle aimait. Mais il aurait pu choisir un autre moment, non ?

— Tu sembles persuadée que la fin de ce boulot signifie la fin de notre relation. Tu te trompes, ma chérie. Tu es mienne et tu le resteras.

— John, souffla-t-elle, je t'aime. Mais si tu ne viens pas avec moi très vite…

Ils s'effondrèrent l'un sur l'autre, à bout de souffle. Niema tremblait de tous ses membres, grisée par l'orgasme et par les paroles de John. Elle se tourna vers lui. Aussitôt, il fut sur ses gardes.

Elle parvint à sourire, mais son cœur battait si fort qu'elle eut du mal à s'exprimer.

— Ne t'imagine pas que tu peux me dire des trucs pareils quand j'ai le dos tourné, murmura-t-elle en lui caressant la joue. Étais-tu sincère ?

— Absolument.

— Moi aussi.

Il porta la main de Niema à ses lèvres, puis la serra très fort. Elle lui embrassa le menton.

— Je n'attends pas plus de toi que ce que tu pourras m'offrir. Je ne sais pas qui tu es, rappelle-toi. Tu as un métier, je ne te demanderai pas d'y renoncer pour moi. Moi-même, je retournerais volontiers sur le terrain…

— Pourquoi cela ne me surprend-il pas ? railla-t-il.

— Nous trouverons une solution. Rien ne nous oblige à prendre une décision maintenant, ni même demain.

Haussant les sourcils, il changea de position.

— Tu fais preuve de beaucoup de sollicitude à mon égard.

— Je ne voudrais pas t'effaroucher.

— Après t'avoir attendue pendant cinq ans ? Mon amour, tu ne m'éloignerais pas avec une mitraillette. Mais tu as raison sur un point : rien ne presse. Notre seul souci pour l'instant va être de décider de ce que l'on va commander pour le petit déjeuner. Avant de rentrer à Washington, je propose qu'on s'accorde quelques jours juste pour nous.

— C'est possible ?

Le rêve ! Se réveiller tard, faire l'amour, lézarder au soleil... Oublier les rôles à jouer, les fichiers à voler. Quelques jours juste pour eux. Elle avait encore du mal à y croire. Comment n'avait-elle pas deviné les sentiments de John ? Peut-être avait-elle inconsciemment ignoré les signes ? Peut-être cela expliquait-il le malaise qu'elle avait éprouvé en sa présence autrefois, en Iran ? Elle n'avait pas su les déceler, car John était passé maître dans l'art de la dissimulation, mais la tension avait été palpable. Aurait-elle été prête à entendre sa déclaration plus tôt ? Elle n'en savait rien.

Désormais, ils étaient ensemble, et c'était tout ce qui comptait.

27

Deux heures après que John eut pris contact avec lui par radio, l'homme du hors-bord leur apporta des vêtements neufs : jeans, tee-shirts, sous-vêtements, chaussettes et baskets.

— Des nouvelles de Ronsard ? lui demanda John, en récupérant les paquets.

Il secoua la tête. Il était habillé presque comme la veille, en pantalon de coton et polo, les yeux cachés derrière des verres fumés.

— Rien depuis hier soir. Ses hommes ont infesté Marseille. On dirait que vous les avez pris de court. Toutefois, nous maintenons la surveillance sur le yacht, au cas où.

Niema attendit que l'agent soit reparti avant d'émerger sur le pont.

— Enfin ! s'exclama-t-elle, enchantée. Se promener toute nue quand on a de quoi se couvrir est une chose. Se promener toute nue quand on n'a pas d'autre choix en est une autre.

Il tendit la main et fit mine de desserrer la ceinture du peignoir qu'elle avait enfilé en sortant de la douche quelques instants auparavant.

— Tu me sembles couverte – beaucoup trop à mon goût.

— C'est le but du jeu. Plus on doit travailler pour obtenir ce que l'on veut, plus on en profite.

Elle l'esquiva et redescendit dans la cabine.

Elle était si heureuse qu'elle en avait le vertige. Certes, des problèmes surviendraient dans l'avenir, peut-être même dans un avenir proche. Elle ne savait pas quelle forme pouvait prendre leur relation, si ce serait un engagement formel ou un arrangement tacite entre deux amants qui se retrouvaient dès qu'ils le pouvaient – c'est-à-dire pas si souvent. En attendant, elle allait vivre l'instant présent, savourer son bonheur au cours de ces quelques jours d'escapade avant qu'un avion militaire ne les rapatrie aux États-Unis.

Il ne lui avait pas dit qu'il l'aimait. Ce n'était pas nécessaire. Elle le sentait dès qu'il la touchait, avec ce mélange de tendresse et de désir presque sauvage, dès qu'il la contemplait, une lueur d'émotion dans les prunelles. John contrôlait si bien ses émotions que le fait même qu'il les montre valait toutes les paroles du monde.

Elle n'avait pas besoin de promesses, de projets. Pas aujourd'hui. Pas demain. Au fond, en perdant Dallas, elle avait appris à ne pas anticiper sur l'avenir.

Il s'appuya contre le cadre de la porte et l'observa pendant qu'elle déballait les sacs, disposant leurs tenues côte à côte sur le lit.

— Tu as l'intention d'aller quelque part ?

— Non, je veux juste m'habiller. J'ai sans doute du mal à croire que Ronsard ait abandonné la partie. En cas d'imprévu, j'aimerais être présentable.

John vint vers elle et l'étreignit.

— Nous n'avons pas grand-chose à craindre à bord, la rassura-t-il. Pour nous atteindre sans être vu, il faudrait arriver en sous-marin. Nous sommes constamment surveillés, et le bateau est équipé de dispositifs électroniques destinés à brouiller les fréquences, pour le cas où quelqu'un aurait l'idée saugrenue d'écouter aux portes.

— Nous sommes donc obligés de rester ici jusqu'à ce qu'on vienne nous chercher ?

— Quelques jours au lit ne seraient pas pour me déplaire, murmura-t-il avec un sourire. D'un autre côté, je ne suis pas Superman, alors autant s'habiller.

Ils montèrent sur le pont. Le soleil était chaud, l'eau étincelante. Niema laissa errer son regard sur la plage envahie de baigneurs, derrière laquelle se profilait la ville.

— J'aimerais tant visiter Nice, dit-elle en chaussant ses lunettes noires.

— Plus tard, peut-être. Voyons s'il y a du neuf du côté de Ronsard avant de nous aventurer trop loin.

Il ramassa une paire de jumelles et scruta la côte.

— Tu lorgnes les femmes aux seins nus ? le taquina-t-elle. Je te croyais au-dessus de cela.

— Un homme n'est jamais au-dessus de cela.

En fin d'après-midi, il reçut un nouveau rapport de ses collègues à terre. Ronsard semblait avoir rappelé ses hommes. Il en restait certainement quelques-uns postés autour des aéroports de la région, mais personne ne paraissait les rechercher activement.

— Je crois que nous allons pouvoir tenter un peu de tourisme, annonça-t-il.

— Tu connais Nice, n'est-ce pas ?

Il haussa les épaules.

— Je suis allé un peu partout.

— Qu'est-ce que tu fais pour te détendre ?

Il réfléchit un instant.

— Je me cache à bord d'un yacht et je te fais l'amour.

— Tu veux dire que… que tu n'as jamais pris une voiture pour rouler au gré de ta fantaisie ? Loué un chalet dans la montagne, pêché, admiré le paysage ?

Elle était atterrée. Comment pouvait-on vivre dans le stress permanent ?

— Comme un homme normal ? Non.

Monsieur Medina, il va falloir que ça change, pensa-t-elle en le dévisageant. Quand il serait en congé, elle se débrouillerait pour qu'il se repose vraiment, sans être obligé de surveiller ses arrières.

John avertit par radio qu'ils allaient se promener.

— Vous voulez une protection rapprochée ?

— De combien d'hommes disposez-vous ?

— On peut surveiller le yacht ou vous, mais les deux, ce sera plus compliqué.

C'était un risque calculé. Niema en avait conscience. Si les sbires de Ronsard étaient invisibles, cela ne signifiait pas qu'ils ne rôdaient pas dans les parages. Mais dans la vie de John tout était basé sur des risques calculés – et depuis peu, dans la sienne aussi. Il en serait toujours ainsi. C'était l'existence qu'elle avait choisie, celle qu'elle voulait.

— Prêtez-nous un homme, décida John.

— Entendu.

John cala un pistolet dans la ceinture de son pantalon et enfila une veste légère. Niema avait trouvé un panier souple dans la cabine. Elle y déposa son arme.

Ils gagnèrent la côte à bord du petit hors-bord du yacht. Le soleil était bas, le ciel strié de lueurs orangées. Ils déambulèrent un moment parmi les touristes, puis s'arrêtèrent pour boire un café sur une terrasse, avant de reprendre leur balade. Niema explora plusieurs boutiques. Elle s'apprêtait à acheter une ravissante écharpe bleue, quand elle s'aperçut qu'elle n'avait pas d'argent.

— Je suis fauchée, confia-t-elle à John, en l'entraînant dehors.

— Je te l'offre.

— Non. Ce que je veux, c'est que tu me procures des espèces.

Il retourna à l'intérieur.

Elle l'attendit sur le trottoir, les bras croisés, en tapant du pied. Lorsqu'il la rejoignit, il glissa le paquet dans son panier.

— Cadeau. Quant aux espèces, je vais demander qu'on nous en livre demain.

— Merci.

Par-dessus son épaule, elle aperçut un homme qui semblait les observer. Il se détourna brusquement et disparut dans une boutique.

— Sais-tu à quoi ressemble notre garde du corps ?

— Je l'ai repéré à notre arrivée. Pantalon kaki, chemise blanche.

— Un homme en pantalon noir, chemise blanche et veste beige nous file. Il s'est précipité dans ce magasin quand il a vu que je l'avais remarqué.

John réagit immédiatement, mais sans hâte. La saisissant par la taille, il l'entraîna dans le commerce le plus proche. Après avoir traversé la boutique au pas de charge, ils sortirent par la porte arrière, poursuivis par les exclamations indignées de la propriétaire. Ils débouchèrent dans une allée étroite et sombre. John bifurqua à droite, prenant la direction du magasin où s'était réfugié leur observateur inconnu.

À supposer qu'il les ait suivis, il tournerait instinctivement à gauche, dans la direction opposée à celle d'où il était venu. Si John et Niema se débrouillaient pour quitter l'allée avant qu'il ne se rende compte de sa bévue et ne fasse demi-tour, ils réussiraient à le semer.

Ils faillirent réussir leur coup. L'homme surgit derrière eux alors qu'ils n'étaient qu'à une dizaine de mètres du but. La propriétaire de la boutique courait derrière lui en glapissant, furieuse qu'on prenne son commerce pour un couloir de passage. Il l'ignora, puis la bouscula d'une main tout en dégainant un pistolet dissimulé sous sa veste.

La commerçante poussa un hurlement et se réfugia dans son magasin. John poussa Niema sous un porche et plongea dans la direction opposée. À son tour, il sortit son arme en se roulant par terre. La première balle résonna contre une poubelle en métal. John riposta, mais l'homme parvint à s'éclipser dans l'arrière-boutique.

— Cours ! Je m'occupe de lui.

Niema s'apprêtait à extirper son revolver du panier, mais sur l'ordre de John elle prit ses jambes à son cou. Devant elle, les passants s'écartaient comme des fourmis paniquées.

Au bout de l'allée, elle pivota pour se plaquer contre un mur, et suivit prudemment les échanges de balles. John battait en retraite, tout en tirant des coups soigneusement espacés. Quand il fut près d'elle, il la saisit par le bras et ils s'enfuirent à toute allure, se faufilant parmi les piétons ahuris.

— On regagne le hors-bord ? s'enquit-elle, le souffle court.

— Pas avant de l'avoir semé. Je ne veux pas qu'on puisse identifier le yacht.

Tout en courant, elle plongea le bras dans son panier pour récupérer son arme.

— Qu'est-ce que tu fabriques ? lui demanda-t-il, en jetant un coup d'œil derrière eux. À droite !

Elle s'exécuta.

— Je le mets là où je pourrai m'en emparer facilement, grogna-t-elle, en coinçant l'arme dans la ceinture de son jean et en rabattant son tee-shirt par-dessus.

Ils entendirent un cri apeuré. Malheureusement pour eux, les rues étaient encombrées de touristes et toutes les têtes se tournaient sur leur passage. Leur poursuivant n'avait qu'à suivre les regards.

— À gauche ! lança John.

Ils accélérèrent à l'unisson.

— À droite !

Ils s'enfoncèrent dans une allée flanquée de pots de fleurs, aux portes peintes de couleurs vives. Quelques enfants y jouaient. Ils ne pouvaient pas rester là, au risque de mettre les petits en danger.

Une fois de plus, ils tournèrent à droite pour se retrouver dans une ruelle si étroite qu'ils durent avancer en file indienne. Le crépuscule tombait, les premières lumières commençaient à s'allumer.

Quelqu'un se rua sur John alors qu'ils émergeaient de la ruelle, et tous deux s'écroulèrent. L'espace d'un éclair, Niema crut que c'était un accident, mais à cet instant, une paire de bras la saisit par-derrière. Elle réagit machinalement en donnant un coup de coude magistral. Son agresseur souffla violemment. Elle s'arracha à son étreinte, pivota et ficha son index dans le creux au coin de son œil. Elle n'était pas bien placée, mais il tomba tout de même en se tortillant et en vomissant.

John l'agrippa par le bras. Regardant derrière elle, elle constata que son adversaire gisait sur le sol, immobile. Celui qui s'était attaqué à John était à moitié assis, à moitié couché contre le mur. Lui non plus ne bougeait pas.

— Ne te retourne pas. Cours.

Elle avait l'estomac noué.

— Je n'avais pas l'intention de le...

— Lui, si.

Ils étaient maintenant dans un quartier où les rues semblaient s'entrecouper comme des spaghettis emmêlés. Devant eux, un trio d'hommes traversa une intersection, l'arme au poing. L'un d'eux aperçut John et Niema. John la poussa dans l'allée la plus proche.

— Combien sont-ils ? voulut-elle savoir.

— Nombreux.

Ils empruntèrent une voie minuscule et fleurie, dans laquelle des vieilles femmes vendaient leur artisanat sur le pas de leur porte. L'une d'entre elles laissa échapper un hurlement en voyant le pistolet de John. Virage à gauche. Mauvaise pioche : ils étaient dans une impasse. Niema voulut rebrousser chemin, mais John la rattrapa et l'attira contre lui.

Elle comprit ce qui avait attiré son attention. Le silence. Toutes les vieilles dames s'étaient réfugiées chez elles avec leurs marchandises.

Louis Ronsard apparut, un sourire aux lèvres, un Glock 17 à la main. Le canon était pointé sur la tête de Niema.

Aussitôt, John s'écarta.

— Ne bougez plus, ordonna Ronsard.

John obéit.

— Mes amis, vous êtes partis sans dire au revoir.

— Au revoir, riposta John, impassible.

— Lâchez votre arme, ajouta Ronsard, le regard glacé.

John laissa tomber son revolver sur les pavés.

— Vous avez abusé de mon hospitalité. Si un de mes hommes ne vous avait pas surpris, vous vous en seriez tirés. Je n'aurais jamais su que vous aviez accédé à mes fichiers confidentiels. Car c'est bien cela, n'est-ce pas ? Sans quoi, vous n'auriez pas quitté mon bureau à ce moment-là. Vous auriez continué à travailler.

John haussa les épaules. À quoi bon le nier ?

— J'ai obtenu ce que je cherchais. J'ai tout recopié. Désormais, je sais ce que vous savez.

— Dans quel dessein, cher ami ? Un chantage ? Le désir de récupérer l'exclusivité du RDX-A ?

Ce fut Temple qui répondit. À la grande stupéfaction de Niema, le visage de John se modifia imperceptiblement, son regard devint fixe.

— Celui qui dispose de ce produit pourra gagner beaucoup d'argent en très peu de temps. Par ailleurs, j'en ai besoin…

— Vous auriez pu en acheter la quantité nécessaire.

— Et c'est vous qui auriez empoché les bénéfices.

— C'est donc cela ? Une histoire d'argent ?

— C'est toujours une histoire d'argent.

— Et elle ? grommela Ronsard, en indiquant Niema. Je suppose que vous êtes partenaires ?

— Je travaille seul.

— Donc, elle est… ?

— Elle n'est pas impliquée dans cette affaire. Laissez-la tranquille.

Ronsard pointa le canon du Glock sur John, le doigt sur la détente.

— Ne me prenez pas pour un imbécile.

Niema glissa subrepticement une main dans son dos et agrippa le pistolet calé dans son jean. Ronsard s'en rendit compte et commença à se tourner vers elle, mais elle visait déjà sa tête.

— Peut-être que c'est à moi que vous devriez poser les questions, suggéra-t-elle en imitant de son mieux le style Medina. Lâchez votre arme.

— Certainement pas. Êtes-vous prête à risquer la vie de votre amant ? Il n'a pas voulu sacrifier la vôtre.

Elle afficha un air indifférent.

— Contentez-vous de vous placer à côté de lui.

Les deux hommes se figèrent. John semblait avoir cessé de respirer. Il était blême. Ronsard la dévisagea d'un air ahuri, puis se mit à rire aux éclats. Niema n'osait pas le quitter des yeux. Elle était pratiquement paralysée par la peur. Dans le passé, John avait préféré tuer sa propre femme plutôt que de la laisser trahir deux hommes. La pensée que Niema pouvait le trahir à son tour risquait de lui faire perdre l'esprit. Sa réaction était cruciale, car il fallait que Ronsard tombe dans le panneau.

— Toutes mes excuses, monsieur Temple. Il semble que nous ayons *tous deux* été pris au piège.

— Navrée, mon chéri, susurra-t-elle avec un sourire factice. J'ai le disque. Pendant que tu dormais cette nuit, je l'ai confisqué.

Il savait que c'était un mensonge. Non seulement elle n'avait pas quitté le lit hormis pour aller aux toilettes, mais s'emparer du disque était inutile, puisque toutes les informations avaient été transmises à Langley.

Elle s'adressa à Ronsard.

— Je pourrais me présenter, mais il vaut mieux que je ne le fasse pas. J'ai une proposition à vous soumettre, Louis – bénéfique pour vous comme pour moi.

— En quel sens ?

Elle sourit.

— La CIA souhaite vivement trouver un arrangement avec vous. Notre but n'est pas de vous détruire. Vous pourriez nous être d'une aide précieuse, et vice versa. Vous avez accès à toutes sortes d'informations particulièrement intéressantes – en échange desquelles nous sommes prêts à vous rémunérer grassement.

— Vous n'êtes pas les seuls, rétorqua Ronsard.

Niema surveillait John en même temps que Louis. Pourvu qu'il n'intervienne pas !

— Mais nous avons encore plus à vous offrir.

— C'est-à-dire ?

— Un cœur.

Un silence profond les enveloppa. John tressaillit, se ressaisit immédiatement. Ronsard s'empourpra.

— Comment osez-vous... comment osez-vous marchander la santé de ma fille ?

— Je vous offre les services du gouvernement américain pour lui trouver un cœur compatible. Quelle que soit votre fortune, vous n'y arriverez pas tout seul. Un cœur neuf ne la sauvera pas forcément, mais au moins elle aura une chance de tenir le coup jusqu'à la mise au point d'un nouveau traitement.

Il la dévisagea avec toute la détresse d'un père angoissé pour la vie de sa fille.

— D'accord, grogna-t-il.

Sans négocier, sans chipoter. Son amour pour Laure était profond et sincère. Il ne reculerait devant aucun sacrifice, quitte à vendre son âme, pour la sauver. Travailler avec la CIA, pourquoi pas ? Il abaissa son arme et adressa un signe de tête à John.

— Et lui ?

— M. Temple ?

Niema haussa les épaules, relâchant à son tour son bras armé. Elle prenait un risque, mais elle sentait que c'était le meilleur moyen de voir aboutir leur accord.

— Disons qu'il représente un... bonus, en quelque sorte. Je ne m'attendais pas qu'il m'assiste sur cette mission, mais comme il était là et qu'il travaille bien, je l'ai laissé intervenir.

L'essentiel, songea-t-elle, c'était de maintenir sa couverture. Personne ne devait douter qu'il était Joseph Temple.

John se pencha pour ramasser son revolver. Son expression était indéchiffrable. Le teint encore très pâle, le regard sans vie, il eut un mouvement vers Ronsard.

— Temple ! s'exclama-t-elle, à l'instant précis où un bruit attirait son attention vers la droite.

Deux des hommes de Ronsard avaient surgi au coin. Ils fixaient John, l'objet principal de leur chasse. Ils le voyaient s'avancer vers Ronsard, un pistolet à la main. En une nanoseconde, Niema imagina la scène qui allait se dérouler. Ils pointèrent leur arme sur lui. L'œil rivé sur Ronsard, John ne réagit pas aussi vite qu'à l'accoutumée.

Elle ne s'entendit pas hurler. Un cri rauque de rage et de terreur lui échappa pourtant. Son bras se releva sans qu'elle s'en rende compte. Elle n'entendait que les battements de son cœur, lents mais assourdissants. Une seule pensée martelait son esprit : non ! pas ça, pas encore. Elle ne supporterait pas de le regarder mourir.

Un rugissement lointain lui parvint, suivi d'un nuage de fumée. L'odeur de la poudre lui brûla les narines, tandis qu'elle tirait une fois, deux fois, trois fois. Une masse lourde la bouscula, la propulsa à terre. Elle tenta de se relever, mais ses jambes refusaient de lui obéir. Elle tira de nouveau.

Quelqu'un avait riposté, se dit-elle. John. Oui, John. Tant mieux. Il n'était pas mort.

Elle eut l'impression que les lumières s'éteignaient, mais ne pouvait en être sûre. Les bruits ambiants s'estompèrent, se transformèrent en mots incompréhensibles. Une douleur atroce lui coupait la respiration.

— ... nom de Dieu, je t'interdis de mourir ! s'écriait John, en lui arrachant ses vêtements. Tu m'entends ? Je t'interdis de mourir !

John jurait rarement, pensa-t-elle, il devait être vraiment en colère. Que s'était-il passé ?

Elle était blessée. Le souvenir lui revenait à présent. Le coup violent qui l'avait renversée.

Une balle. Elle avait reçu une balle. Elle avait mal. Tellement mal.

— Ne meurs pas, marmonna John, en pressant une main sur ses côtes.

Elle s'humecta les lèvres.

— Si tu te dépêches d'aller chercher des secours, je survivrai peut-être.

Il tourna la tête et la contempla. Ses pupilles s'étaient rétrécies, son visage était blanc comme un linge.

— Tiens bon, souffla-t-il. Je vais arrêter l'hémorragie. Ronsard, ajouta-t-il d'un ton menaçant, vous avez intérêt à user de votre influence pour nous amener les meilleurs médecins d'Europe. Parce que, si elle meurt, je vous pulvériserai.

Washington, trois semaines plus tard

Niema descendit péniblement de son lit et se dirigea vers l'unique fauteuil de la chambre d'hôpital. Ses jambes étaient plus solides, elle marchait un peu plus chaque jour, c'est-à-dire quelques minutes et sur de petites distances. Mais elle en avait assez d'être couchée et passait le plus de temps possible dans ce fauteuil. Là, elle avait moins l'impression d'être une invalide.

On lui avait retiré la dernière perfusion dans la matinée. En principe, elle devrait quitter l'hôpital le lendemain. Elle achèverait sa convalescence chez elle.

Frank Vinay lui avait rendu visite. Il s'était arrangé pour que quelqu'un vienne l'aider à la maison jusqu'à ce qu'elle soit suffisamment rétablie pour se débrouiller toute seule.

La perspective de retrouver son nid la réconfortait. L'aventure, c'était bien, mais une femme avait besoin d'un peu de tranquillité quand elle se remettait d'une blessure par balle. Les trois semaines qui venaient de s'écouler restaient très vagues dans sa mémoire. Elle savait qu'on l'avait transportée aux urgences dans un établissement en France. Louis Ronsard était peut-être présent. Il lui avait même tenu la main un court moment.

Par la suite, on l'avait transportée par avion sanitaire aux États-Unis. Elle ne se rappelait rien du voyage ; elle avait appris ce détail par les infirmières. On lui avait injecté un puissant sédatif et elle avait dormi jusqu'à Washington. De quoi désorienter n'importe qui.

Chaque fois qu'elle refaisait surface, la douleur était atroce. Toutefois, elle avait cessé d'ingurgiter des antalgiques depuis une semaine, quand on l'avait sortie de réanimation pour l'installer ici. Les deux premiers jours avaient été difficiles, mais elle avait surmonté l'épreuve.

La dernière fois qu'elle avait vu John, elle gisait dans une ruelle de Nice. Il avait été obligé de disparaître, bien sûr. Ni Joseph Temple ni John Medina ne pouvaient se permettre de traîner dans les parages. Elle n'avait pas demandé de ses nouvelles à M. Vinay. Soit John ressurgirait, soit il ne reviendrait jamais.

Une petite lampe diffusait une lumière douce. C'était un soulagement, après les éclairages aveuglants de la salle de réanimation. Elle alluma la radio, chercha une chaîne de musique instrumentale, se cala dans son siège et ferma les yeux.

Elle n'avait entendu aucun bruit, n'avait senti aucun courant d'air dû à l'ouverture de la porte. Pourtant, peu à peu, elle prit conscience de la présence de John. Soulevant les paupières, elle lui sourit, pas surprise du tout de le découvrir devant elle.

— Enfin ! murmura-t-elle, la main tendue vers lui.

Il s'approcha d'un pas silencieux en la buvant du regard. Il encadra son visage des deux mains, lui caressa les joues avec les pouces, puis se pencha pour poser sur ses lèvres un baiser délicat.

— Je n'en pouvais plus, avoua-t-il tout bas. Frank me tenait régulièrement au courant de l'évolution de ton état, mais je... ce n'était pas pareil. J'aurais préféré être près de toi.

— Je ne t'en veux pas.

Elle tenta de lisser les nouvelles rides apparues de part et d'autre de sa bouche.

— Quand tu rentreras chez toi demain, j'y serai.

— Frank a prévu quelqu'un pour...

— Je sais. Ce quelqu'un, c'est moi.

Il s'accroupit devant elle, lui serra les mains.

— Tant mieux. Tu pourras m'aider à récupérer. Ici, les kinés me freinent sans arrêt.

— Si tu crois que je vais t'autoriser d'autres activités que manger et dormir, tu te trompes.

— Pas possible ! J'aurais cru que tu serais impatient de me voir retrouver mon poids de combat.

— Pourquoi ?

— Pour que tu puisses me montrer le reste de tes tours de magie.

Les traits de John se décontractèrent. Il sourit.

— Tu vas devoir attendre un peu avant d'être en forme pour les galipettes.

— Tout dépend de toi, n'est-ce pas ?

— Nous allons agir en douceur. On ne guérit pas en deux jours d'un foie éclaté.

La balle lui avait aussi transpercé la rate et broyé deux côtes. Mais John était bien vivant, et c'était ce qui comptait le plus. Il serait tombé sous ses yeux si elle n'avait attiré sur elle l'attention des agresseurs.

Sourcils froncés, elle se décida enfin à lui poser la question qui lui taraudait l'esprit depuis le début.

— Quelle était ton intention ? Pourquoi t'es-tu jeté comme ça sur Ronsard ?

— Il avait pointé le canon de son revolver sur ta tempe. J'ai perdu la tête. Cela m'arrive souvent en ce qui te concerne.

— Ça ne peut pas durer.

— Je vais tâcher de me maîtriser.

— L'accord que j'ai conclu avec Ronsard – je n'en ai pas parlé avec M. Vinay. Tu crois que ça va marcher ?

— Tu parles ! Ils sont au septième ciel…

— Sur le moment, l'idée m'a paru bonne. Tout ce qui intéresse Ronsard, c'est de récolter assez d'argent pour soigner Laure. Peu importe où et comment il obtient cet argent.

Elle marqua une pause.

— Sera-t-il possible de lui trouver un cœur ?

— Nous nous y efforçons. Les chances sont minces, mais nous y travaillons.

Il poussa un soupir.

— Bien sûr, si on réussit, cela signifie qu'une autre enfant, en meilleure santé, en sera privée.

— Les informations que pourra nous procurer Ronsard nous permettront de sauver beaucoup d'autres vies.

Tous deux se réfugièrent dans un silence songeur. La balance penchait forcément d'un côté ou de l'autre selon le cas. Niema comprenait le dévouement de Ronsard pour sa fille. Un autre parent dont l'enfant attendait désespérément une greffe serait moins conciliant.

Elle posa les mains sur les accoudoirs et se releva avec peine. L'air anxieux, John se mit debout aussi, les bras tendus pour la rattraper, comme si elle était un bébé faisant ses premiers pas.

— Je ne suis pas fragile à ce point, protesta-t-elle avec un sourire.

— Tu l'es à mes yeux... Je ne veux plus jamais que tu joues les héroïnes, tu m'entends ?

— Tu préfères t'en charger toi-même ?

Il prit une grande inspiration.

— Oui.

— Impossible, décréta-t-elle, en posant la tête sur sa poitrine. Les héros sont une espèce rare. Quand on en a un, on en prend soin.

Quelle chance elle avait eue de rencontrer deux hommes tels que Dallas et John – deux êtres exceptionnels. De les aimer et d'être aimée d'eux.

Il lui caressa le dos timidement, comme s'il craignait de lui faire mal.

— C'est aussi mon avis.

Niema effleura son cou du bout des lèvres, s'enivra de son parfum. Dès qu'il l'avait touchée, elle avait perdu le fil de la conversation.

— Pardon ?

— Quand on a une héroïne, on en prend soin.

Du bout du doigt, il lui souleva le menton.

— Partenaires ?

Le visage de Niema s'éclaira.

— Partenaires.

Accord conclu. Ils se serrèrent la main.

8559

Composition Chesteroc
Achevé d'imprimer en France (La Flèche)
par Brodard et Taupin
le 10 janvier 2008. 45219
Dépôt légal janvier 2008. EAN 9782290002636

Éditions J'ai lu
87, quai Panhard-et-Levassor, 75013 Paris
Diffusion France et étranger : Flammarion